La Diagonale du loup

LAURENT RIVIÈRE

La Diagonale du loup

THRILLER

Toucan
NOIR

Collection « Suspense »
dirigée par Johanna de Beaumont

ISBN 978-2-81000-970-1
ISBN 978-2-81000-786-8, 1re publication)

Éditions du Toucan – éditeur indépendant
16, rue Vezelay, 75008 Paris
www.editionsdutoucan.fr

À la mémoire du Brigadier-Chef, Cédric Chauvet
La Loire a emporté tes secrets
Mais tu as laissé sur la rive
Le meilleur de toi-même :
De l'Amour et trois beaux enfants

Pour Léandre et Gabin,
Les deux yeux qui m'aident
à voir le monde tel qu'il n'est pas,
Beau et plein d'espoir

1

Cette rencontre contre les Aciéries de Gueugnon était mon premier match depuis que j'avais pris mon poste au commissariat d'Autun. Dans le vestiaire, je me suis assis entre Phil, un flic municipal à scooter surnommé Bigoudi parce qu'il utilise un casque trop grand pour ne pas abîmer les boucles de sa chevelure, et Virgile, notre arrière gauche, un élégant lieutenant qui se frotte les joues à l'autobronzant et consulte Vogue pour savoir comment se porte le pénis cette année : à gauche ou à droite dans le slip ?

J'ai sorti mes affaires du sac, bandé mon genou et demandé à notre coach, un vieux flic à la retraite ayant connu le tube couleurs pie – le « panier à salade » de police-secours – qu'il me donne le numéro 5 que j'avais porté en pro. Le coach a répondu en riant « Mets le maillot que tu veux, Francky ».

Lavées et relavées, les tuniques boulochées avaient perdu leur flocage. J'ai choisi un maillot au hasard tandis que le coach est parti remplir le panier de gourdes au robinet.

« Putain de fouille ! » a-t-il pesté en voyant l'eau couler sale comme du jus de chique. Un chantier d'archéo à l'entrée du stade avait endommagé les canalisations. Ce complexe sportif vieillissant subissait des fouilles préventives avant une rénovation. Dix minutes plus tard, dès les premiers coups de sifflet de l'arbitre sur le terrain, mes équipiers se sont pris la tête pour des conneries, faute ou pas faute, touche ou pas touche. Les porte-flingue n'aimaient pas perdre une balle. Chicaneurs, mauvais joueurs, notre club de flics formait l'équipe la plus détestée du championnat corpo. Après avoir marqué trois buts au gardien de Gueugnon, aussi mobile qu'un parcmètre, j'ai ressenti une douleur au genou et je suis sorti du terrain malgré les encouragements des gars qui ne s'étaient pas créé une occasion sans moi. J'ai posé mon maillot et je suis allé m'asseoir sur le banc de touche. Un portable planqué dans notre valise à pharmacie, au milieu des tubes non rebouchés dégueulant de pommade, s'est mis à sonner. L'écran s'était éclairé en affichant le portrait d'un enfant. Le téléphone appartenait à un officier qui était d'astreinte. Notre gardien. Je l'ai appelé depuis le bord du terrain. Il a retiré ses gants et quitté le but en courant pour venir répondre puis il a arrêté le match :

« Tous les mecs au vestiaire ! Dépêchez-vous.

– Qu'est-ce qu'il y a ?

– Ça bouge, m'a confié l'officier encore essoufflé par sa course. On a retrouvé les vêtements d'une gamine de

15 ans qui avait disparu. Une petite qui faisait partie d'un voyage scolaire visitant la région. »

Je me souvenais avoir vu la fiche de disparition inquiétante punaisée sur un panneau de liège au commissariat. La disparue qui habitait Calais, était d'origine tchèque, elle avait quitté la chambre de son gîte près du Mont-Beuvray en pleine nuit il y a deux jours. La préfecture avait mis en place une recherche dans l'intérêt des familles.

« Ses habits ont été retrouvés à Bibracte, à moins de dix mètres d'un chantier de fouilles très important. On nous file l'affaire, a ajouté le gars.

– Bibracte est en zone Gendarmerie, pourquoi les « képis » ont-ils été dessaisi ?

– Décision du Proc.

– Ça doit faire grogner la maréchaussée.

– C'est pas mon problème… D'après les gars qui sont sur place, ça pue le crime de pervers. Tout le monde va débarquer là-bas avant la nuit. Enfin, sauf toi… Désolé. »

L'arbitre a interrompu le match. Une demi-douzaine de mecs concernés par cette enquête, dont mon chauffeur, Sergio, qui m'avait conduit au stade, ont filé au vestiaire puis sont remontés dans leur voiture en short, sans prendre le temps de se rhabiller avec leurs vêtements civils. Sur le terrain, les flics municipaux et les joueurs de Gueugnon sont restés pour s'entraîner. Je les ai salués et suis parti me doucher seul, frustré : les collègues partaient sur une scène de crime spectaculaire et j'allais me fader une nuit de glande derrière le comptoir des dépôts de plaintes, ma nouvelle affectation. Au vestiaire, pour accentuer ma mauvaise humeur, la douche s'est mise à pisser un filet d'eau froide. Merci les fouilleurs ! Je me suis quand même lavé le bout des pieds puis rhabillé aussi sec. Avant de quitter les lieux, j'ai entendu mon portable biper. Je l'ai sorti de mon sac de sport avec précaution, c'était un machin haut de gamme avec toutes les options Internet, le dernier cadeau de mon ex, Cécile.

« T'es un souillon, Franck, tu vas le saloper en deux semaines, avait-elle prédit. Je me sens conne d'offrir un écran tactile à un mec qui se mouche avec ses doigts. »

Depuis, je saisissais mon portable avec soin lors de chaque appel, je me mouchais dans ma manche de chemise, et lui mettrai l'i-Phone flambant neuf sous les yeux lors de notre prochaine rencontre en lui assurant : « Tu vois, j'ai changé…

– T'as changé de numéro ? » répondra-t-elle, méprisante…

J'ai éteint la lumière du vestiaire, refermé la porte, rendu la clé au coach, puis j'ai écouté mon répondeur en traversant le parking du stade :

« Rappliquez, Bostik ! »

C'était le chef qui venait de m'appeler. J'ai effacé le message sans le rappeler et j'ai quitté le stade à pied avec mon sac sur l'épaule. Il était 18 heures. J'étais de quart de nuit et ne bossais pas avant 22 heures. Avant de me rendre au commissariat, j'ai pris le temps de rentrer chez moi pour soigner mon genou qui enflait comme un muffin enfourné à 200°. Les rues d'Autun étaient désertes. Un cagnard assommant étouffait la région depuis le début de l'été. En chemin, j'ai cherché un peu de fraîcheur à l'ombre des remparts jalonnés de tours qui font le tour de la ville mais les pierres renvoyaient une chaleur plus écrasante que le plein soleil. J'ai marché au milieu de la chaussée, tordu sous le poids de mon sac et ralenti par ce foutu genou. La route m'a paru longue jusqu'à mon appartement. Depuis mon arrivée, j'ai emménagé dans un logement que j'avais occupé lors de mes années d'études en histoire de l'art à la Fac de Dijon. À l'époque, j'avais effectué de nombreuses fouilles dans la ville et sa périphérie. Augustodunum attirait depuis un siècle des experts de la culture celto-romaine qui inspectaient le quadrillage de leur chantier avec autant de minutie que les collègues travaillant sur une scène de crime.

Après dix minutes de marche, je suis arrivé devant la supérette de mon quartier, ouverte 7 jours sur 7 sous la franchise Monoprix et tenue par Thomas, dit le Mouniou – le moineau –, petit-fils d'un des plus célèbres guides de la région. Ce Morvandiau pur jus avait déplacé sa caméra surveillant le rayon des alcools pour la repositionner sur le garde-fou d'une fenêtre au deuxième étage du bâtiment. Depuis sa caisse enregistreuse, il observait toute la journée sur un petit écran les monts du Morvan. Aujourd'hui, l'oppidum de Bibracte était couvert d'une brume opalescente, signe de forte chaleur, l'Arroux était à sec, et les prés jaune paille broutés jusqu'aux racines par les charolaises ressemblaient à des vieux paillassons. Je suis entré dans la boutique où quelques clients âgés traînaient dans les allées en confondant leur chariot avec un déambulateur. Il y avait parmi eux, un descendant de druide éduen, paraît-il, détenteur des derniers mots de langue gauloise. Le Mouniou avait promis de me révéler ces mots. Je suis allé me chercher un pack de bières de qualité, Hoegaarden ou Leffe. J'ai choisi un pack de 6 Leffe brunes que j'ai posé sur le tapis. À la caisse, Thomas qui mesurait près d'un mètre quatre-vingt-dix et possédait un sourire éclatant capable de croquer dans une pomme congelée, m'a salué avec notre rituel.

« Salut Bifteck !

– Non, Bostik… Quoi de neuf, le Moineau ?

– J'ai fait une randonnée sur le Haut-Folin avant d'ouvrir la boutique, ce matin. La nature souffre.

– C'est la sécheresse.

– Non, Franck, je ne parle pas de la canicule. Il y a eu un crime dans la forêt. Les arbres m'en ont parlé. »

J'ai pensé à la jeune disparue.

« Tu veux que je prenne ta déposition ?

– Te fous pas de moi, Francky.

– On n'est pas à Paris, Thomas. On est à Autun, beau petit port de poch'…

– Et alors, on ne se tue pas en province ?

– En province, on tue le temps, c'est tout.

– Je suis sérieux, Franck. Tiens-moi au courant, s'il te plaît. Je suis sûr qu'il s'est passé quelque chose dans la forêt. »

Le Mouniou me foutait les jetons avec ses intuitions. Il m'avait annoncé des noyades avant la découverte des corps dans le lac de Chaumeçon.

« O.K., je jetterai un œil sur les procès-verbaux enregistrés dans la journée.

– Merci… Au fait, j'ai deux jours de boulot en caisse pour ta nièce, Anaïs, le week-end prochain, si elle a besoin de travailler. Moi, je serai occupé à mener une rando dans le Jura.

– Elle rentre aujourd'hui. Je lui dirai.

– Tu lui diras aussi qu'elle n'a pas payé les cinq bouteilles qu'elle a achetées il y a quelques semaines.

– C'était de l'alcool ?

– Oui, du Whisky bas de gamme. »

Bizarre. Anaïs n'avait que 19 ans mais un passé d'alcoolo qui l'aurait aidée à choisir les meilleures marques, et non un whisky de discothèque.

« Tu veux que je paie ?

– Non, je déduirai ça de son salaire si elle vient travailler. Tu repasses ce soir ? Un universitaire viendra nous présenter son travail sur les Morvandelles.

– Quoi ? Il a étudié les filles d'ici ?

– Mais non, dos d'serpe ! La Morvandelle, c'est notre

vache. Une belle bête à la robe pie rouge et au dos parcouru d'une bande blanche, qui a disparu au 19e siècle.

– Je ne connaissais pas.

– C'est normal. Il n'existe aucune représentation d'elle en dehors d'une peinture de Rosa Bonheur.

– O.K. Désolé, je ne passerai pas, je travaille ce soir. Bibi, le moineau, à bientôt. »

J'ai embarqué mes bières et quitté mon pote à regret. Il réunissait une fois par semaine les amoureux du pays dans sa boutique et leurs apéro-débats avaient le charme d'une discussion entre érudits où voleraient quelques noms d'oiseaux patois : « Anse de siau ! Drouille d'aigace ! » Et mon préféré : « Dos de serpe ! »... Bon à rien.

De retour chez moi, une maison bourgeoise de style 1900 réaménagée en six logements pour solitaires et étudiants, j'ai traversé le hall en faisant de grandes enjambées pour ne pas souiller les carreaux encore humides que la concierge venait de nettoyer avec une eau légèrement javellisée, pour que *ça* sente le propre – l'odeur de Javel cache la misère comme un coup de déodorant sous une aisselle en sueur. Après avoir grimpé, pack de bières en main, les escaliers jusqu'à mon appartement, j'ai rangé les bouteilles au frigo, sur les rayons encombrés de yaourts discount hors date de péremption que me refilait le Mouniou. Il m'a fallu claquer quatre fois la porte du frigidaire encastré avant de réussir à la refermer. C'était un vieux coucou Electrolux constellé d'autocollants représentant des figures de footballeurs connus. J'avais joué en cadets avec un des stickers. Il restait aussi quelques lettres aimantées oubliées par d'anciens locataires sur la porte du compartiment freezer, « PMFDAPLIEYB », une bonne pioche pour un cador des « Chiffres et des Lettres », moi, j'ai seulement trouvé « FLAMBY » en repensant au monde du foot pro qui m'avait laissé estropié et sans diplôme scolaire. Aucun entraîneur n'avait demandé de mes nouvelles alors que je m'étais blessé en portant leur maillot. Ces gens brassent des milliers de mômes dans chaque génération, recrutent les plus adroits, les musclent comme des taureaux de concours, et ne se retournent pas sur ceux qui lâchent en route. Faut fermer sa gueule. C'est la France qui gagne, mondial 98. Allez vous faire foot.

Ensuite, j'ai sorti mon chien Oppi qui ne m'adresse plus la parole depuis qu'on a quitté Paris. Il a lâché quelques gouttes sur le trottoir brûlant sans faire l'effort de lever la patte, comme un flemmard qui ne redresse pas la lunette des toilettes pour pisser, puis il est remonté s'allonger sur le sol de tomettes fraîches du salon. Il était vingt heures passé. Avant de partir au taffe, j'ai bu une Leffe tiède à grandes gorgées sur le balcon, et aperçu Anaïs au bout de la rue. Elle a levé le visage vers l'étage, en souriant, comme si elle avait deviné que je la regardais. Ses yeux brillaient comme des pièces neuves au soleil. Ce n'est pas ma nièce, comme le croit Thomas, mais un témoin important rencontré à Nevers lors d'une enquête. On était restés en contact à la fin de l'affaire. Cette junky au look gothique à l'époque, esquintée par plusieurs années de drogues dures, avait touché à la coke mais un peu d'attention avait suffi à la remettre sur les bons rails. Après des échanges de mails et des coups de fils amicaux, on était devenus proches. Elle m'avait bluffé avec son énergie et son sens artistique. Je lui avais proposé, avec l'accord de Cécile, de nous rejoindre à Paris pour l'éloigner de son dealer et de son père taulard, afin qu'elle tente sa chance dans une école d'art dramatique. Elle m'avait ensuite suivi à Autun après avoir scotché par ses performances de comédienne tous ses profs du cours Florent. On s'aimait, se détestait, se trahissait, bref on formait une vraie famille tous les deux.

Le chien lui a fait la fête quand elle est entrée dans l'appart. Moi aussi.

« Ça va, ma belle ? Tu as l'air en forme. Le voyage s'est bien passé ?

– Le train était blindé, mais un mec m'a laissée m'asseoir à sa place.

– Tu repars quand ?

– J'ai un casting dans deux jours. Et toi, tu as des nouvelles de Cécile ?

– Rien. J'ai appris qu'elle était aux Etats-Unis depuis 6 mois pour tourner le pilote d'un projet de série inspiré d'un film de Luc Besson, mais je n'ai reçu aucune lettre, aucun mail.

– OK.

– Excuse de te parler de ça maintenant, mais Thomas m'a dit que tu avais acheté cinq bouteilles de whisky à sa boutique. T'as replongé ou quoi ?

– T'es fou. Ça fait des mois que je n'ai pas bu une bière. J'ai acheté les bouteilles pour des potes étudiants à Paris. L'alcool est moins cher ici. C'est la ruine de picoler à Panam, tu sais.

– C'est toi qui approvisionnes les fêtes de potaches ?

– Non, c'était pour faire des cocktails Molotov pendant les manifs de printemps.

– Bordel !

– Oh, c'est bon, déstresse, ils ont fait cramer des voitures, c'est tout.

– Oui, tu as raison, *c'est tout*... C'est seulement six mois de taule.

– Arrête de faire ton flic, ça sonne faux.

– O.K. On en reparlera plus tard. Je te prépare ton lit ? Tu dors ici, ce soir ?

– Non, je ne reste pas. Je vais repartir à Châlon tout de suite. Il y a une compagnie de théâtre que j'adore qui est en résidence aux Abattoirs. Je veux les voir travailler. J'attends un pote qui doit passer me prendre et on partira. Je peux te laisser mon linge pour que tu me fasses une machine ? Tu pourras arroser mes plantes ?

– Tu ne me laisses pas tes fringues sales. Je ne m'occuperai pas de tes plantes. Je ne suis pas ta mère. Et tu passeras payer ce que tu dois à Thomas.

– Oui, ne t'inquiète pas... C'est lui ! a-t-elle ajouté en entendant un coup de Klaxon. J'y vais. Je t'aime, Francky ! »

Elle m'a sauté au cou, embrassé sur les deux joues, puis elle a quitté l'appartement en faisant claquer la porte derrière elle.

« Mes fringues sales et les plantes sont dans ma valise » l'ai-je entendue crier pendant qu'elle descendait l'escalier.

Une tornade ! Elle était restée dix minutes devant moi et j'étais incapable de la décrire. Quels vêtements portait-elle aujourd'hui, quelle coupe de cheveux, quel maquillage ? Je n'en savais rien. J'avais juste remarqué les cicatrices de scarification sur ses avant-bras, des virgules roses inscrites pour toujours sur sa peau blanche. Sous le regard moqueur du chien, j'ai fait ce qu'elle a demandé : j'ai fouillé sa valise et mis ses vêtements sales dans la machine à laver que j'ai programmée pour un démarrage différé. Francky le « Poulet » était devenu une vraie mère-poule. Ensuite je suis allé sur le balcon pour y poser les deux pots de beue qu'elle avait rapportés. Je voulais aussi découvrir celui qui venait la chercher. Le gars était arrivé au volant d'une fourgonnette dont les vitres latérales, absentes, étaient remplacées par du carton. Un tendeur entortillé autour des poignées verrouillait les portes arrière. J'ai tiqué en voyant l'arsouille sortir de son van miteux. C'était un jeune con vêtu d'un saroual et coiffé de dreads crasseuses dressées en désordre sur sa tête comme des banderilles sur la nuque d'un taureau, tout le profil du saltimbanque qui croit que la vie est un spectacle et que l'on peut gagner sa croûte en jonglant avec des balles.

Remballe ta morale, vieux con, me suis-je dit, t'as passé ton enfance à jongler avec des ballons.

Deux chiens, hauts sur pattes, sans race, sont descendus également du véhicule pour danser autour d'Anaïs. À côté de moi, Oppi a grogné. La clique est ensuite remontée dans le van qui s'est éloigné. La Môme, te laisse pas chiquer le cœur par ce résidu d'école de cirque, ai-je à nouveau grogné, pas fier de sentir une pointe de jalousie dans cette parole paternaliste. J'ai quitté l'appartement vingt minutes plus tard, après avoir ouvert toutes les fenêtres en espérant que l'air de la nuit rafraîchirait les pièces, et je suis allé chercher la voiture que me prêtait le Mouniou depuis que les péteux du contrôle technique avaient refusé de remettre en circulation ma vieille Super 5. J'avais pourtant passé un coup d'aspi sur les sièges, changé le sapin désodorisant accroché au rétro intérieur et laissé un billet de cinquante euros en évidence sur le tableau de bord. Avis défavorable, avait conclu malgré tout le mécano incorruptible. J'avais même retrouvé un smiley dessiné sur le billet.

La caisse du Mouniou, à peine moins dangereuse que mon épave, était garée à 500 mètres de la pension. Je l'utilisais rarement. Le maniement du volant sans direction assistée m'avait provoqué une tendinite à l'épaule. Sur le chemin, mon portable s'est mis à sonner encore une fois. Je ne l'ai pas touché. Le chef s'impatientait sûrement, mais je m'en foutais. J'appliquais le silence radio en souvenir de ma première semaine de travail à Autun quand mon supérieur m'avait ordonné de patrouiller seul, à pied, pour « découvrir la ville » selon lui. Deux jours plus tard, lors de ma première arrestation – un gars qui castagnait sa femme en pleine rue, devant leurs mômes – j'avais demandé aux collègues qu'ils m'envoient une voiture pour rapatrier le furieux au commissariat, mais personne n'avait répondu à la radio ou sur les portables perso, pour emmerder le Parisien. J'avais mis une heure pour ramener le type ivre et fou de rage, en demandant mon chemin aux passants.

À mon arrivée ici, tous les flicards m'ont rejeté parce que je faisais de l'ombre aux petits chefs du service avec mon activité. J'avais conservé mes habitudes de travail de commissariat parisien où les affaires se succèdent à un rythme effréné. À Paris, tu arrives au poste, tu bosses ; à Autun, tu arrives et tu prends ton service, avec ou sans sucre, près de la machine à café.

2

En me garant près du commissariat à 21 h 00, une heure avant ma prise de service, j'ai remarqué l'ambiance tendue qui régnait dans ce quartier habituellement calme et réputé pour la beauté de ses grands tilleuls. Deux véhicules de la presse nationale étaient garés au milieu de nos voitures sérigraphiées. Les correspondants du *Journal du Centre* et du *Bien-public* spécialisés dans les affaires judiciaires alpaguaient vainement les collègues qui entraient ou sortaient sans leur confier un commentaire. Les vêtements retrouvés à Bibracte mettaient tous les services sur les nerfs. C'était la pleine saison sur le site qui accueillait un millier de visiteurs chaque jour dans le musée ultra-moderne ou sur les sentiers de l'oppidum. D'après Sergio, croisé à l'entrée, l'enquête s'annonçait compliquée :

« Le petit O.P.J. a foiré un truc là-bas. Depuis, le directeur du centre interdit l'accès à la zone où ont été découverts les habits. Quel enfoiré ! J'espère qu'on retrouvera la gamine vivante. »

Le flic auquel il restait dix mois à accomplir avant la quille, avait blêmi en racontant ça. Il venait de perdre sa fille aînée dans un accident de la route et redoutait de croiser le cadavre d'une adolescente avant la retraite.

Au vestiaire, j'ai enfilé ma chemisette bleu glacier et le nouveau pantalon de service aux poches latérales enfin taillées pour recevoir le carnet d'infractions – fallait y penser – puis j'ai refermé mon casier avec un cadenas en pur acier. Ça fauchait sec au commissariat. On supposait que les coupables étaient des collègues accros au turf. Il y avait plus de tickets P.M.U. perdants que de Kleenex usagés dans les poubelles de nos bureaux. Je me suis ensuite installé au guichet des plaintes où j'ai branché le ventilo bas de gamme qui bourdonnait comme un frigo. Les pales de l'engin ont découpé l'air moite en tranches tièdes et indigestes qui m'ont écœuré. Je l'ai éteint et j'ai commencé à trier les plaintes de la journée pour les donner au service investigation. Violences conjugales, vols de portables, dégradations de véhicules, conflits pour une garde d'enfants, c'était la récolte habituelle.

« Franck, le patron veut te voir, m'a rappelé un brigadier en passant devant le guichet. Dépêche-toi, mon bébé.

– Oui, je sais. »

« Mon bébé »... Ce mec facho et syndiqué avait lu mon dossier avant mon arrivée, comme tous les collègues d'Autun – réflexe de flic, on se rencarde – et connaissait les détails sur l'affaire du nourrisson qui m'avait fait perdre mon habilitation d'O.P.J à Paris et motivé à demander ma mutation. Il m'en voulait également parce que j'avais récupéré les postes qu'il visait: buteur de l'équipe corpo et chef de service du dépôt de plaintes, la voie de garage pour tous les *boloss* comme lui. J'ai écarté le mec que je dépassais d'une tête et je suis monté au bureau du patron. C'était ma première entrevue d'homme à homme avec lui. Mon cœur s'est mis à cogner de manière désordonnée dans ma poitrine. J'avais la haine des supérieurs depuis ma suspension. J'ai frappé à la porte recouverte de cuir, entendu un grognement, et je suis entré. Le chef était à cran. Son œil noir m'a ordonné de m'asseoir. La table de son bureau nous séparait mais j'ai senti son souffle sur mon visage. Sourcils récemment épilés, il revenait d'une virée parisienne. Notre chef, marié, est bisexuel, et il aime jouer les reines de la nuit dans une boîte gay du Marais.

« Qu'est-ce que vous foutiez, Bostik ? Ça fait une heure que j'essaie de vous joindre.

– J'étais occupé, monsieur.

– Comme tout le monde ici. Vous n'avez pas écouté la radio ou regardé la télé ?

– Non.

– La disparition inquiétante d'une môme est confirmée. Elle a 15 ans. Sa sœur était avec elle. Ce sont de vraies jumelles, des « monozygotes » ou un truc comme ça. Ça veut dire que celle qui reste seule souffre le martyr sans l'autre. La brigade cynophile a débarqué là-bas, mais les chiens des gendarmes n'ont marqué aucun arrêt lors des premières recherches. Nous n'avons aucune piste. Tous les médias vont rappliquer.

– Ça ne me concerne pas, monsieur. Je ne suis plus enquêteur.

– Vous bossez où je vous le dis ! Vos collègues sont occupés à interroger les contacts de la petite. Je veux que vous engagiez le travail de police scientifique à Bibracte. La fillette n'est sûrement plus là-bas, mais l'agresseur a peut-être laissé une trace en se débarrassant des vêtements. Il s'agit de jeter un œil sur la zone, mais le seul O.P.J. disponible a débarqué sur la scène comme un shérif. Le directeur du site l'a viré. Ça me surprend pas. Cet officier est un branque. Il y a eu 600 nominations d'O.P.J. cette année, au lieu de 300, et mon gars s'est classé 598e au concours. Je ne vois pas qui il va arrêter, à part le bus. Vous le remplacerez.

– Qui travaille sur place en ce moment ?

– Personne. Le directeur nous a fait parvenir les habits trouvés mais il refuse qu'on remette les pieds là-bas. Nous sommes en droit d'intervenir, mais le gars est issu d'une famille de technocrates qui ont des appuis longs comme ma queue. Ils tiennent le proc' par les couilles qui m'a conseillé de commencer par une enquête de voisinage. Une enquête de voisinage en pleine forêt. Génial, je vais envoyer mes gars interroger les ours.

– Qu'est-ce que les archéos cherchent sur ce chantier ?

– J'en sais rien. La petite culotte de César, peut-être. Ils sont planqués derrière des tentes et ne veulent rien nous dire. Je connais votre dossier, vous avez fait des études d'archéo. Je l'expliquerai au proc' qui saura convaincre le directeur du centre.

– Je n'ai pas fréquenté ce milieu depuis la fin de mes études.

– Je m'en fous ! On laisse tomber pour ce soir, ça serait le bordel pour éclairer la scène de nuit, mais vous partirez à Bibracte à l'aube si la fillette n'a toujours pas été retrouvée. Soyez sur le site au lever du jour avec un des ordinateurs portables du service et envoyez-nous le procès-verbal de saisie dès que vous aurez terminé. Vous l'adresserez au groupe de recherche.

– Vous avez levé ma suspension ?

– Non.

– Alors je reste au guichet, monsieur.

– Ça vous plaît de rester planqué ?

– Non.

– Alors vous irez là-bas. Pour être flic, Bostik, faut avoir la flamme, pas la flemme.

– J'ai envie de bosser, mais je veux redevenir O.P.J.

– Pour toucher 50 euros de plus par mois ?

– Je me fous du fric, mais ma suspension est injuste, comme le blâme.

– Arrêtez de faire votre tête de con. Nous avons eu trois viols dans la région, les recherches sur les délinquants sexuels fichés dans le coin n'ont rien donné. La jeune disparue est blonde comme les trois victimes. Il est possible qu'un seul individu soit responsable de tout ça. Tout le monde doit se rendre disponible pour retrouver la petite avant qu'il ne lui fasse du mal. Une copie des procès-verbaux de ces agressions est jointe au dossier ainsi que les témoignages des camarades de la jeune disparue. Ça peut vous aider.

– O.K. » ai-je cédé après avoir revu le visage de la jeune fille, Kamila, imprimé sur la fiche de disparition posée sur le bureau. Je ressentais aussi une pointe de curiosité : pourquoi les archéos interdisaient-ils l'accès à Bibracte ? Qu'avaient-ils trouvé ? La capitale celte fondée au sommet du Mont-Beuvray, était un site gaulois exceptionnellement préservé, mais le lieu manquait d'une découverte qui lui donnerait une reconnaissance mondiale.

Le chef m'a salué d'un geste de la main pour me faire dégager puis il a replongé la tête dans les papiers étalés devant lui. En quelques secondes, la fiche de Kamila a disparu sous les notes ministérielles, les demandes de congés et les circulaires de préfecture. C'était le sort qui serait réservé à cette gamine si nous ne mettions pas rapidement la main sur elle. J'ai quitté le bureau et emporté le dossier dans notre salle de repos au sous-sol du commissariat. La pièce, sans fenêtres et puant le tabac froid, était décorée d'affiches de films policiers, comme *Fast and Furious* ou *Piège en Eaux Troubles*, des navets qui flattaient la virilité des mecs et leur faisaient oublier le quotidien. Autun, c'était pas Hollywood, les budgets y étaient tendus comme des strings : pas de rubalise sur les scènes de crime, trois gilets pare-balles pour toute la brigade. La semaine dernière, j'avais acheté moi-même une ramette de feuilles A4. On passe une heure sur le terrain pour neuf heures au bureau, alors un flic sans papier, c'est comme un tireur du G.I.G.N. sans munitions.

Dans la salle déserte à cette heure, je me suis servi un café brûlant dans un gobelet en plastique et j'ai ouvert le dossier, une pochette à rabats cartonnée rouge portant le prénom « Kamila » tracé au marqueur et souligné de deux traits noirs. Il contenait un cliché de la jeune fille pris avec un reflex quelques heures avant sa disparition. Agée de 15 ans, Kamila posait en compagnie d'une camarade. Serrées l'une contre l'autre, bras passé autour du cou, elles semblaient proches, peut-être sa « besta » comme disent les jeunes. Elles étaient assises sur un queule, l'arbre légendaire du Morvan, un hêtre centenaire déformé par les tailles et couvert d'une mousse d'un vert fluorescent.

Kamila n'avait pas le profil d'une fugueuse. Elle était arrivée de Prague depuis une dizaine d'années et habitait aujourd'hui Calais avec sa sœur jumelle, Hana. Leurs parents étaient séparés ; c'est la mère, gérante d'une station-service dans la banlieue de Calais, qui avait la garde des filles. Elle était actuellement en Egypte, des vacances payées par ses patrons qui l'avaient récompensée parce que sa station faisait les meilleurs résultats de la région. Les collègues n'avaient pas encore réussi à la joindre parce qu'elle avait délaissé les activités du Tour Opérator pour se lancer dans une excursion avec un autre touriste. Leur père resté en Tchéquie travaillait dans une société de maintenance informatique. Il avait été interrogé sur une éventuelle tentative d'enlèvement mais cette piste n'avait mené à rien. J'ai regardé les photos des habits trouvés sur le chantier de fouilles et prises par un membre de l'équipe de sécurité du site avec son téléphone portable. Le jeans, coupe slim, et le tee-shirt de couleur bleue correspondaient à la description faite par la sœur de Kamila et les filles qui partageaient sa chambre. Malgré la pixellisation grossière de l'image, on pouvait reconnaître la marque du tee-shirt, Kookaï. Il ne portait aucune entaille qui aurait pu être laissée par un outil tranchant, type cutter ou couteau, et aucune trace de sang. C'était rassurant.

J'ai rangé la photo dans la pochette. Il était 22 heures. Un collègue qui finissait sa journée est entré dans la salle de repos. Je ne me souvenais plus de son prénom, Cyril ou Julien. Je l'ai vu se débarrasser avec dégoût du bandeau orange Police ceint autour de son bras, comme un footeux capitaine d'une équipe de nazes qui retire son brassard après une nouvelle défaite. Il m'a offert une poignée de main mollasse puis s'est servi un café qu'il a sucré avant de s'installer à une table voisine. Il m'a raconté sa dernière sortie. Le gars venait de retrouver une mamie dont la famille était sans nouvelles. Après avoir cassé une fenêtre pour entrer chez elle, il l'avait découverte allongée dans son salon, face contre sol. Il s'était approché pour la retourner avec précaution. La peau du visage de la vieille était restée collée au lino, elle était morte depuis trois jours.

« Ça va aller ? »

Cyril ou Julien m'a souri mais ses yeux dénonçaient une dépression profonde. Il reprenait après s'être fait soigner pour une addiction à l'alcool. Un vice qui guette la plupart des flics de terrain. Un seul moyen pour y échapper, plonger dans une enquête. J'ai rouvert le dossier de Kamila. Le groupe composé de trente filles et de cinq adultes était parti de Calais cinq jours plus tôt. L'académie de Lille avait mis en place ce voyage pour récompenser les collégiennes qui avaient remporté un concours sur le thème du rôle des femmes dans la Résistance. Kamila avait quitté la chambre du gîte sans emporter son téléphone, alors que toutes ses camarades étaient endormies. Personne n'avait remarqué qu'elle s'était levée et rhabillée. Sa sœur ne dormait pas dans la même pièce cette nuit-là, mais elle avait donné l'alerte parce qu'elle avait « senti » qu'il se passait quelque chose. Le reste du groupe était reparti avec le bus après un interrogatoire de chaque membre, mais Hana était restée à Bibracte sous la surveillance d'une accompagnatrice. Je pourrai l'interroger.

Dans leur rapport, les collègues avaient récolté des infos sur Kamila grâce aux commentaires laissés sur les réseaux sociaux. Je suis allé emprunter un ordi portable au groupe de recherches et je me suis réinstallé dans la salle de repos. L'écran de l'ordi s'est allumé sur le logo de la Police Nationale représentant une tête de tigre mêlée au profil moustachu de Clémenceau, également surnommé le « tigre ». On retrouve cette image sur les ordinateurs de tous les commissariats de France depuis qu'une note de service a interdit l'utilisation de photos perso en fond d'écran – une circulaire pondue par un trouduc qui ne comprend pas qu'une photo de ses mômes ou de son bled natal en fond d'écran, c'est le clin d'œil qui permet de supporter une journée de travail en sous-effectif. Je me suis connecté sur Facebook. Le profil de la jeune fille n'avait aucun intérêt. Kamila relayait uniquement les posts de sites girly ou des punch'line de groupes de rap, sans y ajouter une ligne personnelle. Pour son blog sur Skyrock, elle avait choisi le pseudo « Belle-Gosse ». Sa présentation était écrite sur un ton de défiance destiné à écarter les obsédés et les fakes, des pervers qui se créaient une fausse identité d'ado afin d'aborder les lolitas.

Les rageux, les mythos, les chelous, les chiens en chasse : passez votre chemin. Je ne suis pas là pour des plans cul, ni pour des plans cam.

J'ai créé ce blog uniquement pour rendre hommage à quelqu'un qui a beaucoup compté pour moi.

Mon pays, la Tchéquie.

Cette première page contenait deux photos : le drapeau

de la Tchéquie et Kamila elle-même, à l'âge de 4 ou 5 ans, tenant la main d'un homme, j'ai supposé que c'était son père. Comme elle l'avait annoncé, le blog était entièrement dédié à son pays d'origine. Elle ne disait pas un mot sur sa sœur, ni sur leur vie de famille, mais elle postait chaque jour une nouvelle photo de Tchéquie, monuments de Prague, ciel et paysages de Bohême, qu'elle accompagnait d'une légende. Elle glissait aussi entre ces articles quelques mots pour exprimer ses états d'âme :

« *Situation amoureuse : j'ai autant de chance que l'écureuil dans* L'Age de glace » ou « *Je rêvais de rencontrer l'Amour avec un grand A, mais je n'ai eu droit qu'à la baise avec un petit con.* »

Le dernier post datait de quelques heures avant sa disparition :

« *Tout le monde veut aller au Paradis mais personne ne veut mourir. Moi je m'en fous, je suis déjà morte mille fois.* »

La jeune fille possédait aussi un blog secret inaccessible aux visiteurs. Seuls des membres V.I.P. pouvaient le consulter. Une seule personne figurait dans cette liste. « Belle-Ami ». Etait-ce un homme, une femme ? Quelles informations échangeaient-ils ? Conversations amicales, messages amoureux, photos dénudées ? J'espérais qu'une équipe fouillait cette piste.

Le chef m'a surpris en entrant tout à coup dans la salle de repos qu'il ne fréquentait jamais :

« Bostik, la sœur qui vient de voir les photos des vêtements trouvés confirme qu'ils appartiennent à Kamila. Rentrez chez vous tout de suite avec une voiture de service pour être sur place au lever du jour avec votre matériel, et rapportez un maximum d'éléments sans déranger cette clique de chercheurs à la mords-moi-le-nœud... La Picole ! a-t-il ajouté en voyant le collègue. Vous êtes revenu bosser mais vous avez oublié les bases. Un flic ne touche pas une victime, même une vieille. Il fallait laisser les pompiers intervenir en premier sur les lieux ! Vous finirez votre nuit au guichet pour vous occuper de la main-courante. »

Puis il a claqué la porte.

Cyril ou Julien m'a regardé : « Quel enc... ! J'ai été absent un mois. Ce type n'a jamais pris de mes nouvelles, à part un mail de deux lignes pour me demander de rapporter un dossier.

– Tu n'aurais pas dû reprendre si vite.

– Je sais, Mec, mais j'aime ce métier. Ce serait un milieu intéressant si on y croisait moins de flics. »

Je partageais sa conclusion mi souriante, mi fataliste. Je l'ai salué, suis retourné au vestiaire pour quitter mon uniforme puis je suis parti avec l'ordi au garage pour prendre une voiture banalisée. Le responsable m'a proposé une vieille caisse d'un blanc crasseux, à l'image de nos services. J'ai embarqué les clés de contact identifiées par le numéro d'immatriculation gravé sur le porte-clés, et j'ai rangé dans le coffre l'ordi portable ainsi qu'une mallette contenant les poudres magnétiques, appareils photos, sacs, gants, et cavaliers. Dix minutes plus tard, j'ai quitté le commissariat poursuivi par les journaleux en manque de scoop à moins d'une heure du bouclage des éditions. Je me suis engagé dans les rues éclairées par de nouveaux réverbères, façon bec de gaz 1900, qui diffusaient une lumière orangée. Ça m'a rappelé l'éclairage des tunnels du périph parisien. La chaleur de la journée n'était pas retombée. J'ai branché la clim. La voiture n'avait pas été nettoyée depuis la dernière planque. Des emballages de sandwichs traînaient sous les pédales. Le volant était poisseux. J'y ai posé les mains avec répugnance. La scène de crime dans laquelle j'allais mettre les pieds risquait d'être pire. Canicule, solitude, retour sur le terrain criminel, je pressentais que le sommeil serait difficile à trouver ce soir. J'ai roulé doucement afin de ne pas rentrer trop vite et de m'éviter un tête à tête interminable avec mon clebs. Il était trop tard pour passer à la boutique du Mouniou qui clôturait ses soirées-débats avant minuit, après un poème en patois et un dernier verre de cidre, le serment du jus de pomme. Ma route passait devant le logement de Déborah, une collègue lieutenant-formatrice spécialisée en recherche de traces papillaires. J'ai décidé de m'arrêter chez elle. Déb était mon mentor depuis notre première rencontre à Paris, un stage durant lequel elle nous avait appris à photographier des bijoux et des tableaux de maître à la demande du service enquêteur. Trop *tordue* pour faire du Droit, cette fille d'un juge d'assises entrée dans la Police à vingt ans n'était pas restée longtemps au milieu des gardiens de la paix illettrés et des brigadiers de cinquante ans. Un piston l'avait vite propulsée vers l'Identité Judiciaire. Déb, c'était aussi mon plan « cœur » à Autun, la grande fleur que je venais respirer quand la vie avait une odeur de rats crevés. Son appartement situé dans un immeuble de la périphérie était construit au-dessus d'un des quartiers gallo-romains les mieux conservés de France et ensevelis à jamais. Un de ces drames du patrimoine que les fouilles préventives sont chargées d'éviter désormais. En arrivant, j'ai garé ma voiture au milieu des caisses des résidents rangées en épi sur les emplacements. Il y avait toute une collec' de BX, de 405 et de Skoda avec boule d'attelage, et des modèles tunés plus récents que les énormes baffles branchées sur la plage arrière devaient faire trembler à la mise en marche de l'ampli. Des fanions OM pendaient aux rétros intérieurs et, sur les vitres de certains véhicules, des stickers de la fédération française de karaté représentant un poing sur fond de drapeau tricolore rappelaient que l'usage du self-défense était nécessaire dans cette cité. Des mômes m'ont salué en riant quand je suis passé devant eux. Je ne les avais jamais vus mais ils savaient que j'étais flic. Les immatriculations de toutes nos voitures banalisées étaient taguées au Posca sur les bancs du quartier. Au premier étage de l'immeuble de Déborah, les fenêtres de son balcon étaient ouvertes. De la musique s'échappait du salon. J'ai reconnu le jeu fragile du trompettiste de jazz, Chet Baker, qu'elle m'avait fait découvrir. J'ai attendu la fin du titre pour ne pas polluer la musique avec le buzz de l'interphone, puis j'ai sonné. J'ai entendu quelqu'un décrocher le combiné.

« Salut Déb. C'est moi.

– Monte, Francky. »

La serrure s'est déverrouillée. J'ai poussé la porte du hall et franchi la dizaine d'escaliers pour rejoindre le premier étage. Déb, qui portait une petite robe noire, chic et sexy, habillée de dentelle au niveau du décolleté et des épaules, m'attendait à sa porte. Elle m'a accueilli en passant ses bras autour de mon cou, comme si j'étais un héros qui la sortait d'une eau tumultueuse. Escroc. Ce soir, j'étais à peine capable de traverser un pédiluve. J'ai senti son parfum, du Patchouli, vieillot, insupportable sur toute autre femme. Nous sommes rentrés dans l'appartement. Elle est allée éteindre la musique puis est revenue vers moi.

« Je sors ce soir. Je croyais que tu bossais de nuit, sinon je t'aurais demandé de m'accompagner.

– Tu vas où ?

– Il y a un ciné-concert à l'amphithéâtre. Ça te plairait, ce sont des musiciens qui s'appellent Séville 82 et qui font une improvisation jazzy devant un résumé de la demi-finale de Coupe du Monde France-Allemagne. C'est du foot. Un grand match, il paraît. Passe un coup de fil et fais-toi remplacer pour venir avec moi.

– En fait, je ne bosse pas cette nuit, mais je décolle tôt demain matin. On me renvoie sur le terrain.

– Qu'est ce qui se passe ?

– J'enquête sur une disparition.

– La petite jumelle ? J'ai entendu parler de ça. Sois prudent, s'ils te remettent dans la rue. C'est le début du mois.

– Je sais, ma Débbie. »

La violence des agressions et des comportements anti-flics augmentait au début de chaque mois, au moment du versement des allocs, quand notre clientèle de cas soc' pouvait se réapprovisionner en alcool – une stat' vérifiable dans tous les commissariats de province ou auprès des caissières de supermarchés.

« On a le temps de se boire une bière avant que tu sortes, Déb ?

– Bien sûr. Assis-toi. »

Je me suis installé sur le canapé, juste en dessous de sa précieuse collection de vinyles originaux de jazz rangée sur des étagères fixées au mur par un système révolutionnaire, sans vis, sans équerre, ni colle. Une innovation Ikéa qu'un ingénieur scandinave avait dû cogiter pendant la nuit polaire. Déb est partie nous chercher une bière puis elle est revenue s'installer à côté de moi après avoir remis en route la platine. La musique a repris. Toute la tristesse de l'artiste miné par l'héroïne s'est propagée dans le salon, par petit jet, comme les fumées qui enveloppent les musiciens sur scène, avant de les noyer complètement. Elle a retiré ses escarpins et posé ses pieds nus sur une table basse.

Grande, teint hâlé, et sourire d'une nacre impeccable, Déborah était une fille racée qui donnait l'impression de défiler sur un podium quand elle traversait les couloirs décrépis du commissariat. Mais à la première tentative de dragouille d'un collègue, elle avait répondu au gars qui était son supérieur : « J'adore les autopsies mais je déteste les trous d'balle. »

Rideau.

Jusqu'à ce que j'entre en scène.

Nous avons bu nos bières en écoutant la fin de l'album. Le pavillon du bugle était si près du microphone lors de l'enregistrement qu'on distinguait son souffle au milieu des notes. Quand Déb a renfilé ses escarpins et s'est levée pour partir au concert, j'ai eu l'impression, en posant la bouche sur le goulot de ma bouteille, d'expirer la même solitude que le trompettiste.

3

Quand un homme se réveille à quatre heures du matin sans savoir si la nuit va l'avaler définitivement ou le recracher, il lui reste la chance de penser à ses enfants pour tenir le coup. Moi, flic sans mômes, j'ai fait l'erreur de repenser aux enfants des autres. Après une nuit de court sommeil pollué par le souvenir de la mort d'un adolescent que je connaissais, Mathieu, et sur laquelle j'avais enquêté il y a plus d'un an, j'ai appelé les collègues à six heures du mat' depuis mon lit: toujours aucune trace de Kamila, ont-ils dit. O.K., va falloir décoller. Mais je me lèverai au prochain rappel du radioréveil, me suis-je promis. C'est le bip signalant la fin du cycle d'essorage de la machine à laver qui m'a réveillé une heure plus tard. J'étais en train de fantasmer sur le corps de Cécile cette fois. Notre histoire avait duré cinq ans mais nos derniers mois de vie commune dans notre petit appart du 11ᵉ avaient été difficiles: Cécile couchait seule, se déshabillait dans le noir et s'enfermait pour prendre sa douche. À cette époque, je multipliais les cadeaux. J'étais le Petit Puceau qui semait des pierres précieuses sur le chemin de son lit, mais Cécile les avait ramassés, puis avait fait demi-tour sans monter sur mon pieu. Sale temps pour les moches. L'arrivée d'Anaïs débarquant de province avec un numéro de jonglage et trois années de classe-théâtre au lycée, nous avait redonné du peps. Cécile qui avait connu le même parcours, s'était prise d'affection pour l'apprentie comédienne. Elle lui avait trouvé des castings pros et des plans figuration rémunérés. Cette trêve n'avait pas sauvé notre couple.

En entrant dans la cuisine pour déjeuner à sept heures passées, j'ai jeté une poignée de croquettes dans la gamelle du chien puis j'ai voulu faire un café. Plus de filtres. Je me suis préparé un café lyophilisé. Dégueulasse. J'ai fouillé dans la poubelle pour récupérer mon dernier filtre au milieu des épluchures, l'ai trouvé, rincé et réinstallé sur la bécane. En attendant que le *jus* coule, j'ai sorti les affaires d'Anaïs de la machine et les ai accrochées sur une corde à linge tendue en travers du balcon. J'ai pris soin de mettre de côté ses culottes et sous-tifs pour les faire sécher sur un Tancarville dans la salle de bains. Malgré son air bravache, la gamine était pudique et refusait que ses lingeries flottent au vent sous le regard du voisinage. En quittant le balcon avec mon panier de linge, j'ai shooté dans la bouteille de Leffe que j'avais laissée là hier. Oppi s'est approché pour lécher la bière qui s'écoulait du goulot. Qui aboie boira.

Après un petit déj', une douche et un rasage express en deux coups de lame par joue, j'ai quitté mon appartement en emmenant le chien. Dans le hall, j'ai aperçu une forme sombre au sol sous la rangée de boîtes à lettres. C'était Frédo, roulé en boule, un cafard italien crapahutant toute la journée dans les rues d'Autun, chaussé de croquenots délacés et vêtu de sa doudoune été comme hiver. Sans attaches locales, la cité gallo-romaine n'était pour lui qu'un labyrinthe de solitude qu'il sillonnait à la recherche d'une pièce, d'une clope, ou d'un tour de con, selon les opportunités. C'était aussi la mascotte du commissariat, le suspect interpellé par tous les *bras cassés* pour faire monter leurs stats. J'étais en retard mais j'ai pris le temps de le relever. Il a grogné. Ses fringues puaient un mélange de sueur et de vinasse. Je l'ai saisi sous les bras et l'ai traîné jusqu'à sa chambre, un cagibi sans fenêtre sous les escaliers que la gérante lui louait, à la condition que ses allées et venues soient discrètes. Accrochée à une ficelle crasseuse passée autour de son cou, la clé de son « placard » pendait sur sa poitrine comme un médaillon. Je m'en suis servi pour déverrouiller sa porte et je l'ai jeté sur son matelas dans la petite pièce impeccablement rangée. Seuls quelques emballages de gâteaux achetés à crédit chez le Mouniou et les papiers d'identité de Frédo traînaient sur une caisse. Je les connaissais. Je l'avais interpellé : le ragazzo né à Rome, avait 25 ans et un visage d'une beauté renversante sur la photo. C'était une gueule d'amour aux cheveux bruns et bouclés dont il ne restait rien aujourd'hui. Celui qui l'avait mis dans cet état était libre. Il m'avait donné son nom. Je m'occuperai de ça un jour. Je l'ai laissé en position latérale de sécurité sur son matelas puis je suis allé chercher ma voiture de service. J'ai quitté Autun à neuf heures du mat' en espérant ne pas croiser le chef sur la départementale qu'il empruntait chaque jour pour se rendre à la maison Poulaga. Oppi était à l'arrière, la truffe posée sur la banquette, au milieu des tâches de vomis régurgités par les ivrognes interpellés. En moins de dix minutes, la route nous a conduits au cœur du Parc Régional. Futaies régulières d'épicéas et de pins Douglas, chênaies sur les bas versants, les services forestiers avaient dénombré trente zones boisées réparties sur des territoires nommés sans indulgence par les géographes, le Morvan « pourri », un secteur de larges vallées, ou le Morvan « troué » à l'ouest. Ces adjectifs vachards décrivaient bien l'état d'esprit des gens du cru qui manquaient de confiance en eux, à l'image de leurs ancêtres Eduens qui avaient renoncé à leur identité au profit de la culture romaine.

Malgré la disparition inquiétante de Kamila, j'étais excité à l'idée de retourner à Bibracte que je n'avais pas visité depuis la fin de mes études. Le lieu ne fait pas partie de ces sites historiques ayant misé sur le commerce, façon Carcassonne et sa forteresse truffée de restaurateurs et de confiseurs « open all night ». Le Mont Beuvray était un paysage aussi rude à aborder qu'un multirécidiviste en salle d'interrogatoire. Je me souvenais de mon premier séjour ici, un stage sur les céramiques antiques en plein hiver. On était arrivés au Creusot dans un vieil autorail Micheline, couleur vanille-fraise, puant le gasoil, puis un bus fantôme nous avait conduits jusqu'au Centre de Recherches de Glux à la nuit tombée – on disait « Gluxe », alors qu'il fallait prononcer « Glue ». On avait travaillé ensuite une heure sur le terrain dans un froid polaire et dans les ténèbres totales parce qu'il n'y avait pas d'éclairage axial. On s'était ennuyé mortellement pendant cinq journées dans ce bâtiment futuriste au milieu de nulle part, avec vue sur la pluie ou sur le brouillard. Chaque soir, le prof nous passait les rushes de ses films de potières marocaines pour attendre le repas à la cafète. Le seul truc marrant avait été la cuisson expérimentale de nos œuvres, enfantines ou graveleuses, modelées dans l'argile, le dernier soir, sous une bise glaciale et sans autre lumière que celle du feu de bois.

Me fiant aux conseils d'un G.P.S. non actualisé, j'ai fait de longs détours avant d'arriver. L'interminable succession de lacets a mis en difficulté la boîte de vitesses de la caisse poussive dont la pédale d'embrayage craquait. Une heure après mon départ d'Autun, j'ai enfin abordé le dernier virage de l'oppidum, heureux d'avoir rejoint le musée sans panne. J'ai dû attendre avant de trouver une place libre sur le parking. C'était un jour de grosse affluence. Le public était venu nombreux pour assister au passage d'une légion composée d'amateurs d'Histoire gallo-romaine travestis en soldats et centurions en marche pour Alésia. Après avoir circulé vainement sur les différentes voies, j'ai décidé de me garer au milieu des bus de touristes sous le regard mauvais des chauffeurs en pause au volant, puis j'ai sorti le chien. Pendant qu'il se défoulait, j'ai observé le bâtiment aux lignes épurées, constitué d'un soubassement de pierre brute et d'une façade de pierre polie et de métal, trois matériaux symbolisant les trois âges archéologiques. Je suis parti à la rencontre du directeur après qu'Oppi est revenu s'installer dans la voiture dont j'ai laissé les vitres entrouvertes. Une employée qui quittait les lieux avec les bras chargés de classeurs m'a renseigné.

« C'est le monsieur, là ! » a-t-elle dit en m'indiquant du regard un homme à une dizaine de mètres de nous. Il était coiffé d'un chapeau de toile orné d'une plume de geai et portait un pantalon de toile beige aux poches latérales remplies de carnets à croquis et de crayons. Ses chaussures de marche étaient couvertes de poussière. Je l'ai appelé. Il s'est retourné en retirant son chapeau. J'ai reconnu tout de suite ce prof agrégé qui était intervenu dans nos cours et qui m'avait interrogé sur le rôle des Oppida dans l'implantation des villes médiévales lors d'un oral de licence. C'était un spécialiste de l'âge du Fer mais ça n'avait pas accroché entre nous malgré mon nom de colle à métaux[1]. Il m'avait

1. Bostik, est l'homonyme d'une marque de colle pour métaux connue dans le milieu industriel.

mis une « bâche ». J'ignorais qu'il avait quitté l'enseignement pour prendre la direction de ce musée.

« Bonjour. Je suis Franck Bostik, du commissariat d'Autun. On m'a chargé d'étudier l'endroit où ont été découverts les vêtements de la jeune fille qui a disparu.

– Je suis désolé mais j'ai déjà averti votre chef que le lieu n'était plus accessible. Nous vous avons transmis les habits et je vous assure qu'il ne reste rien qui concerne votre enquête sur les lieux.

– Je vous crois, monsieur, mais je voudrais vérifier moi-même. J'ai besoin de la scène pendant une heure à peine, s'il vous plaît.

– En dix minutes, votre collègue a saccagé des pièces inestimables. Il n'a pas respecté les mises en garde qu'on lui a fait. Alors, vous pouvez circuler sur les 200 hectares du parc, survoler la forêt de jour et de nuit, je peux aussi vous procurer un pass pour accéder à toutes les salles du musée, mais aucune personne ne pénétrera sur le PC10.

– Je vous promets d'être discret. Les touristes ne s'apercevront de rien.

– Je me moque de faire baisser la fréquentation. Ce sont les subventions et l'activité forestière qui nous permettent de boucler notre budget. Au revoir. »

Tête de con, j'ai grogné pendant qu'il repartait. Cette insulte attendait sur le bord de mes lèvres depuis que j'avais appris la note qu'il m'avait infligée lors de mon oral : un 8 sur 20 coefficient 5 qui avait ruiné mes espoirs d'obtenir ma licence. C'était à cause de ce type que j'étais devenu flic.

Pas de réseau au pied de Bibracte, j'ai décidé de monter au sommet pour appeler le chef et le prévenir du refus du directeur. La barrière interdisant l'accès aux automobiles était baissée. Je l'ai levée et me suis engagé dans la montée tracée au milieu des queules. J'ai roulé, moteur ronflant et embrayage craquant, jusqu'à la porte du Rebout. C'était l'entrée principale de la fortification, encadrée par un rempart de pierres et de poutres de bois, que j'ai traversée en prenant garde de ne pas renverser un des nombreux touristes qui circulait dans cette zone, puis j'ai repris un peu de vitesse. Instinctivement, j'ai cherché les premières traces gauloises parmi la végétation. Il fallait un regard averti pour remarquer les ruines de rempart ou les fondations d'une maison de maître ayant échappé à l'érosion et aux pillages. Ces constructions témoignaient du désir des Eduens de recréer une ville romaine malgré le climat du coin caractérisé par des hivers longs et rigoureux. Une belle connerie, à l'image de la villa d'inspiration pompéienne, véritable maison des courants d'air avec ses colonnes, située sur le lieu-dit du Parc aux Chevaux : César qui avait peut-être logé dans cette résidence luxueuse durant l'hiver 52-51, pour rédiger les carnets de sa Guerre des Gaules, avait dû s'y peler le laurier.

Après avoir croisé une des navettes gratuites transportant les visiteurs, je suis arrivé sur l'un des points les plus élevés du site, la Pâture au Couvent. J'avais l'espoir que le réseau fonctionnerait sur cette hauteur. J'ai coupé le moteur et ressenti une impression familière en mettant le pied hors du véhicule. Je distinguais le ronflement d'un aspirateur qui recueillait la terre extraite par un groupe d'archéos. J'ai reconnu aussi le cliquetis des truelles d'une autre équipe s'attaquant à une strate rocheuse du terrain. Une jeune femme habillée d'un short de grosse toile et de godillots montant au-dessus des chevilles est sortie d'un groupe pour s'approcher de moi. Sa silhouette m'a semblé familière. Des cheveux bruns piquants comme des ronces, des yeux noirs comme des mûres. C'était Olivia, une ex-étudiante appartenant à une équipe italienne avec laquelle nous avions partagé des chantiers dix ans auparavant.

« Hé Franck ! Mio caro pulcino. C'est bien toi ?

– Oui… Salut Livia ! »

Elle m'avait reconnu également, dix ans après, j'étais fier.

« Wahou, la tête que tu as, Franck, t'as la bouche triste, l'œil vide, tu dois travailler pour l'Education nationale. T'es devenu prof d'histoire en banlieue, c'est ça ?

– Non, j'ai complètement changé de voie. Et toi ?

– Je continue de fouiller pour le centre et j'encadre des classes. Qu'est-ce que tu fais là, Ragazzo ?

– Je suis devenu flic.

– Je ne te crois pas ! »

Je lui ai montré ma nouvelle carte Police à puce, format Carte Bleue. Elle a éclaté de rire.

« Alors tu es en balade ?

– Je viens pour la jeune qui a disparu.

– Ah... Vous n'avez pas encore retrouvé la petite ?

– Non.

– J'ai eu sa classe en chantier-école. Je les ai remarquées avec sa sœur. Ce sont de belles filles. Celle qui a disparu était toujours à l'écart comme un animal blessé... Tu penses qu'il lui est arrivé quelque chose de grave ?

– Je ne sais pas. Je viens d'arriver et le directeur m'a interdit de me rendre sur les lieux où l'on a trouvé les vêtements.

– Je suis désolée qu'on t'empêche de faire ton travail mais j'ai assisté à l'arrivée de ton collègue. Un vieux chercheur lui a demandé de ne pas toucher les objets dans la fosse. Il est resté très poli. Et le policier a sorti son arme pour la pointer dans sa direction.

– Vous auriez dû en parler à mon chef.

– Le directeur n'est pas du genre à discuter. Surtout en ce moment. On a fait une découverte extraordinaire.

– Qu'est-ce que c'est ?

– Je n'ai pas le droit d'en parler.

– C'est pas le moment de garder tes secrets, Livia. Il y a une môme de 15 ans qui a disparu.

– Viens, on va dans la roulotte. »

Un guide suivi d'un groupe de visiteurs venait d'arriver. Livia a salué son collègue qui encadrait les touristes et m'a emmené à l'écart. Nous sommes entrés dans un wagonnet de tôle fermé au public, qui contenait des binettes, des pioches et des seaux de petite taille servant à équiper les classes d'écoliers. Il y faisait une chaleur étouffante. La récolte des chantiers pédagogiques des jours précédents, surtout des tessons d'amphores, était déposée dans des caisses en plastique.

« Tu as soif ? »

J'ai acquiescé. Livia m'a donné une bouteille d'eau qu'elle a sortie d'un frigo et s'est confiée : une équipe qui venait de commencer un chantier sur le sanctuaire de la Chaume, que personne n'avait touché depuis 1880, avait mis à jour un dépôt cultuel.

« C'est un truc énorme. Il y a des casques en bronze recouverts de feuilles d'or et d'émaux, des carnyx, des centaines de statères, des deniers d'argent. On a aussi repéré un stylet gravé d'une inscription pas encore décryptée. Imagine qu'il porte le nom de César et qu'il s'en soit servi pour écrire la Guerre des Gaules ! Le directeur nous fait travailler jour et nuit. Il ne laissera entrer personne d'extérieur au site.

– Vous pourriez suspendre les fouilles le temps qu'on examine les lieux.

– On ne peut pas stopper le chantier. Les pillards nous guettent. Un casque très rare a disparu.

– Vous l'avez peut-être égaré.

– Tu connais notre manière de travailler. C'est pas la Poste ici. Le casque a été volé, c'est sûr. Nous avons repéré plusieurs personnes en quad qui nous observaient depuis les collines. Il y a un business mafieux autour de l'archéo. Des pilleurs revendent leurs trouvailles sur Internet, des bandes organisées refourguent au musée Getty à New-York. Un carnyx se négocie à 30 000 euros. Sur E-bay, la vente aux enchères d'un statère d'or se conclut autour de 5 000 euros.

– Comment les pillards peuvent-ils être au courant de votre découverte ? La presse n'en a pas parlé, mon chef n'est au courant de rien.

– Il y a 70 chercheurs logés au centre. Certains sont en contact avec des amateurs qui viennent leur présenter ce qu'ils ont trouvé lors de fouilles non officielles. C'est pas légal mais je le fais aussi. Il faut « blanchir » les infos pour les réutiliser ensuite. Peut-être qu'un chercheur a parlé avec un de ces gars malgré les consignes de silence.

– Tu penses que la disparition de la fille est liée à ce trafic ?

– Oh non, mon dieu ! J'espère qu'elle ne s'est pas retrouvée au milieu de ça. Je vais parler au directeur et lui expliquer qui tu es. Il ne peut rien me refuser, a-t-elle ajouté, le visage éclairé par un sourire enjôleur qui m'a rappelé qu'elle était la muse du centre à l'époque, courtisée par toute la population mâle, profs compris.

« Attends-moi là, je vais prévenir les collègues que je quitte le chantier. »

Je l'ai vue rejoindre son groupe, puis elle est revenue fermer la porte de la roulotte à l'aide d'un cadenas avant de me conduire jusqu'à son véhicule tout-terrain à la carrosserie crottée.

« Prêt pour l'aventure, Franck ? Nous allons couper par une piste forestière pour rejoindre le sanctuaire. À cette heure, le directeur doit être arrivé là-bas. Prends ta voiture. Accroche ta ceinture et suis-moi sans sortir de mes traces sinon tu risques de verser dans la pente. »

Elle a ri en disant cela. Pas moi. J'étais une bille au volant. Je ne tentais jamais un créneau sans disposer de deux places libres. J'ai roulé dans le sillage de la voiture de Livia en conduisant les mains crispées sur le volant et en comptant mes roues à chaque soubresaut. Après deux minutes de trajet digne d'un rallye hors piste, nous sommes arrivés dans le secteur où le dépôt avait été mis à jour. D'un geste de la main par sa vitre, Livia m'a indiqué de me garer près des barrières Héras recouvertes de toile blanche qui protégeaient l'accès au lieu.

4

Un premier tertre entouré d'un fossé abritait six sépultures dont les corps avaient été retirés. Une tombe centrale de petite taille semblait fondatrice du monument. Un enfant l'avait sûrement occupée. Plus loin, un Barnum aux quatre côtés fermés par des bâches était gardé par des vigiles, oreillettes-radio greffées sur l'oreille et bras méchamment croisés. Les deux mastocs veillaient sur le Trésor de Bibracte, autorisant seulement l'entrée aux archéos qui faisaient des allers-retours entre cette tente et des véhicules utilitaires portant le logo du Musée, arrêtés à quelques mètres de là. Installé au volant d'une des voitures, le directeur observait le transfert. Son regard semblait soutenir à distance les caisses transportées par les scientifiques.

Comme elle me l'avait promis, Livia est allée lui parler pour le convaincre de me confier la scène de crime. Leur discussion a duré moins d'une minute. Il m'a fait un signe de la main. Je me suis approché. Son ton s'était adouci.

« Désolé pour mon accueil. Olivia m'a appris que vous

aviez été mon étudiant. Je ne vous ai pas reconnu. Qu'est-ce que vous voulez faire sur le chantier ?

– Je dois prendre des photos et observer le terrain pour voir si celui qui a jeté les vêtements a laissé des traces. Je ne toucherai à rien.

– Je ne veux pas que des photos du chantier soient diffusées.

– Je vous le promets. Elles ne sortiront pas du dossier.

– Alors, c'est d'accord. Mais dépêchez-vous, je vous laisse trente minutes. Il nous reste beaucoup de travail. L'extraction d'épées et de carnyx, ce ne sont pas des patates qu'on arrache du sol à coups de pioche. »

Je sais. J'avais fouillé.

Les archéos sont sortis de la tente l'un après l'autre en me dévisageant froidement. Je n'en connaissais aucun. J'ai pris leur place. Olivia m'a accompagné. Le dépôt reposait dans un coffrage de pierre minutieusement déblayé. La fosse mesurait à peine 2 mètres de côté pour seulement 50 cm de profondeur. Les objets étaient nombreux et étroitement enlacés. Cela ressemblait à un amas de ferraille oxydé déposé dans une déchetterie sauvage. C'était pourtant le rêve de toute une vie d'archéo qui se trouvait là.

« Tu vas chercher quoi, Franck ? »

Je n'ai pas répondu à Livia. J'étais ému. Personne n'avait posé la main sur ces objets depuis 2000 ans. Une dizaine d'épées et de fourreaux rangés le long des parois portaient des décorations abîmées par la corrosion. La fouille avait également mis au jour des parties d'animaux en bronze qui devaient constituer des enseignes gauloises portées en tête des troupes lors des combats. Au fond, on distinguait les pavillons de carnyx, des trompes de guerre représentant une hure de sanglier ou une tête de serpent dont il était facile d'imaginer le son rauque et effrayant au milieu du tumulte des batailles.

Olivia m'a mis la main sur l'épaule : « On a peu de temps, Franck... Dépêche-toi.

– Vos « trompettes » sont là depuis 2000 ans. Vous pouvez attendre encore un peu avant de les ramasser.

– Si tu étais resté de notre côté au lieu de devenir flic, tu comprendrais mieux notre impatience.

– Je suis simplement du côté des parents. »

J'ai mis des gants puis je suis ressorti du Barnum pour prendre des photos des abords et repérer les différents accès au lieu. L'appareil était dégueulasse, l'objectif, souillé de traces de doigts, et la batterie, à moitié vide. J'aurais dû vérifier le pack avant de partir. J'ai perdu dix minutes à nettoyer le capteur numérique avec une petite pompe à air puis j'ai « mitraillé » le périmètre extérieur avant de revenir sur la scène que j'ai photographiée depuis les quatre coins de la tente. Ensuite, j'ai ensaché quelques poignées de terre et compris que l'inspection des lieux ne nous apprendrait rien.

« Tes collègues sont les pros du nettoyage, de l'époussetage, il ne reste rien. Pas une trace utilisable.

– C'est grave ?

– Non, je ne pense pas qu'un crime ait été commis ici. Les habits ont simplement été abandonnés sur ce chantier. Tu peux me trouver un point de connexion Internet ? Je dois rédiger le procès-verbal de la scène et l'envoyer au patron, ainsi que toutes les photos. Une équipe sera chargée d'étudier ça.

– Je vais t'emmener dans nos bureaux au Centre, c'est à deux minutes. On prend ma voiture, ce sera plus simple. »

Les fouilleurs se sont précipités sous la tente dès que nous sommes sortis du barnum. J'ai fait grimper mon chien dans l'utilitaire de Livia et nous avons quitté l'oppidum. Nous nous sommes rendus au village voisin de Glux-en-Glene, au Centre de Recherche qui possédait la même architecture que le musée. Livia a fait glisser une carte magnétique dans une borne pour ouvrir la porte et nous sommes entrés dans le bâtiment composé de salles d'études, d'une bibliothèque et d'un entrepôt pour stocker les objets sortis des fouilles. Je me suis repéré dès les premiers pas. Rien n'avait changé depuis que j'avais séjourné ici. Après avoir salué quelques étudiants, Livia m'a fait entrer dans une salle dont les murs étaient occupés par des étagères supportant des caisses remplies de vestiges en attente d'identification. Elle a fait de la place sur une table, écartant des feuilles noircies de notes, des mugs de café froid et une barquette de biscuits vides, et je me suis installé. L'ordinateur portable que j'avais apporté était nazebrock également. Le câble d'alimentation n'était pas dans la mallette, et la batterie était maintenant déchargée.

« Souillons » ai-je grogné en pensant à mes collègues.

« Tu peux me dépanner, Livia ? Tu as un ordi disponible ?

– Il y a le mien. C'est un vieux crin-crin en Windows XP.

– Ça suffira. »

J'ai changé de table pour m'installer devant son ordinateur et j'ai commencé de visualiser mes photos. Aucun indice n'a attiré mon attention.

« Si tu t'intéresses aux photos, Antoine, le photographe officiel de Bibracte, poste chaque jour ses clichés sur la photothèque du Centre. On peut peut-être y trouver des photos du groupe des filles, a proposé Livia.

– Pourquoi pas. Montre-moi ça. »

Elle s'est installée devant l'ordinateur pour taper un code puis elle a ouvert la page des albums. Des milliers de photos y étaient classées par thème : vestiges extraits des chantiers, archéos en fouille, expositions, visiteurs. Nous avons trouvé plusieurs photos de Kamila et de sa sœur durant leur visite. Les jumelles étaient les plus attirantes des adolescentes du groupe. Ce n'était pas un jugement esthétique. Comme les autres, elles possédaient la fraîcheur tentatrice des adolescentes mais leur regard envoyait un message différent : « N'y pense même pas ! » disait-il.

Je craignais qu'un homme n'ait pas su lire cette mise en garde.

Sur ces photos, les filles étaient sur le parking. Hana

portait le même modèle de tee-shirt Kookaï que Kamila, mais il était de couleur blanche. Dans un autre dossier, il y avait des images prises au musée, dans une salle réservée à la reconstitution d'un atelier de bronzier. Un homme était présent derrière les filles.

« Tu connais ce type au deuxième plan, Olivia ?

– Oui, c'est notre fou. C'est un prof de latin retraité qui affirme que les historiens ont falsifié l'histoire de la Gaule. Pour lui, Alésia n'est pas à Alise-Sainte-Reine, Bibracte n'est pas la capitale Eduens. Il a des théories fumeuses qui contredisent les résultats archéologiques et qu'il claironne sur des sites Internet.

– Il est dangereux ?

– Non, il n'est pas agressif contre les gens, mais il paie un technicien très compétent pour que ses sites apparaissent en tête sur le Net dès qu'une personne fait une recherche sur Alésia par exemple. Beaucoup de gens se mettent à douter du travail des historiens à cause de ses commentaires illuminés.

– Pourquoi est-il là ?

– Il habite à 50 kilomètres d'ici. Durant ses périodes de crise, il vient chaque jour au musée et il demande à parler avec le directeur. Nous l'avons tous rencontré un jour pour démonter ses théories, mais quelles que soient nos découvertes sur le terrain, il s'entête sur ses réinterprétations du texte de César. Il se prend pour un génie militaire et un latiniste extraordinaire.

– Ce serait intéressant de lui parler. Il a peut-être remarqué quelque chose d'anormal parmi le public. Un homme dont les attitudes auraient pu lui paraître suspectes, par exemple.

– Je te donnerai son adresse et son numéro de téléphone, mais ne lui dis pas que tu es archéo, il va te saouler avec ses théories. »

J'ai travaillé ensuite sur le procès-verbal, un verbiage appris par cœur que j'ai tapé avec la rapidité d'une dactylo. « *En exécution de vos instructions et pour satisfaire à la demande d'intervention citée en référence...* »

Ça m'a pris une dizaine de minutes pour boucler le document. Puis j'ai envoyé les photos.

« Est-ce que le centre dispose de caméras de surveillance, Livia ?

– Il y a deux points de surveillance vidéo, à l'entrée du musée pour la boutique, et au premier étage, où les vitrines proposent des pièces authentiques qui pourraient tenter les collectionneurs.

– Il faudrait que l'on puisse visionner les films. Peut-être que l'on apprendra quelque chose sur l'emploi du temps ou les fréquentations de la jeune fille.

– Je vais tout de suite demander au responsable de la sécurité qu'il les prépare. »

En attendant le retour de Livia avec les films, j'ai sorti du dossier les dépositions des trois victimes de viol que m'avait données le chef. Malgré des différences entre les questions rudes des gendarmes de Chateau-Chinon et de Vézelay, et l'attitude pleine d'empathie des deux collègues policières de Châlon, des similitudes existaient entre ces affaires. D'après les photos, les femmes possédaient des cheveux blonds ou châtain clair et les faits s'étaient déroulés en marge de manifestations mobilisant un grand public : le festival des Arts de la Rue à Châlon, une fête médiévale à Vézelay, et la fête des Myrtilles de Glux, une semaine auparavant. L'agresseur avait besoin de se mêler à la foule pour choisir une cible. Ses attaques brutales mais sans armes n'avaient pas eu de témoins. Les viols étaient précédés de coups violents au visage et au corps. Aucune description physique du suspect n'avait pu être établie, l'homme portait une cagoule, il était de taille moyenne, d'une force au-dessus de la moyenne. Seul indice, son odeur, difficile à exploiter. Deux femmes évoquaient une forte odeur de sueur dans leur plainte, la troisième disait simplement qu'il ne « sentait pas bon ».

« Ça va, Franck ? m'a interrompu Livia qui était revenue. Tu as une tête bizarre. Qu'est-ce que tu lis ?

– Ce sont les plaintes de femmes de la région victimes d'une agression.

– Tu penses que c'est la même personne qui a enlevé Kamila ?

– J'en sais rien. Il faut que je me remette dans le jus. Cela fait plusieurs mois que je n'ai pas travaillé sur ce genre d'affaires. J'étais suspendu.

– Qu'est-ce qui s'est passé ?

– J'ai foiré une affaire dans mon commissariat à Paris. Tu as trouvé les vidéos ?

– Les caméras de la boutique n'enregistrent pas. C'est seulement dissuasif, pour impressionner les enfants qui voient les écrans de contrôle derrière la caissière. Il y a eu beaucoup de vols de figurines, de gadgets. Et au premier étage, les caméras enregistrent sur un cycle de 48 h seulement. Il ne reste plus une image datant du jour de la disparition de la jeune fille. Tes collègues auraient dû les demander plus tôt.

– O.K. Il me faudra la liste de tous les employés du Musée, des étudiants du Centre, et des sous-traitants qui travaillent avec vous régulièrement.

– Je vais demander au secrétariat du musée qu'ils te fournissent ces infos. Je connais aussi un archéo amateur qui fouille de manière illégale sur une parcelle privée à côté du Beuvray. Il est présent tous les jours, matin et soir. Il a peut-être repéré les allées et venues de ton bonhomme. Tu veux le rencontrer ?

– Oui, ça m'intéresse.

– Je vais l'appeler si tu promets d'être discret sur ses affaires. Je ne veux pas d'ennuis avec lui. C'est un ancien officier des paras commandos belges qui a parcouru la brousse, négocié avec toutes sortes de trafiquants. Il fouille pour le plaisir, il n'a pas besoin d'argent, mais ne me demande pas comment il gagne sa vie. Je préfère ne pas le savoir.

– Ce n'est pas mon service qui s'occupe des pilleurs de trésors. Trouve-moi son adresse rapidement, s'il te plaît.

– D'accord mais prends une pause, Franck. C'est midi. Il fait chaud. T'as fait de la route. T'as l'air crevé. On va déjeuner. Tu repartiras avec plus d'énergie sur ton enquête cet après-midi. »

Elle avait raison.

« Je t'invite au Chaudron, c'est le restaurant du musée. Le service est rapide.

– C'est quoi, le menu ?

– Ils préparent des spécialités gauloises Cette semaine, je crois qu'il y a des lentilles en purée et au saumon et de la joue de bœuf accompagnée de céleri et de navet.

– Pouah ! J'comprends pourquoi les Eduens ont préféré la bouffe romaine. T'as pas un autre plan ?

– Steak-frites à la cafétéria du Centre de Recherche ?

– Ça marche. »

J'ai éteint l'ordi et rangé mes dossiers. Avant de rejoindre la cafét', Livia m'a conduit dans la salle voisine où les étudiants nettoyaient le mobilier trouvé en fouille. Certains travaillaient à l'ancienne, en frottant les vestiges avec de simples brosses à dents comme j'avais appris à le faire, d'autres utilisaient des sableuses qui projetaient des noyaux de prune concassés pour redonner leur éclat aux monnaies. Deux minutes plus tard, tout le monde a posé brosses, lunettes de protection, et quitté la pièce pour partir déjeuner.

Nous les avons suivis. C'étaient des garçons et des filles, beaux, insouciants, le pas nonchalant, tel qu'on était dix ans auparavant. Livia a eu la même pensée nostalgique que moi et m'a adressé un sourire qui invitait à se souvenir.

5

La cafétéria du Centre de Recherches était réservée aux étudiants, aux scientifiques et aux employés du musée. Dans la salle dont les vitres offraient une vue unique sur les feuillus et les résineux, une centaine de personnes déjeunaient attablées par groupes de trois ou quatre. Assise à l'écart, j'ai reconnu la sœur de Kamila, le visage tourné vers la forêt. Son regard fatigué semblait se perdre au-dessus des cimes. Un ordinateur portant un sticker du cartoon Angry Bird était fermé sur sa table, à côté d'une assiette de frites noyées sous du ketchup. Une femme était assise à la table voisine, sûrement l'accompagnatrice chargée de veiller sur l'adolescente. Pendant que Livia préparait notre plateau-repas dans la file du self, je me suis approché d'elle en lui présentant ma carte Police.

« Bonjour, c'est vous qui vous occupez d'Hana ?

– Oui.

– Je dois lui poser quelques questions. Je suis un des policiers qui enquête sur la disparition de Kamila.

– Soyez prudent, s'il vous plaît. Elle n'a pas dormi depuis deux jours.

– J'y veillerai. Merci. »

J'ai rangé ma carte et fait un pas jusqu'à la table d'Hana. J'ai eu un moment d'hésitation en me retrouvant face à la disparue que nous cherchions. Hana et Kamila se ressemblaient parfaitement. Même visage pâle, en ovale, comme un camée de porcelaine, même coupe de cheveux dont la blondeur renvoyait sa lumière autour de la table.

« Bonjour Hana. Je peux m'asseoir ? Je suis policier. Je m'appelle Franck et je suis chargé de rechercher ta sœur.

– Vous êtes tout seul ?

– Non, ne t'inquiète pas, d'autres enquêteurs sont sur le terrain.

– Vous avez trouvé des choses nouvelles ? J'en ai marre, monsieur, qu'on ne me dise rien.

– On m'a simplement demandé de chercher des indices à Bibracte, mais je me renseignerai sur le travail de mes collègues, si tu veux.

– Oui, s'il vous plaît. C'est la première fois qu'on est séparées. C'est trop dur. »

Son assiette de frites et son verre de Coca étaient intacts. J'ai proposé d'aller lui chercher un dessert. Elle m'a répondu qu'elle n'avait pas faim.

« Bois quand même quelque chose, Hana. Il fait très chaud. »

Elle a approché sa bouche de la paille, aspiré une courte gorgée de Coca, puis repoussé son gobelet.

« Pourquoi vous êtes là alors, monsieur ?

– J'ai besoin que tu me parles de Kamila, s'il te plaît. Dis-moi ce qu'elle aime, les choses dont elle rêve… Retrouver une personne, ça peut se résoudre grâce à un détail qui était passé inaperçu.

– Vous avez une sœur ou un frère avec qui vous êtes très proche ?

– Non.

– Alors, ça ne sert à rien que je vous parle, vous ne pourrez pas nous comprendre.

– Tu sais, j'interroge parfois des sans-abri qui ne parlent pas français ou des criminels drogués, et j'arrive à les comprendre. »

La seule personne que je n'ai jamais comprise, c'est mon ex, ai-je ajouté, in peto.

« Comme vous voulez, mais je peux vous parler seulement de « Nous », parce qu'avec ma sœur, on a pas dit « Je » avant l'âge de 14 ans. Quand j'étais petite et qu'on me posait une question sur moi, je répondais toujours « Nous ». Nous avons fait ça… Nous sommes allées là…

– Tu penses que ta sœur pourrait être partie pour vivre quelque chose elle-même ?

– Non. Elle n'a jamais voulu être différente.

– Tu en es sûre ?

– Oui. Un jour, ma mère a arrêté de nous habiller pareil.

Elle nous a laissé le choix d'acheter ce qu'on voulait. Sans se parler, on est ressorties du magasin avec les mêmes habits.

– C'est peut-être une chose que Kamila ne supportait plus. Ça doit être dur de l'avouer à sa sœur jumelle. Et ton père, est-ce qu'il vous a contactées pendant ce voyage ?

– La Police m'a déjà posé ces questions. Mon père n'a pas enlevé Kamila. Il n'a pas besoin de nous forcer à venir avec lui. On le suit partout où il veut.

– Il s'entend bien avec ta mère ?

– Ils sont séparés parce qu'ils ne peuvent pas habiter dans la même maison, mais ils s'aiment.

– Est-ce que tu sais quelle est la personne qui communique avec ta sœur sur son blog secret ?

– Non. Je ne m'intéresse pas à ce qu'elle fait sur Internet. C'est la seule chose qu'on ne fait pas ensemble. L'informatique, le Web, c'est une passion qu'elle partage avec mon père. Il lui a tout appris.

– On a trouvé des photos de votre voyage. Quelle est cette fille en photo avec elle ? Elles sont assises sur un arbre. Elles semblent très proches.

– Je vois de quelle photo vous parlez. C'est moi qui suis avec la fille. C'est Kamila qui prenait la photo. Nous avions changé de tee-shirt. Nous échangeons souvent nos places.

– C'est vrai ? Pourquoi n'en as-tu pas parlé avant ?

– C'est un secret. C'est notre manière de nous venger

de tous ceux qui nous appellent les « Jumelles » sans faire l'effort de nous appeler par notre prénom.

– Il aurait fallu expliquer cela aux policiers. Il est possible que celui qui a enlevé Kamila s'intéressait à toi. C'est peut-être une personne que tu as rencontrée quand tu étais à la place de ta sœur.

– Oh non !

– Ne t'inquiète pas. Ce n'est qu'une hypothèse. Dis-moi, je suis gêné de te poser cette question, mais qu'est-ce qui me prouve que tu es Hana ?

– Je vous assure que c'est moi.

– Cette disparition, ce n'est pas une de vos farces ?

– Non, non !

– Je te crois. Tu peux me raconter votre dernière soirée, s'il te plaît ? Le travail d'un policier démarre toujours de l'endroit où l'on a vu la personne pour la dernière fois.

– Bah, ça fait quand même trois jours que les policiers savent que Kamila est partie du gîte. C'est pas rassurant s'il faut que vous commenciez les recherches depuis là. »

Après une visite au musée, les filles étaient rentrées à pied au gîte avec le groupe. Kamila était de mauvaise humeur parce qu'elle était fatiguée et qu'elle avait mal au dos.

« Les gens croient que des jumelles sont identiques, mais c'est pas vrai, a précisé Hana. Il y en a une qui est plus fragile que l'autre. Kamila, elle est plus faible que moi, elle a souvent mal au dos, aux dents. Elle doit porter des lentilles, alors que j'ai de bons yeux. Après, nous sommes restées dans notre chambre en attendant que la douche soit disponible. Ma sœur a joué avec son téléphone, moi, j'ai lu.

– Elle n'a appelé personne ?

– Non, elle a joué à des applications. Puis, nous sommes allées nous doucher toutes les deux.

– Elle n'était pas inquiète, angoissée ?

– Elle était juste fatiguée. Après le dîner, elle a voulu changer de chambre pour la nuit parce que la Wifi ne passait pas dans la nôtre. On s'est embrassées comme on le fait tous les soirs. Puis je ne sais plus rien. »

Hana s'est tournée alors vers la forêt. J'ai remarqué ses yeux cernés et sa main droite qui grattait la surface de la table comme si elle cherchait à creuser dans le bois. Il y avait de vilains nœuds dans sa chevelure. La gamine ne s'était pas brossé les cheveux depuis plusieurs jours.

« Nous sommes de vraies jumelles, vous savez, on faisait partie du même œuf. Aujourd'hui, je sens qu'il me manque quelque chose. Je sais qu'elle est morte, a-t-elle dit en larmes.

– Il faut que tu gardes confiance, Hana. On va la retrouver. »

La femme qui était assise à côté de nous s'est levée et l'a prise dans ses bras. Je me suis excusé. La jeune fille ne m'entendait plus. Elle avait les yeux fermés et le visage appuyé sur la poitrine de la femme. J'ai rejoint Livia qui m'attendait. Sur son front d'italienne, ses sourcils noirs s'étaient cabrés comme le cheval Ferrari : « C'était quoi, cet interrogatoire, Franck ? J'ai écouté la fin. Tu étais froid comme si tu parlais à un suspect. C'est qu'une enfant, sans ses parents, qui vit un événement dramatique à des centaines de kilomètres de chez elle.

– Je suis désolé. J'ai posé les questions qui me paraissaient importantes.

– On ne peut pas rester à côté d'elle. Je repose les steak-frites. On va manger un sandwich dehors.

– O.K. »

Livia a commandé des casse-croûtes et des bouteilles d'eau, tandis qu'Hana à sa table pleurait les mains collées sur son visage. Autour d'elle, les clients se sont retenus de parler pour offrir un moment de silence à l'adolescente. Son accompagnatrice m'a dévisagé. J'ai fait un signe de la main pour m'excuser. J'avais hâte de sortir. Quand Livia a été servie, nous avons quitté la cafétéria pour nous installer sur une terrasse. Un groupe de collégiens y était en pause. Les mômes étaient coiffés de pics dégoulinant de gel et portaient sur les oreilles des écouteurs de la taille d'un pot de confiture. Quel style ! À deux pas de là, leurs moniteurs se roulaient des joints accoudés à une balustrade sans se soucier du chahut provoqué par les ados. J'étais vexé d'avoir brusqué Hana et la crétinerie des jeunes me donnait envie de *dégoupiller*. Livia a deviné mon agacement :

« On va se trouver un coin plus tranquille. Il y a un lac

à cinq minutes d'ici. Les visiteurs ne le connaissent pas parce qu'il faut traverser un bois privé.

– O.K. Je te suis. »

Je suis allé chercher le chien dans la voiture et nous avons quitté le Centre de Recherche à pied pour emprunter un sentier au milieu de pins Douglas. Il y avait des ballots de bois de chauffage stockés à la lisière de la forêt. Chaque stère portait une pancarte menaçante : « Danger ! Pièges à feu ».

« Les mecs sont nerveux dans le coin, on dirait.

– Oui, c'est dangereux. Il faudrait faire venir un démineur. Le propriétaire du bois est mort. Personne ne sait comment il a piégé ses tas. N'importe quel randonneur qui s'assoie sur une bûche peut faire sauter la zone.

– Oppi ! »

J'ai rappelé le chien qui s'approchait d'un tas. Il est revenu. La pente du chemin descendait faiblement. L'air du sous-bois était frais. Livia, en tête, avançait d'un pas sûr, Oppi me suivait. Une mésange huppée, abondante dans ces forêts de bois tendre, virevoltait en sifflant devant nous, et un pic noir cognait sur un tronc avec la régularité d'un métronome. À cet instant, j'ai trouvé les oiseaux trop bruyants. Livia l'a senti :

« Ça va, Francky ?

– Ouais » ai-je répondu du bout des lèvres. À l'ombre des arbres, j'oubliais la canicule, mais pas l'enquête. Je me sentais coupable de ne pas engager chaque minute de mon temps dans la recherche de Kamila.

« C'est encore loin, Livia ? Il faut qu'on se dépêche.

– On arrive. L'eau du lac où je t'emmène est la plus claire du Morvan. Elle est alimentée par une source de l'Yonne. C'est un coin naturiste durant le week-end, mais ne t'inquiète pas, il n'y aura personne aujourd'hui. »

L'idée de m'allonger sur une plage près de Livia nue me ramena à la vie. Après le départ de Cécile, j'avais trempé mon biscuit avec une comédienne collègue de mon ex, mais je n'avais jamais embrassé le visage de cette fille. Livia, c'était différent. Mon fantasme d'étudiant pour elle était intact.

« Au fait, tu es mariée, Olivia ?

– Non. »

Cool, j'ai pensé.

« ... Mais j'ai un mec et trois enfants, a-t-elle ajouté. Et toi ?

– J'ai vécu longtemps avec quelqu'un mais nous sommes séparés. »

Inutile d'évoquer ma relation avec Déborah.

Après un dernier virage, j'ai découvert le lac. Immense. D'un bleu d'acier. Oppi s'est précipité dans l'eau. On a traîné deux grosses pierres pour s'en servir en guise de siège. Livia a sorti les sandwichs et les bouteilles d'un sac. Nous nous sommes assis, mais aucun de nous n'avait envie d'avaler une bouchée. Nous pensions à la même chose. On observait le panorama vert émeraude des monts du Morvan, avec l'espoir d'y trouver une trace de la disparue, aussi naïvement que Tintin scrutant les roches de l'Himalaya à la recherche d'une écharpe jaune, « Tchang ! ».

« Tu penses qu'elle est encore là, Franck ?

– J'en sais rien.

– C'est une fugue ?

– La jeune fille est mélancolique sur son blog, mais je ne pense pas qu'elle soit partie. La découverte des vêtements est inquiétante.

– Alors c'est un enlèvement ?

– Peut-être.

– C'est insupportable d'imaginer qu'un enfant puisse être poursuivi dans la forêt par un fou. Nous venons pique-niquer ici avec mes bambinos une fois par semaine.

– Ils ont quel âge ?

– J'ai une petite fille de 3 ans et deux garçons de 5 et 8 ans.

– Tu leur as donné des prénoms d'empereurs ou de déesses romaines ?

– On les a appelés Constance, Thimoté et Léo, le plus âgé. Mais ce sont de vrais tyrans que j'appellerais parfois Néron ou Brutus. Et les parents de la jeune fille, Franck, ils sont où ? Ça me fait mal d'imaginer cette petite isolée sans eux.

– C'est l'affaire des flics. Ils trouveront la mère rapidement. Oublie-ça.

– Impossible… »

Nous avons finalement croqué dans nos sandwichs.

Sans faim. Bu quelques gorgées d'eau. Sans soif. Pour faire descendre le pain.

« Alors, parle-moi de toi, Franck. Pourquoi tu as arrêté tes études ? Ton travail de flic te plaît ? »

– Oui, y a pas de routine.

– Pourquoi as-tu été suspendu ? »

J'ai soupiré. Ça me soulagerait de vider mon sac avec quelqu'un n'appartenant pas à la maison Poulaga. J'avais essayé de le faire avec ma mère que j'étais venu voir dans la Nièvre, à Vauzelles, une cité ouvrière construite pour les ouvriers de l'usine P.L.M., Paris-Lyon-Méditerranée – qui deviendra la SNCF. Elle n'avait pas levé les yeux de son cahier de mots croisés pendant que je lui avais expliqué l'origine de ma mutation et mon passage au « tourniquet », la salle circulaire où sont interrogés les flics en commission de discipline. À la fin de mes confidences, ma mère s'était tournée vers moi : « Coup de défense en trois lettres, ça te dit quelque chose ? »

J'avais répondu « Lob » en me disant que « Zob » était un coup de défonce en trois lettres, et j'avais quitté la maison avec la tristesse d'un collégien dont les parents se sont moqués du chagrin qu'il leur avait confié. J'avais traîné ensuite dans les rues de mon enfance, en serrant quelques pognes, des amis et des voisins désespérés de me voir échouer flic après avoir approché le foot pro. Dans la cité, j'avais aussi retrouvé des maisons ouvrières peu transformées depuis leur construction en 1920. Seuls les trottoirs avaient été rétrécis pour offrir des places de parking, et les noms des rues qui évoquaient le rêve d'une cité-jardin belle à vivre – rue des sycomores, rue des marronniers, avenue des paulownias… – avaient été rebaptisés du nom d'hommes politiques contemporains ou de résistants. C'était tout. Le square des tilleuls et l'avenue des acacias n'avaient même pas encore été renommés, peut-être parce qu'il y avait plus de rues que d'hommes justes à honorer dans ce pays.

6

Dans notre commissariat déserté à cause des départs en vacances, j'étais le seul O.P.J. dispo de la brigade cette nuit-là. Le collègue qui recueillait les appels dans la salle radio m'avait envoyé dans un squat de la rue Dupin pour enquêter sur le décès d'un nourrisson qui s'appelait Mason. C'était une affaire que j'aurais dû régler rapidement, mais j'avais la tête en vrac à cause du départ de Cécile. Je ne mangeais plus, ne dormais plus, errant dans ma vie comme un enfant abandonné dans l'appartement d'un ogre. Dans le squat occupé par communauté, des Zaïrois au premier étage, des Serbes au second, les « Gaulois » étaient logés au rez-de-chaussée. Le témoignage des parents que j'avais interrogés à mon arrivée, un couple de paumés originaires de Milly, près d'Evry, m'avait fait douter des causes naturelles de la mort du bébé. J'avais refusé de signer le permis d'inhumer et essayé de récupérer le corps que le SAMU avait déjà emporté à l'hôpital. Mais le médecin de garde, monsieur Dutilleul, je me rappelle le nom de cette ordure, avait déjà planifié des dons d'organes avec l'accord des parents suspects.

« Les salauds ! » a lâché Livia.

J'avais passé les heures suivantes à réfléchir seul parce que mon commissaire – je ne l'ai jamais appelé mon « Chef » parce qu'il n'en méritait pas le nom – ne répondait pas sur son portable perso. Est-ce qu'il fallait récupérer le corps afin de prouver la culpabilité des parents ou l'abandonner pour sauver d'autres vies ?

« Qu'est-ce que tu as fait ?

– J'ai envoyé le môme à l'autopsie malgré les menaces du toubib qui était certain que la mort était accidentelle. Il avait raison. L'autopsie n'a révélé aucune trace de coups portés. Les jeunes patients en attente de greffes n'ont pas reçu les organes qui les auraient sauvés. Le procureur a jugé ma conduite fautive tout en me félicitant pour mes états de service. La sanction, un blâme inscrit sur mon dossier et 6 mois de suspension de mon habilitation d'O.P.J., a pris effet le lendemain de ma convocation.

– Tu ne fais pas un travail facile.

– J'ai passé la certification O.P.J. pour prendre ce genre de responsabilités. J'ai pris la mauvaise décision, c'est tout.

– C'est pas normal de se retrouver seul face à ce choix » a dit Livia en plaçant sa main sur mon épaule. J'ai reconnu le contact de cette paume qui s'était posée sur moi des années auparavant.

Ce que je ne pouvais avouer à Livia, ni au procureur et aux collègues, c'est que mon regard sur cette affaire avait été faussé parce que Cécile avait fait une fausse couche quelques mois avant notre séparation. C'est fréquent chez les femmes de flics, paraît-il. Une semaine avant le drame, elle m'avait envoyé une photo prise avec son téléphone dès la sortie de la deuxième échographie. On y voyait son ventre arrondi sur lequel elle avait dessiné au feutre une silhouette avec des couettes et une jupette. Une fille ! J'avais encore le téléphone Nokia à clapet où était enregistrée cette photo. Il m'arrivait d'en recharger la batterie pour regarder l'image et le texto qui l'accompagnait « Tout va bien. Bébé en pleine forme. Je t'aime. » On avait ensuite choisi le prénom, Héloïse. De formation circassienne, Cécile était passionnée par les spectacles du cirque Eloize, et moi, l'ancien étudiant en histoire, j'admirais Héloïse, l'amante passionnée de Pierre Abélard. Mais Cécile s'était tordue de douleur un soir, dans notre lit. Après ça, tout ce qui me rappelait les nourrissons et le bonheur d'être parent me rendait sensible, empathique, c'est-à-dire un mauvais flic.

« Et toi, Livia, ton mec est archéo ?

– Oui, mais il ne travaille pas au Centre. Il est prof de Fac à Besançon.

– Tu gardes tes trois mômes seule en bossant ici ?

– Oui, c'est compliqué. Je dois emmener chaque enfant dans une école différente tous les matins, mais ça se fait.

– Pourquoi tu ne rejoins pas ton homme ?

– Je suis tombée amoureuse de cette région même si elle est située au cœur de la *diagonale du vide.* »

Je me souvenais de ce terme universitaire décrivant une bande de territoires dépeuplés qui traversait la France en diagonale, les Pyrénées, la Creuse et le Morvan.

« Ici, si tu ne possèdes pas un minimum de connaissances sur la culture celte, tu ne vois rien d'autre qu'une forêt. Pour imaginer les lignes de fortifications, les cérémonies druidiques, il faut apporter les gaulois avec toi, comme tu emportes tes baskets pour aller courir. J'aime ce mystère, Franck. Bibracte ressemble aux gens du coin. Silencieux et rudes. Ils ne t'apprendront rien d'eux.

– En tant que flic, je suis constamment confronté à des gens qui ne veulent rien dire. Tu sais si les lacs ont été sondés pour chercher la petite ?

– Tu penses qu'elle a posé ses habits pour aller prendre un bain de minuit ?

– Pourquoi pas ? 15 ans, c'est l'âge de toutes les audaces. »

Durant un instant, j'ai repensé aux morts par noyade sur lesquelles j'avais enquêté, les noyés « blancs » morts hors de l'eau puis tombés ou jetés dans le fleuve, et les noyés « bleus » dont la mort asphyxiée était confirmée par une tâche verte sur le thorax, surtout si la victime s'était noyée dans une eau sale. Passer aux aveux m'avait libéré. J'étais redevenu flic. Mon regard a été attiré par les pelleteuses à l'arrêt sur une pente du Mont-Beuvray. C'étaient des petits modèles utilisés pour déblayer la terre végétale en amont du travail des archéos. L'un d'eux était à l'écart, au milieu d'une vaste clairière, sûrement une ancienne zone de coupe. Sa pelle était levée vers le ciel comme une main tendue qui demande de l'aide. Au sol, des oiseaux avaient un comportement étrange. Une trentaine de corneilles se disputaient avec des buses. J'ai reconnu aussi le hurlement d'un couple de milans noirs en vol lent au-dessus d'eux. Il était rare de trouver ces différentes espèces d'oiseaux sur un même territoire de chasse. La proie qu'ils se disputaient devait être de taille importante.

« Qu'est-ce que vous cherchez là-bas ?

– Je ne sais pas. C'est sûrement un chantier qui a été mis en place pour accueillir les amateurs d'archéo pendant l'été.

– Pourquoi cette pelleteuse est-elle à l'écart ?

– Cette parcelle ne nous appartient pas. Le propriétaire est un exploitant forestier qui n'apprécie pas les gens du Centre. Le conducteur a dû s'égarer et ne plus pouvoir repartir.

– Cette zone a été ratissée lors des recherches ?

– Oui, ils ont commencé par cette pente. Qu'est-ce qui t'intrigue ?

– Toute cette volée d'oiseaux, des viandards qui tournent autour de la pelle levée. Ils se posent, s'envolent, se battent. Les corneilles ne reculent pas devant les gros rapaces. Les buses qui chassent seules se retrouvent en groupe. Il doit y avoir une bête blessée ou morte. Tu peux m'emmener là-bas ?

– Oui, la prochaine classe arrive dans une heure. Ce n'est pas loin, mais il faut retourner au Centre pour prendre la voiture.

– On y va. »

Livia a fourré nos déchets d'emballage dans son sac. J'ai sifflé le chien. Il est sorti de l'eau et nous sommes repartis en quittant le sentier pour couper à travers le bois. J'ai ressorti ma carte de Police qui était glissée dans un porte-cartes en cuir que m'avait offert Anaïs. Il possédait un cordon que j'ai accroché autour de mon cou. Sur le chemin, Livia a fendu la végétation sans se soucier des griffures de ronces sur ses cuisses. Je l'ai vue se tordre la cheville sur une souche et repartir sans se plaindre. La Ritale avait acquis la rudesse des gens du pays. Le chemin s'est mis ensuite à remonter. Livia m'a distancé. Après mes blessures, les kinés m'avaient conseillé de pratiquer les sports sans déplacements latéraux et j'avais taquiné le bitume en semi-matahon, mais aujourd'hui, sans entraînement, j'avais la pointe de vitesse d'une limace en digestion.

« Tu veux que je ralentisse ? a proposé Livia en souriant.

– Non... Qu'est-ce qui te faire rire ?

– Ta carte de policier qui pend autour du cou, ça ne fait pas sérieux, Francky. On dirait le Pass que mes enfants portent pour avoir accès aux attractions chez Disney.

– Chiudi la bocca ! » ai-je grogné en italien, mais elle

avait raison, avec mes grandes oreilles et ma petite queue, j'avais tout pour bosser chez Mickey.

Arrivés au véhicule, j'ai essuyé mon front couvert de sueur avec un coin de tee-shirt. Livia s'est installée au volant et m'a ouvert la porte pour que je m'assoie sur le siège passager avec Oppi, puis elle a démarré. Moins d'un kilomètre plus loin, nous avons été stoppés par la légion romaine en marche pour Alésia. La bande qui traversait la chaussée était aussi indisciplinée qu'une classe de petite section défilant à Carnaval. Livia a eu envie de foncer dans le tas : « Imbecili ! »

– Calme-toi.

– On a pas de temps à perdre, et ces reconstitutions me mettent en colère. Ils feraient mieux de nous aider à fouiller les sites. On ne sait rien des légionnaires de César. Toute la panoplie de cette bande de travestis correspond à des soldats romains qui se sont battus deux cents ans plus tard.

– On s'en fout. Ça fait parler de la région.

– Moi, je m'en fous pas. Le légionnaire de César, c'est l'homme de ma vie. Celui que je vais chercher jusqu'à mon dernier coup de pioche » a-t-elle promis en redémarrant après le passage du dernier soldat qu'elle a salué d'un coup de klaxon rageur et d'un nouveau juron italien « Schifoso ! ».

Dans le rétro, j'ai vu le type soulever sa jupette romaine pour nous montrer une paire de couilles velues comme des kiwis.

Le terrain que nous cherchions était sur le versant ouest de Bibracte. Tandis que Livia conduisait, je n'ai pas quitté la pelleteuse du regard. Je regrettais déjà mon impulsivité qui m'avait coûté mon statut d'O.P.J. Je pressentais que nous ne trouverions rien, mais il fallait agir, me suis-je dit, en me rappelant les confidences d'un deuxième ligne néo-zélandais. « Dans les gros matchs, si t'es pas en train de « chasser », t'es en danger » avait-il confié un jour dans *L'Equipe Mag*.

Sport ou enquête policière, en mode survie, on n'est bon à rien.

Après avoir emprunté une départementale et un chemin creusé d'ornières, Livia s'est garée à l'entrée d'une parcelle de pré délimitée par trois rangs de barbelés tendus sur des pieux fraîchement écorcés. Nous avons enjambé la clôture et traversé le pré jusqu'au bois. Oppi nous suivait. Sur ce versant, la forêt était moins dense, les forestiers avaient protégé les résineux conformes – tronc droit et peu de branches – en coupant les arbres qui gênaient le développement de leur houppier. À certains endroits, la chute des arbres due au bûcheronnage créait des puits de lumière à travers lesquels je pouvais voir les busards tourner dans le ciel. Nous étions dans la bonne direction, mais il nous fallait encore contourner de nombreuses branches cassées et des troncs pourris qui ralentissaient notre marche. Mon genou me faisait souffrir sur certains appuis. Livia, elle, avançait sans montrer de fatigue. Ses fesses se balançaient dans son short comme une cloche lancée à la volée en plein angélus.

« Moins vite, s'il te plaît.

– Je croyais que tu étais un footeux ?

– Les terrains de foot sont plats. Je ne supporte pas l'altitude.

– On est à mille mètres à peine. »

Nous sommes enfin arrivés dans la clairière fleurie par des cerisiers à grappes, des impatientes et des pavots du pays de Galles. J'avais étudié cette flore protégée en me baladant avec le Mouniou. Nous étions à une vingtaine de mètres de la pelleteuse abandonnée. Les corneilles s'étaient envolées. À l'écart, les buses nous observaient depuis les plus hautes branches.

« C'est là, Franck... »

Livia s'était tournée vers moi. Défigurée, livide. Je ne l'ai pas reconnue. Elle était devant un pin abattu Elle a reculé de plusieurs mètres et vomi ce qu'elle venait de manger, puis elle s'est mise à pleurer. Je me suis approché de l'arbre. Sous le tronc, un corps était enroulé dans une couverture. Il était également recouvert de branchages. Un pied et une main bleutée dépassaient. Aucun doute, la personne dissimulée là était morte. J'ai eu un moment de panique en voyant que les chaussettes qu'elle portait ressemblaient à celles d'Anaïs que j'avais lavées la veille. Mêmes motifs, même couleur. Durant quelques secondes, j'ai imaginé la petite, morte. C'était comme recevoir un pack d'eau en pleine gueule. J'ai pris rapidement quelques photos avec mon téléphone portable pour conserver une trace de la scène de crime telle qu'on l'avait découverte puis je me suis baissé pour retirer les branches et écarter avec deux doigts les pans de la couverture. Le corps était nu. C'était une jeune fille dont le visage était dissimulé sous des cheveux blonds. J'ai approché une main et dégagé les mèches qui couvraient sa figure. La souffrance se lisait sur ses traits. Sa silhouette, la longueur et la couleur de ses cheveux étaient reconnaissables. C'était Kamila. Elle portait un bracelet tissé brésilien bleu, j'avais vu le même autour du poignet d'Hana. J'ai replacé la couverture. Groggy. Haineux.

« C'est la sœur ? » m'a demandé Livia.

Oui.

« E terribile, poveta ragazza. »

Je me suis blindé en quelques secondes pour ne pas être submergé par l'envie de rendre coup pour coup à l'individu qui avait commis ce crime. Il n'y avait aucune trace de lutte sur le terrain. La malheureuse avait été tuée ailleurs puis déposée près de cet arbre – Les psychiatres expliqueront qu'il l'avait enroulée dans une couverture pour la protéger, parce qu'il éprouvait des remords. Mon cul !

J'ai tout de suite pensé au Mouniou. Il avait raison. Les arbres nous livraient les crimes dont ils étaient témoins. Les forêts renfermaient les queules, des hêtres difformes. Et un être tordu.

7

Il suffit d'un quart d'heure aux archéologues pour déterminer l'origine sociale d'un squelette découvert dans une fosse. Le travail aux champs explique l'usure des rotules et des hanches, l'état des dents détermine la nature des aliments absorbés, riche ou pauvre en viande. Moi, il m'a fallu moins d'une minute pour retracer le calvaire de Kamila. Sa langue avait gonflé et ne trouvait plus de place dans la bouche. Ses lèvres s'étaient mordues. La jeune fille avait été étranglée. Sur son cou, le sillon laissé par une corde était facilement reconnaissable, plus bas que lors d'une pendaison, il était moins marqué également, un étranglement étant plus bref. Des ecchymoses cervicales digitiformes prouvaient que l'homme avait d'abord essayé de l'étrangler à mains nues. La jeune fille avait essayé de se dégager de sa prise, puis du lien de strangulation, des marques de griffures étaient visibles autour du sillon creusé dans sa peau. Sur son corps, j'ai remarqué aussi des hématomes de couleur noire qui ressemblaient à ceux reçus par les femmes agressées dont j'avais étudié les dépositions.

La scène de crime était confiée à la P.J. de Dijon qui nous avait prévenus que son équipe n'arriverait pas avant deux heures. L'info était verrouillée pour le public et pour la presse. Seul le directeur du Centre avait été averti. La vie sur le site se poursuivait. Le coin le plus fréquenté était la Terrasse dont le point culminant offrait une vue panoramique sur toute la vallée bocagère jusqu'au Mont-Blanc. Une belle récompense pour les randonneurs qui s'étaient fadés trois kilomètres de marche sur des pentes à dix pour cent. À la Côme Chaudron, Livia avait retrouvé sa classe d'archéos en herbe, mais son visage devait trahir le sale moment qu'elle avait traversé en étant la première à découvrir l'enfant. Moi, je veillais le cadavre en attendant le chef qui avait promis de me rejoindre ici. La putréfaction du corps avait commencé mais l'odeur des sapins pectinés dont la sève est composée de résine et de térébenthine atténuait un peu cette puanteur. Je m'en suis écarté pour appeler Anaïs. Elle a décroché. J'étais heureux d'entendre sa voix.

« Qu'est-ce qu'il y a, Franck ?

– Rien. Je... Je voulais juste savoir comment s'était passé ton spectacle hier soir ?

– Ce n'était pas un spectacle. C'était une compagnie qui répétait une nouvelle création. Qu'est-ce qu'il y a ? Tu as une voix bizarre ?

– Je suis au boulot.

– T'es sur une sale affaire ?

– Oui, mais tout va bien. Sois prudente pour rentrer. C'est ton saltimbanque qui te ramène ?

– Non, c'est Blablacar.

– C'est qui, ce mec ?

– C'est un site de co-voiturage.

– Ça me plaît pas. Je vais venir te chercher.

– Non. Ne t'inquiète pas.

– Prends le train. Je te rembourserai.

– Lâche-moi, Francky. J'ai vécu un an dans la rue avant de te connaître, je peux me défendre. Au fait, je suis désolée d'être partie si vite hier soir. On n'a pas eu le temps de discuter. J'ai oublié de te dire que j'avais signé un contrat avec une boîte de prod'. Je vais t'envoyer un chèque pour commencer à rembourser tout ce que vous m'avez payé à Paris.

– Non, garde ton argent pour toi ou pour ta famille.

– J'ai plus de famille, tu le sais. Mon père est sorti de cabane. Il a trouvé mon numéro. J'ai senti son haleine d'alcoolo à travers le téléphone.

– Il veut te voir ?

– Non, il voulait me taxer de 50 euros. Putain, j'en ai chialé. 50 euros ! C'est minable. Comment on peut avoir besoin de 50 euros ?

– Tu lui as donné ?

– Non. Je lui ai donné 300 euros. C'est assez pour

qu'il se refasse s'il a vraiment envie de s'en sortir, mais ça m'a rendu malade d'écrire son nom sur un chèque. Je me suis rendue compte que je ne ressentais rien. C'était comme si je signais un chèque pour acheter une machine à laver.

– O.K. Prends soin de toi. Je dois reprendre le travail » ai-je dit avant de raccrocher. Je venais d'apercevoir le chef qui garait sa *familiale* sur le parking de la Terrasse. Il a descendu la pente en grognant, les manches de sa chemise retroussées jusqu'aux coudes et le visage luisant de sueur. J'ai remarqué son regard d'effroi quand il a vu le corps sous la couverture.

« Vous avez des gants ? »

Je lui en ai lancé une paire qu'il a enfilée.

« Comment l'avez-vous retrouvée ?

– Il y avait beaucoup trop de busards et d'oiseaux carnassiers qui volaient au-dessus de cette zone. Ce n'était pas la carcasse d'un petit animal qui les attirait.

– Cette zone n'était pas dans le périmètre des premières recherches ?

– Si. Je pense que le tueur a observé le déroulement de l'enquête et qu'il a ramené le corps ici après que les recherches ont été terminées.

– Quelle horreur, cette gamine a morflé, ça se voit. J'ai discuté avec le père ce matin, avant que vous m'appeliez pour me dire que vous l'aviez trouvée. Il parle un peu le français. Il espérait que nous la retrouverions vivante. Il pensait qu'elle avait fugué pour le rejoindre. La mère n'est toujours pas joignable. Comment peut-on lâcher ses deux mômes de 15 ans pour partir seule en vacances ?

– Je sais pas, chef, j'ai pas de gosse.

– Vous avez fait du bon travail, Bostik. Vous restez ici. Le proc l'a demandé. L'enquête doit se poursuivre dans la plus grande discrétion. Le S.R.P.J. de Dijon se charge de la scène de crime et de tous les aspects de l'affaire extérieurs à Bibracte, interrogatoire des amies de la petite, études des communications...

– Je fais quoi tout seul ici ?

– Vous cherchez des témoins, vous interrogez le voisinage. En plus, vous fourrez la pétasse de l'Identité Judiciaire, une fille de juge, ça peut nous sauver la mise sur une affaire comme ça.

– Nos parties de jambes en l'air sont sur écoute ?

– Pas besoin de surveillance. Les informations nous reviennent sans qu'on les cherche. Un flic ne peut rien garder secret.

– C'est valable aussi pour vous.

– Qu'est-ce que vous voulez dire ?

– Rien.

– Ne la ramenez pas tout le temps. Vous n'êtes pas du bon côté du manche. »

Toi non plus, j'ai pensé en ricanant.

« Ne négligez aucune piste, Bostik. Vous communiquerez vos infos deux fois par jour au capitaine Vairon du

S.R.P.J. C'est une galère pour venir jusqu'ici, alors prenez une piaule dans un hôtel du coin.

– Il n'y a pas d'hôtel, Chef.

– Eh bien, campez.

– Et la sœur de Kamila ? Qui s'occupe d'elle ?

– Elle n'a pas de famille en France. Elle va rester dans un gîte, en attendant l'arrivée de sa mère ou de son père.

– O.K. Chef.

– J'oubliais... Votre qualification O.P.J. vous a été restituée sur décision du procureur. Cette suspension et le blâme n'apparaîtront plus dans votre dossier, et vous récupérerez la prime que vous auriez dû toucher les mois précédents.

– Merci pour le coup de piston.

– Je n'y suis pour rien. Vous aviez raison pour cette affaire de nourrisson. Le légiste avait foiré ses conclusions. La mère a tué son bébé. Le mari l'a dénoncée. Il balance tout ce qu'il sait dans cet interrogatoire » a ajouté le chef en sortant une feuille de sa poche. C'était la photocopie d'une page d'un procès-verbal enregistré dans mon ancien commissariat parisien il y a deux jours.

« Inutile de le lire. C'est la misère, le quart-monde... »

J'ai pris la feuille qu'il me tendait et l'ai glissée dans la poche de mon jeans. Si le père avait parlé plus tôt, ce bordel aurait été évité. Je repensais aussi au toubib de l'hôpital, Dutilleul, qui m'avait traité d'assassin en me voyant reprendre le petit corps. Effectivement, je deviendrais un assassin si je le croisais à nouveau.

« Aidez ces pipes du S.R.P.J. à sortir quelque chose de cette enquête, Bostik. Tous les mômes de la région visitent Bibracte. Ma fille est venue y passer une journée avec sa classe. Ça fait froid dans le dos de savoir qu'un tel prédateur vient chasser ici. »

Il a quitté ses gants et m'a serré la main, puis il a remonté la pente, me laissant seul avec Oppi qui était assis à une vingtaine de mètres de moi, le poil hérissé depuis une heure comme si un danger l'effrayait. J'ai essayé de mettre de l'ordre dans mes idées. En un siècle, seulement trois pour cent du site avaient été fouillés par les archéos. Que pouvais-je faire seul ? Me remettre au boulot. Le petit Mason avait trouvé la paix, Kamila attendait. La scène livrait un indice : seul un randonneur en grande forme pouvait transporter un tel poids mort jusqu'ici. J'ai commencé par essayer d'identifier le chemin emprunté par le meurtrier pour venir déposer le corps. J'ai parcouru la zone en tous sens, en quête d'empreintes de pas, d'un morceau d'étoffe accroché à une ronce ou d'un objet perdu par le ou les suspects. Mes recherches ont été interrompues par l'arrivée de l'équipe de Dijon qui a garé sa fourgonnette sur le parking de la terrasse au milieu des véhicules de touristes. Quatre hommes sont descendus en transportant de grosses mallettes tandis qu'un cinquième est resté en haut pour interdire aux curieux d'approcher. Quand ils se sont présentés vers moi, je n'ai pas pu leur offrir une poignée de main, ils portaient déjà des gants en latex. Ils m'ont tendu leur coude, je les ai serrés. Déformation professionnelle. Se serrer les coudes entre flics. Puis ils m'ont viré de la scène. C'étaient des jeunes frimeurs qui se la jouaient « Experts à Miami ». J'ai remarqué leur chef en particulier, trente ans à peine, regard froid, gestes autoritaires, qui rabâchait les fondamentaux à son équipe comme s'il encadrait des stagiaires :

« Faut prendre son temps sans le perdre. Notez tous les éléments de l'environnement. Trouvez des points fixes pour les prises de cotes. Vous pouvez attacher votre chien ! a-t-il ajouté en se tournant vers moi. Il pollue la scène de crime.

– Ouais, je vais aussi éloigner les piafs qui risquent de chier sur vos calepins.

– À bientôt, lieutenant.

– Mouais » ai-je grogné, mais j'ai récupéré Oppi comme il le demandait, parce que ces gars étaient de vrais pros. Une légende urbaine dit que les rétines d'une victime reflètent le visage de son tueur, mais les mecs de la Police Judiciaire referment les paupières du mort pour trouver l'assassin eux-mêmes, comme des gamins qui réfléchissent à la devinette d'un Carambar sans retourner le papier pour lire la réponse.

Exclu du travail de police scientifique, je suis retourné vers la voiture que m'avait laissée Livia avant de rejoindre sa classe à pied. J'ai grimpé dans le tout-terrain plus crasseux que ma caisse de service. Après avoir écarté les truelles qui traînaient sous les pédales et passé un coup de chiffon sur le pare-brise moucheté de boue, j'ai roulé jusqu'à Glux en réfléchissant aux tâches qu'il me faudrait accomplir. Au Centre, je me suis arrêté dans les locaux administratifs. Le directeur m'avait laissé une liste du personnel et le nom des sous-traitants intervenant sur le site. Il fallait les interroger. J'avais un temps d'avance sur le SRPJ. J'allais m'y coller. À tout hasard, j'ai transmis la liste au commissariat afin de vérifier le pedigree de chacun, puis j'ai appelé la seule victime de viol habitant dans la région, une jeune instit travaillant à Millay. Les deux autres victimes, deux touristes étrangères, italienne et belge, reparties depuis longtemps dans leur pays, seraient plus difficiles à joindre.

La jeune femme s'appelait Prune, elle a décroché dès la première sonnerie et m'a demandé de la retrouver à l'école où elle préparait sa rentrée avancée à mi-août dans ce secteur. Elle enseignait dans une classe C.A.S.N.A.V avec des élèves issus de communautés étrangères, des Anglais, Néerlandais, et quelques enfants du voyage. Il y avait une trentaine de kilomètres jusqu'à Millay. J'ai insisté pour que l'on parle de l'affaire au téléphone mais elle a refusé. Sa déposition mal menée par les gendarmes de Château-Chinon me laissait croire que je pourrais trouver une nouvelle piste en l'interrogeant minutieusement. « O.K. je vous rejoins. » J'ai déposé la voiture de Livia sur le parking privé du musée où les employés se garaient et j'ai repris la mienne pour aller à Millay. Je suis arrivé à l'école vingt minutes plus tard. Quelques enfants inscrits au centre de vacances jouaient au foot dans la cour. Le ballon dégonflé collait au pied des dribbleurs, des gourdes servaient de poteaux de but et le goal avait les mains occupées par un paquet de gâteaux. J'ai résisté à l'envie de tirer des pétrons avec eux. L'instit est arrivée et m'a tendu la main :

« Vous êtes le policier ?

– Oui. Je m'appelle Franck.

– Moi, c'est Perle. C'est mon nom d'artiste. Je suis danseuse dans une compagnie de danse contemporaine. Mes élèves, mes collègues, mes amis, tout le monde m'appelle comme ça. Alors qu'est-ce que vous voulez savoir ? J'ai tout dit à vos collègues.

– Nous pensons que l'homme qui vous a attaquée a violé d'autres filles.

– Je n'ai pas été violée. Rentrons dans ma classe, s'il vous plaît. Je ne veux pas que les enfants nous entendent. »

Je l'ai suivie dans une pièce aux murs fraîchement repeints. Un côté de la classe était couvert de tableaux de conjugaison, de frises historiques et de portraits d'élèves façon Andy Warhol. Le tableau venait d'être lavé à l'éponge humide. Il brillait. Les chaises étaient posées à l'envers sur les tables. Leurs pieds dépourvus d'embouts en caoutchouc avaient laissé des marques profondes sur le sol de lino.

« Vous pouvez me donner un coup de main, s'il vous plaît ? Ça ne nous empêchera pas de discuter. J'ai beaucoup de travail. Ma classe doit être prête dans une semaine et je viens d'apprendre que notre ministre nous a fait sortir du réseau d'aide. Je vais devoir travailler en double niveau auquel s'ajouteront des écoliers étrangers qui ne parlent pas français. »

Elle m'a demandé de plastifier une dizaine de feuilles, des règles de conjugaison que les enfants utiliseraient comme sous-main. Difficile de refuser à cette belle blonde au sourire doux, dont les pommettes se coloraient d'un rouge écarlate à chaque fois que nos regards se croisaient. Elle m'a montré comment utiliser le laminator, mais j'ai foiré trois pochettes plastiques en les glissant de travers dans l'appareil.

« Désolé, je ne suis pas doué.

– Je vois ça. Vous seriez capable de me faire une ligne de belles majuscules au tableau ? Ça m'avancera.

– Oui. »

Craie en main, je me suis appliqué à tracer l'alphabet en majuscules avec la concentration d'un faussaire qui grave une planche à billets. Elle a dit « Bravo ». J'étais fier. Puis nous avons parlé de son agression.

« J'espère que vous êtes sincèrement motivé pour trouver le coupable parce que la gendarmette de Château-Chinon qui m'a interrogée n'en avait rien à faire. Elle a quitté deux fois la pièce sans s'excuser. J'avais l'impression de la saouler avec une simple déclaration de vol de portable. »

J'avais entendu parler de la gendarmette, comme elle disait. C'était une brigadier-chef débarquée de Guadeloupe qui avait choisi un poste rural pour marquer rapidement des points de carrière et obtenir le droit de retourner chez elle, mais elle avait déprimé plein gaz dès sa première affaire : un suicide à la perceuse. Après une rupture amoureuse, le type qui habitait à Poil avait coincé sa perceuse dans un étau, moteur en marche, et s'était jeté la tête la première sur le foret. Bienvenue dans le Morvan, Mirgalie – C'était le prénom de la doudou galonnée.

L'agression de Perle s'était déroulée à la fin de la fête de la Myrtille, vers 19 h 00. Après avoir rangé le stand d'une amie qui avait vendu des tartelettes toute la journée, la jeune femme était retournée à sa voiture garée sur le parking de la mairie. L'homme l'avait attaquée au moment où elle s'installait au volant. Il lui avait donné des coups en hurlant « Chienne ! Pute ! ».

« Il a essayé de me tourner face à lui pour ouvrir mon jeans, je me suis défendue. Je lui ai donné des coups de pied. Il avait son pantalon ouvert, il... il était prêt à me violer. »

Ses mains se sont mises à trembler. Elle les a cachées derrière son dos. J'ai eu le temps de voir ses ongles rongés jusqu'au sang.

« On peut faire une pause ou aller dans un café à Luzy. Vous serez plus tranquille. Je comprends qu'il soit difficile de vous remettre ces images en tête.

– J'ai l'impression de revivre ça à chaque fois que je remonte dans ma voiture. Ce sont les enfants que je croise ici en venant préparer mes cours qui m'aident à tenir le coup. Qu'est-ce que vous voulez encore savoir ?

– Que s'est-il passé ensuite ?

– Je me suis défendue. Je suis danseuse. J'ai des jambes fortes, j'ai donné des coups très violents. Il n'a jamais réussi à me maîtriser.

– Vous pouvez le décrire ?

– Non. Je suis désolé. Son visage était à quelques centimètres du mien, mais je ne peux même pas me souvenir de la couleur de ses yeux.

– C'est normal. Vous pensiez uniquement à votre survie. Vous ne l'avez pas regardé partir ?

– Si… Il avait une allure sportive, il savait courir, ses foulées et le mouvement de ses bras étaient ceux d'un sportif. Quand j'y repense, je me dis que j'aurais dû démarrer et lui rouler dessus.

– La justice va se charger de le faire tomber. Vous avez parlé d'une odeur dans votre déposition. Vous avez réussi à l'identifier ?

– Non.

– C'était une odeur de sueur ? De vêtements sales ? Une haleine de fumeur ? Une pommade ?

– Simplement une odeur d'homme repoussante.

– Vous ne pouvez pas l'identifier ?

– Non. Enfin… Ça n'a sûrement rien à voir mais elle me fait penser au parfum d'une sauce que j'ai connue en Irlande quand j'étais jeune fille au pair. La sauce Worcester. C'est un condiment fermenté à base de poisson et d'échalote qui accompagne certains plats là-bas.

– O.K. Merci pour toutes ces informations. L'agresseur a été rapide, alors tous les détails comptent.

– Ce n'est pas la première agression que je subis, mais je ne pensais pas revivre ça ici.

– Vous venez d'où ?

– J'étais à Dijon. J'ai demandé ma mutation après une séparation difficile avec mon mec qui habite là-bas.

– C'est un vrai changement de vie.

– J'avais besoin de ça. Peut-être que je me lasserai. Vous n'avez plus de questions ? Il faut que j'aille me préparer, je tiens une permanence en mairie. Je suis élue au Conseil Municipal.

– C'est courageux de vous coltiner des politiques après une journée passée avec des mômes.

– J'ai envie de faire bouger les choses. Je ne supporte pas la mentalité des anciens morvandiaux exilés à Paris qui ne vivent ici que six mois par an et qui étouffent la région en imposant un retour à l'identité morvandelle. Ils me cassent les ovaires, ces galvachers, avec leurs fêtes en sabots et leur patois. Les enfants du Morvan méritent mieux.

– J'espère que vous réussirez. J'ai votre numéro de téléphone, je vous contacterai si j'ai d'autres questions.

– N'hésitez pas. Tenez, c'est le spectacle de ma compagnie de danse, a-t-elle dit en me tendant un fly. Nous jouons samedi prochain à l'abbaye de Corbigny. »

J'ai reconnu Perle sur la photo du prospectus. C'était une image extraite du spectacle. Elle posait accroupie telle une bête fauve prête à bondir, avec un regard extatique et quelques mèches de cheveux collées sur son visage en sueur. La danseuse était magnifique, mais c'était de la danse contemporaine. Je détestais ça. J'en avais vue avec Cécile. Les danseurs faisaient une roulade puis comptaient leurs orteils pendant un quart d'heure, mimant le riche triant ses billets, ou bien nous offraient une heure de pas chassés, à poil, dos tourné au public jusqu'au salut final, pour exprimer « l'égocentrisme du libre-penseur » selon les chorégraphes qui chiadaient des dossiers de presse de vingt pages pour vendre leur came à *Télérama*.

« Venez nous voir. La danse, ce n'est pas qu'une affaire de femmes » a-t-elle déclaré en débranchant le laminator qui chauffait, et nous avons quitté la classe. Dans la cour, des enfants ont abandonné leur jeu pour venir l'embrasser. J'ai rejoint ma voiture, elle est partie au volant d'un Berlingo blanc décoré de stickers en forme de fleurs et de papillons. Sa vitre était baissée. Elle m'a envoyé un signe de la main : « Bon courage dans votre enquête.

– Merci. »

En la voyant s'éloigner, je me suis dit que son ex devait vraiment être un homme de mauvais goût pour avoir lâché une telle Perle.

8

Sur le chemin du retour, j'ai reçu un texto de Livia qui me donnait l'adresse et le numéro de téléphone de l'amateur qui fouillait dans un secteur proche de la scène du crime. Il résidait à la sortie d'un village nommé Anost. C'était sur ma route. J'ai appelé le gars qui m'a proposé de passer chez lui. Quelques secondes avant que j'arrive, Livia m'a envoyé un deuxième texto pour me rappeler de me méfier de lui. Par précaution, j'ai vérifié l'état de mon arme de service, un Glock amélioré avec une ailette d'aération sur le canon permettant d'évacuer les gaz et de stabiliser le tir. Cette modification m'aidait à réussir les exercices sur cible en tirant un minimum de balles. C'était tout bénéf' pour ma tendinite à l'épaule qui me faisait souffrir à chaque coup de feu.

L'homme habitait dans une ferme remise à neuf, des débris d'ardoises et de pierres n'avaient pas encore été évacués et des tubulures d'échafaudage traînaient près d'un tas de gravats. Je me suis garé en chevauchant le trottoir et j'ai laissé Oppi dans la voiture. Deux chiens type malinois sont venus à ma rencontre dès que j'ai eu franchi le portail. J'ai poursuivi mon chemin dans l'allée, encadré par les clebs et prêt à dégainer si l'un d'eux montrait les crocs. Sur un côté du bâtiment, une ancienne grange dont la double-porte en bois était ouverte, abritait deux voitures américaines. J'ai reconnu une Chevrolet Corvette et une Ford Gran Torino d'après mes souvenirs de télé : Starsky conduisait une Torino et la Corvette était la voiture de Futé dans l'*Agence Tous Risques*. Il y avait aussi une *française*, aussi malvenue qu'une meule Motobécane dans un rassemblement de Harley.

En faisant le tour de la maison, j'imaginais rencontrer un pète-sec coiffé en brosse, avec des biceps tatoués d'enseignes de régiments militaires, mais celui qui est venu vers moi était un papy au teint rouge dont les joues rebondies étaient couvertes d'une barbe blanche taillée avec soin. C'était encore plus effrayant d'imaginer un mercenaire derrière ce petit bonhomme à l'allure de retraité. Il a claqué des doigts pour renvoyer ses chiens au portail puis il m'a salué. Ses mains puissantes étaient pleines de calles. Il aurait pu râper du fromage avec sa paume.

« Je m'appelle Jeff, je suis de Bruges, mais je n'ai rien à voir avec le chocolatier, a-t-il souri.

– Moi, c'est Franck. Bostik, comme la colle.

– Il fait chaud. Je vous paie une bière ?

– Je préfère de l'eau fraîche, s'il vous plaît. »

Il m'a conduit jusqu'à une terrasse de caillebotis. Nous nous sommes installés sur une table de jardin abritée du soleil par un parasol Heineken aux couleurs délavées. Une jeune blonde à peine majeure, gaulée comme une pin-up, est arrivée avec une bière et une carafe d'eau qu'elle a posées sur la table, puis elle est repartie sans dire un mot. J'ai pensé que c'était sa fille, pour ne pas imaginer le pire.

« La petite archéo m'a expliqué que vous cherchiez une gamine.

– Oui, une jeune fille a disparu depuis trois jours. Ses vêtements ont été retrouvés sur Bibracte. Nous n'avons aucune piste et pas de témoin. Olivia m'a dit que vous travailliez à proximité de l'endroit où ses habits ont été trouvés, sur le versant ouest.

– Il y a beaucoup de randonneurs qui circulent par là, mais je n'ai pas remarqué d'homme avec une attitude suspecte, à part les salopards qui jettent leurs emballages de pique-nique ou les petits cons en VTT qui sortent des sentiers balisés.

– Vous avez participé aux recherches quand les gendarmes ont fait appel aux bénévoles pour fouiller la forêt, le lendemain de sa disparition ? Mardi.

– Non, j'étais en déplacement, mais les jours précédents, je travaillais sur place.

– Vous n'avez pas aperçu cette jeune fille pendant le week-end ? »

Je lui ai donné la photo de Kamila qu'il a fixée en

l'approchant de son visage. Moi, j'en ai profité pour l'observer. Il lui manquait un doigt à la main gauche et il possédait deux tatouages sur l'avant-bras, un caractère chinois évoquant un art martial qu'il devait maîtriser, et un parchemin dans une bouteille. J'avais déjà croisé ce symbole. Il signifie que l'on a quelque chose à dire à une personne, et que l'on est obligé d'attendre pour le faire.

« Je n'ai jamais vu cette petite. Vous l'avez retrouvée, non ? Ça se voit sur votre tête. Elle est morte ?

– Non.

– Vous êtes un jeune flic. Vos yeux ont déjà tout dit.

– Désolé, je ne peux pas vous donner d'informations, monsieur.

– Je comprends, mais vous savez, j'ai vu pire. Je pourrais vous décrire les fosses où l'on enterrait des bébés victimes de la guerre civile en Afrique, et vous parler de leurs mères qui venaient la nuit pour se laisser mourir près d'eux. Nous les traînions hors de la fosse, mais elles revenaient une heure plus tard se coucher près du corps de leur petit. Je sais ce que vous ressentez. Vous pouvez compter sur moi si vous avez besoin d'aide.

– Merci, mais ce n'est pas moi qui dirige cette affaire. On m'a simplement chargé d'enquêter sur le site. Si d'autres détails vous reviennent en tête, il faudra contacter le SRPJ. »

Il m'a rendu la photo de Kamila qu'il avait gardée près de lui sur la table. Je n'ai pas pu m'empêcher de la regarder à mon tour. C'est son visage de cadavre que j'y ai vu, exsangue, vidé de son âme comme si tout ce qu'elle avait aimé, détesté, et pensé sur cette terre n'avait jamais existé. La jeune fille qui avouait sur son blog avoir déjà subi mille morts, était morte une fois de trop. Le Belge m'a proposé à nouveau une bière que j'ai acceptée cette fois, un peu d'alcool chasserait l'impression d'impuissance qui me venait au bord des lèvres quand je pensais à Hana, qui ne dirait plus jamais « Nous ».

Un léger vent s'est mis à souffler depuis l'ouest et le sommet de Bibracte, à peine de quoi faire trembler les bords effilochés du parasol. La jeune pin-up, toujours muette, comme si elle redoutait le vieux, a apporté ma bouteille. Quand elle s'est penchée pour la poser sur la table, j'ai vu dans l'échancrure de son débardeur ses jeunes seins plonger vers moi comme des obus largués d'une soute. J'ai explosé en silence et bu ma bière pendant que Jeff me parlait de sa vie. Une aile de sa demeure était baptisée la « maison des copains ». On pouvait s'y installer pour un jour, une nuit ou un mois. Quand le Belge retournait en Afrique, le reste de la ferme et le garage étaient verrouillés par des systèmes de sécurité dernier cri mais la porte de la maison des copains restait toujours ouverte. Des paquets de pâtes, de biscuits et de café garnissaient les placards. Perdu au milieu des lacs et des massifs de résineux, cet asile était réservé aux hommes ayant exercé un métier d'armes, comme lui.

« J'accueille aussi quelques malheureuses, comme cette demoiselle que vous avez vue. Une fille de petite vertu rencontrée dans un palace de Dakar et qui vient se ressourcer dans la nature.

– Elle a quel âge ?

– Je ne sais pas. Je ne leur pose aucune question.

– Elle a des papiers ?

– Elle ne parle pas français. Je ne peux pas vous répondre. Voilà celle avec qui elle est venue. Une Française, elle, avec tous ses papiers. Cela fait une semaine qu'elles sont là. »

Une seconde jeune femme était passée en maillot deux pièces pour aller s'allonger sur un transat, sans nous adresser un regard. On sentait la poule de luxe habituée à se démaquiller avec des billets de 500 euros. Comme disait Pouchkine, cette jolie tasse n'est pas pour ta petite cuillère.

« Et si un criminel vous demande l'hospitalité ?

– Si je croise votre bonhomme, j'appliquerai le conseil de mon premier officier à la légion : « Pas de corps, pas de crime. »

Au ton qu'il avait employé, j'ai compris qu'il était sérieux et qu'on ne retrouverait pas grand-chose de l'assassin de Kamila s'il tombait entre ses mains.

« En ce qui concerne les pillards en quad qui circulent autour de Bibracte, vous pensez que c'est une piste à étudier ?

– Non. Ce sont des gagne-petit. J'ai proposé mes services au directeur du Centre pour lui fournir du matériel de surveillance efficace. Quand j'aurai tout installé, gendarmerie, équipe de sécurité et responsables du musée recevront des textos d'alerte dès qu'une personne s'approchera d'une fouille. Il n'y aura plus aucun pillage.

– Vous êtes passionné d'histoire gauloise ?

– Pas du tout. J'apporte ce que je trouve à Olivia parce que c'est une fille bien. Si tu as le temps, je vais te dire ce que je cherche ici.

– J'ai deux minutes. Le temps de finir ma bière.

– Ça suffira. »

Il a reposé la bouteille qu'il tenait dans la main, passé une main dans ses rares cheveux blancs, puis il a approché son visage du mien : « Je vais te raconter une histoire incroyable, petit flic. »

La poule de luxe qui nous écoutait, a laissé tomber le magazine qu'elle feuilletait, et tourné son visage vers nous. Elle redevenait une petite fille à la promesse d'un beau récit.

« Pendant l'hiver 1952, un bimoteur s'est écrasé sur le Mont Beuvray avec mes parents à bord. À cause des chutes de neige, les secours ont mis beaucoup de temps pour arriver. Ils ont récupéré le corps de mon père qui pilotait, mais personne n'a pu retrouver celui de ma mère. Les recherches ont duré une semaine. Ils n'ont rien trouvé. Ma famille a ensuite engagé des garde-forestiers qui ont inspecté la forêt pendant plusieurs jours mais le corps de ma mère n'a jamais été ramené. »

Sa voix avait perdu son assurance. Le blindage du mercenaire fondait. Le parchemin enfermé dans la bouteille tatouée sur son bras était destiné à sa mère.

« Vous êtes sûr qu'elle était dans cet avion ?

– Oui, c'est maintenant que cette histoire devient incroyable. Mes parents arrivaient d'Italie, ils avaient fait une halte à l'aéroport de Rome. J'étais avec eux. J'avais 3 ans. Au moment de repartir, ma mère a refusé de me faire remonter dans l'avion. Personne n'a pu m'expliquer pourquoi elle a fait ça. Elle m'a confié à une amie qui était là. Ils ont décollé et je ne les ai plus revus. Les choses ont bougé il y a deux ans quand une équipe de Bibracte a trouvé un bijou, un torque en or. C'était la copie d'un bracelet celte qui appartenait à ma famille. Ma mère le portait le jour de l'accident. Son corps est là, dans la forêt. J'en suis certain. Blessée, elle a dû s'éloigner de l'avion avant de mourir à quelques centaines de mètres du crash. Je vais continuer de chercher. J'ai du temps et de l'argent.

– La forêt est immense. Les scientifiques ne retrouvent pas la trace des légionnaires romains alors que 5 garnisons ont séjourné ici.

– Ma mère a fait confiance à son instinct en m'empêchant de remonter dans l'avion. Alors, j'écoute aussi mon instinct. »

Il a sorti de sa poche un carnet de cuir noir travaillé en relief, et l'a ouvert pour en extraire une photo : sa mère sur une image noir et blanc prise dans un studio par un photographe professionnel.

« Elle a fait une petite carrière de modèle. C'était une femme très belle et courageuse. À 17 ans, elle a été dans la Résistance. Elle distribuait des tracts et livrait des colis pour la Légion Belge. Je n'avais que 3 ans quand elle est morte, mais je me souviens de son front blanc comme la lune. Je n'ai pas oublié son parfum non plus. »

Le Belge a relevé la tête comme s'il cherchait à respirer ce parfum dans la brise chaude qui soufflait depuis Bibracte où s'était déroulé l'accident 60 ans plus tôt.

« Mon petit flic, laisse-moi te dire une chose : au cours de ma carrière, j'ai assisté à des crimes qui auraient dû me rendre fou. J'ai encaissé. Mais je ne supporte pas l'idée d'abandonner ma mère dans la forêt.

– Je comprends. »

Un lien nous unissait. Chacun de nous possédait dans sa poche, la photo d'une jeune femme disparue. J'ai fini ma bière. La femme allongée sur le transat a roulé son maillot façon string pour se faire dorer les fesses et elle a repris son magazine, moi, je pensais à la gamine à peine plus âgée que Kamila qui était rentrée dans la maison. J'ai cherché à apercevoir son visage à travers une des fenêtres. J'aurais voulu qu'elle m'envoie un signe depuis la vitre pour me dire que tout allait bien, mais elle ne s'est plus montrée. Je me suis levé. Jeff m'a raccompagné jusqu'au portail.

« Merci pour votre aide.

– Quand ton enquête sera terminée, n'hésite pas à venir à la maison des copains pour un week-end. On fait le même métier. Faire régner l'ordre ici ou nettoyer le désordre du tiers-monde, c'est un peu la même chose. »

9

Le Belge était-il un vieil homme sincèrement impliqué dans la recherche de sa mère ou un marlou qui avait transformé une aile de sa maison en lupanar pour proposer des adolescentes étrangères aux notables du coin ? En le quittant, j'ai noté son nom, Jeff De Boeck, inscrit sur sa boîte aux lettres, et appelé le commissariat pour leur confier son identité afin qu'ils enquêtent.

« Oublie ça, m'a répondu un inspecteur. Une piste vient de tomber. Un employé du Centre possède un casier qui correspond à ce genre d'agressions. »

Attouchements sur mineurs, prison avec sursis, le type qui avait un profil de pervers n'était pas apparu dans la première liste des délinquants sexuels fichés dans le coin à cause d'une erreur dans la retranscription de son lieu de résidence.

« Le patron a demandé que tu te charges de lui.

– Et le S.R.P.J. ?

– Le boss te garde l'info en exclu. T'es son chouchou, mon pote.

– Mais pourquoi j'y vais seul ?

– Personne n'est dispo. Le festival lyrique commence demain et des gens du voyage viennent de s'installer sur l'amphithéâtre. Il y a 200 caravanes. On doit les virer. Ordre du préfet. Ça va être chaud. Je te donne le nom du gars, Serge Pochal. C'est le chauffeur d'une des navettes. À priori, il travaille aujourd'hui. Si tu ne le sens pas, appelle le S.R.P.J.

– O.K. »

J'ai noté le nom du type et son adresse. Au moment de redémarrer pour quitter Anost, le câble d'embrayage qui craquait depuis Autun, a cédé net. Quelle caisse de poissard. Je suis allé sonner au portail du Belge qui est arrivé sans ses chiens.

« Excusez-moi. Je suis en carafe avec ma voiture. L'embrayage a lâché. Vous pourriez me remorquer jusqu'à un garagiste ?

– On va perdre la journée si je te traîne jusqu'à Château. Je vais te prêter une voiture et je ferai venir mon mécano. Tu récupéreras la tienne demain. Suis-moi. »

Nous sommes allés jusqu'à la grange. Il a allumé les rampes de néons accrochés aux poutres du plafond. La carrosserie des bolides lustrée au Polish brillait sous l'éclairage cru.

« Mon père était passionné d'avions, moi je m'intéresse aux voitures. Rassure-toi, ce ne sont que des occasions. Je les achète à un mandataire qui s'occupe de toutes les démarches administratives. On évite les taxes de douanes. Ça me coûte moins cher qu'une bonne voiture française neuve.

– L'entretien des moteurs n'est pas trop coûteux ?

– Non, c'est de la mécanique agricole. J'ai un garagiste en retraite à dix kilomètres d'ici qui me retape tout. Les pièces d'importation arrivent au Creusot en deux jours. Je peux te prêter la Mégane mais prends la Torino si tu veux te faire plaisir. Pas la Corvette. C'est une bombe. Tu vas te retrouver dans un arbre.

– Oui, c'est gentil. Merci. »

Il a pris les clés accrochées à une poutre et me les a données. Je me suis installé au volant. Les sièges étaient en cuir. J'avais l'impression d'être assis dans un fauteuil Club. Un quart de tour de clé a suffi à me faire traverser l'Atlantique. Le 8 cylindres en V a ronronné. On ne s'entendait plus dans la grange. Le Belge a hurlé : « N'oublie pas que ce sont des voitures à propulsion. Le moteur est à l'arrière. Tu vas chasser si tu relances trop fort à la sortie d'un virage. Vas-y doux.

– O.K. Je ferai attention. Je peux récupérer mon chien ?

– Oui, mets-le sur la banquette arrière. Il y a une couverture. »

Je suis sorti du garage en roulant doucement puis j'ai avancé jusqu'à ma voiture. Le Belge marchait derrière moi. J'ai transféré la mallette de matériel de police scientifique, l'appareil-photo et l'ordinateur du service dans la

Torino, ainsi que le chien et mon sac de fringues propres. Au moment de prendre la route, j'ai eu un soupçon :

« Hé, Jeff, c'est pas une voiture volée ?

– Non, moi, je suis fiché par Interpol, mais mes voitures sont cleans, a-t-il répondu en éclatant de rire. Le châssis possède même un tracker. Si quelqu'un la vole, je la retrouverai où qu'elle soit, rassure-toi.

– O.K.

– Et ne te laisse pas surprendre par la consommation. Ces demoiselles pompent 20 litres au cent kilomètres. À l'époque, les américains s'en moquaient, l'essence ne coûtait rien chez eux. Bonne route. »

J'ai démarré mollo. Sur la route, dès ma sortie d'Anost, un tracteur tirant une bétaillère a refusé de se caler sur la droite pour se laisser doubler. C'était rageant d'être freiné avec un tel bolide. J'ai klaxonné. Sans succès. Pendant 2 kilomètres, les roues du crotteux roulant à « 30 » ont envoyé des galettes de terre sur mon pare-brise, que les essuie-glaces ont smashé à la volée comme deux tennismen au filet. Quand le gars s'est engagé sur un chemin menant à une ferme, j'ai crié « Pécore » et mis les gaz. La boîte automatique gérait tout, je n'avais qu'à apprécier l'effet de vitesse. Très vite, malgré le plaisir à tenir ce volant, j'ai repensé à la môme, Hana, qui perdait une sœur jumelle mais qui croiserait son visage chaque matin devant son miroir. À rendre fou. Et Pochal ? Qui était ce type ? Comment pouvait-on confier un poste de chauffeur de navette à un délinquant sexuel ? À mon arrivée sur le parking du musée, j'ai réussi à me garer à un endroit ombragé. J'ai laissé une gamelle d'eau pour le chien et j'ai rejoint l'emplacement réservé à la navette au pied du site. Une dizaine de personnes attendaient son arrivée. Il y a un passage de minibus toutes les vingt minutes pendant l'été. Le nôtre est arrivé cinq minutes plus tard. Virant trop rapidement sur la zone pour faire demi-tour, le chauffeur a soulevé un nuage de poussière. Il a ensuite ouvert ses portes sans couper le moteur. J'ai attendu que les passagers du trajet retour soient descendus puis je suis monté dans le Trafic rallongé en cachant la carte Police qui pendait sur ma poitrine. J'ai jeté un œil au badge d'identification accroché à la chemise du chauffeur. C'était le suspect. Agé d'une trentaine d'années, Serge Pochal avait des cheveux bruns clairsemés tirés vers l'arrière et un regard bleu pâle très mobile qui semblait incapable de se fixer sur un point. Mains musculeuses, dos raide, lèvres closes sur un visage creusé dépourvu de chaleur, il pouvait correspondre à l'image de type nerveux et sportif décrit par Perle. J'ai continué de l'observer tandis que les gens s'installaient. Il a échangé quelques paroles avec des hommes, mais s'est montré distant face aux femmes. Quand toutes les places ont été occupées, il a démarré sans dire un mot à deux retardataires qui s'approchaient en courant. Le véhicule a d'abord roulé à faible allure sur la pente, puis Pochal a accéléré quand la forêt nous a cachés du musée. La navette s'est mise à survirer lors des virages serrés. « Calmez-vous ! » a grogné un passager assis derrière lui. Il a ralenti.

Devais-je l'interroger maintenant de manière informelle ou l'emmener en garde à vue au commissariat de Dijon afin que les officiers du S.R.P.J. disposent d'une heure pour bosser sur son dossier avant que nous arrivions là-bas ? Le soutien du chef et la restitution de ma qualification O.P.J. m'avaient regonflé à bloc. J'ai décidé d'interroger Pochal. À notre arrivée sur la Terrasse, j'ai laissé les passagers descendre puis j'ai alpagué le type en lui montrant ma carte professionnelle :

« Vous pouvez arrêter votre moteur et descendre du véhicule, s'il vous plaît ? J'ai quelques questions à vous poser.

– De quoi vous voulez parler ?

– Je vais vous expliquer tout ça. Coupez votre moteur, monsieur.

– Je veux appeler mon avocat. Vous avez pas le droit de m'interroger sans lui. Il y a une nouvelle loi. Mon avocat m'a dit que je pouvais l'appeler.

– Vous avez raison, mais vous n'êtes pas en garde à vue. Je veux simplement discuter avec vous. J'enquête sur des agressions qui se sont déroulées dans la région.

– Je ne vous parlerai pas. Je veux appeler mon avocat, a-t-il répété en passant une main dans ses cheveux, puis il s'est gratté la joue. Une goutte de sang est apparue sur sa peau.

– Soyez raisonnable, monsieur Pochal. Ça prendra cinq minutes. On va s'installer à l'ombre. Je vous poserai quelques questions et vous pourrez retourner travailler. Ce n'est pas la peine de faire venir votre avocat jusqu'ici.

– Il n'habite pas loin. Il travaille à Autun.

– Qui c'est ?

– Maître Lantier.

– O.K. Je vous laisse l'appeler. »

J'avais croisé cet avocat au commissariat d'Autun. Il attendait la sortie d'un jeune client. Nous avions partagé un café au milieu des odeurs d'urine et des hurlements qui s'échappaient des cellules de garde à vue. Je lui avais demandé son avis sur les manières d'engager une action en justice contre mes supérieurs parisiens après ma suspension. Il m'avait répondu et m'avait laissé son numéro de portable sur une carte. Je ne l'avais pas appelé.

Pochal a coupé son moteur. Nous sommes descendus du bus et nous nous sommes écartés du public qui se promenait sur la zone. Livia était là, au milieu d'une dizaine d'enfants qui avaient des casquettes enfoncées sur la tête et le nez pommadé à l'écran total pour lutter contre le soleil. Ceux qui avaient oublié leur couvre-chef étaient coiffés d'un chapeau confectionné en papier journal. J'ai essayé de lui sourire, mais elle n'a pas desserré les lèvres en croisant mon regard. Kamila occupait toutes ses pensées. À côté de moi, le suspect qui était déjà en contact avec son défenseur m'a tendu son appareil :

« Mon avocat veut vous parler. »

J'ai pris le téléphone.

« Bonjour, je suis le lieutenant de Police, Franck Bostik. On m'a chargé d'enquêter sur une série d'agressions qui se sont déroulées dans la région durant les derniers mois.

– Je me souviens de vous. Vous pouvez m'en dire plus ? Monsieur Pochal est en garde à vue ?

– Pas du tout. Je voudrais lui poser quelques questions. »

Je me suis éloigné de Pochal pour décrire l'affaire à l'avocat, en lui cachant la découverte du corps.

« Je comprends que Pochal vous intéresse, a t-il répondu après mon récit, surtout quand il s'agit de tracer toutes les pistes au début d'une enquête, mais il n'a pas le profil d'un agresseur. Vous avez lu son dossier ?

– Non. On vient de me donner son nom parce qu'il est sur une liste de délinquants sexuels.

– Eh bien, vous pouvez dire à vos collègues de le retirer de cette liste. Ce n'est pas un pervers qui accumule les affaires de mœurs. C'est un pauvre gars comme on en rencontre ici dans des lieux-dits constitués de trois ou quatre fermes coupées du monde où des familles vivent repliées sur elles-mêmes. Il s'y passe des choses. Les garçons s'intéressent aux filles plus jeunes, c'est presque naturel. Monsieur Pochal était simplement amoureux de sa sœur. Il lui offrait des dessins, lui écrivait des lettres. Il avait vingt-cinq ans, elle en avait quatorze. Cela durait depuis plusieurs années, je pense.

– Ça n'exclut pas qu'il ait pu être mêlé à d'autres affaires.

– Il n'a jamais approché d'autres femmes. J'ai défendu de vrais criminels sexuels à Nevers et à Dijon. Il est incapable de suivre leur logique. Mon client n'éprouve pas de pulsions ou de frustrations vis-à-vis des femmes. Il était sincèrement amoureux de sa sœur. D'ailleurs, il vit toujours avec elle.

– O.K.

– Les déviances font partie de l'histoire de ce pays, monsieur Bostik. Certains cours d'eau qui ont leur source près d'une ancienne minière comme à Villapourçon ou à Saint-Prix, sont pollués encore aujourd'hui par le plomb, l'arsenic. Des études ont montré que l'eau plombée a provoqué des retards mentaux chez des enfants dont les parents en avaient bu abondamment. »

Leurs parents ne buvaient sûrement pas que de l'eau, mais j'étais d'accord avec lui. Cette région était riche en minières. On pouvait reconnaître de grandes rigoles creusées par la main de l'homme sur les flancs du Beuvray. Un archéo qui s'était lancé dans la prospection avait même trouvé un filon de 10 grammes d'or par tonne de terre, un rapport équivalent aux plus grosses exploitations d'Afrique du Sud.

« Vous pouvez convaincre monsieur Pochal d'accepter de me parler ? Peut-être qu'il a vu quelque chose.

– Moi, je peux vous parler.

– Qu'est-ce que vous avez à dire ?

– Ce n'est pas mon rôle de me mêler de votre enquête,

mais j'ai croisé un homme qui a le profil que vous cherchez. Ne me demandez pas de faire une déposition. Je ne répéterai jamais devant un témoin ce que je vais vous dire. J'ai défendu il y a moins d'un an, une femme dont le fils est un tueur. J'en suis sûr.

– Qui est-ce ?

– Sa mère est une petite vieille du pays. Elle parle un charabia de français et de patois. Elle n'avait pas le permis. Je l'ai reconduite chez elle après un procès civil sur une affaire de voisinage. Nous avions des papiers à signer. J'ai croisé le fils dans cette maison. Il est beaucoup plus intelligent que sa mère. Il a voulu parler avec moi des affaires sur lesquelles j'avais travaillé, c'était très malsain comme discussion, puis il m'a dit « J'ai tué et j'aime ça. »

– Il a tué qui ?

– Je ne sais pas. Nous étions seuls dans la pièce. Il a souri puis il a quitté la maison.

– Il vous avouait peut-être avoir pris du plaisir à tuer des animaux. C'était un chasseur ?

– Non. On évoquait des affaires criminelles. À la manière dont il m'a dit « J'ai tué », j'ai compris qu'il parlait d'un homme ou d'une femme. Sa voix me glace encore aujourd'hui.

– Pourquoi n'en avez-vous pas parlé avant ?

– J'ai été tenté de le dire après chaque affaire sordide non résolue, mais vos collègues ne m'auraient pas écouté. Ils nous considèrent comme des emmerdeurs depuis que cette loi sur la présence des avocats dès le début des gardes à vue a été votée.

– Cet homme est encore dans la région ?

– Il habite à Saint-Honoré-les-Bains. C'est un pervers. Cela se sent dès qu'on lui parle. Il est intelligent, manipulateur, froid. Un homme avec un visage séduisant mais qui vous met mal à l'aise à la première rencontre.

– Donnez-moi son nom.

– Le téléphone de monsieur Pochal est sur écoute ?

– Non.

– Je vous le dirai une fois, puis je n'en parlerai plus. Inutile de venir me questionner ensuite. De toute façon, je ne sais rien de plus, et peut-être que cette piste n'a rien à voir avec votre affaire.

– Donnez-moi son nom, s'il vous plaît.

– Il s'appelle Dutilleux. »

J'ai tiqué. Il y avait une pointe d'homonymie avec Dutilleul, le médecin du SAMU parisien.

« Il vit avec sa mère dans une villa Belle-Epoque en ruines. J'avais discuté un peu avec ses voisins. Ils le surnomment le Fou de Saint-Honoré.

– Merci pour cette info. Je vais me renseigner.

– Soyez prudent. Vous voulez toujours interroger Pochal ?

– Oui.

– O.K. Passez-le moi, je vais lui parler. »

J'ai rendu le portable au chauffeur qui m'avait observé

sans cesser de se gratter le visage. Du sang coulait jusque dans son cou maintenant. L'avocat l'a convaincu de discuter avec moi, mais après lui avoir posé quelques questions sur son emploi du temps, mes impressions ont recoupé celles de Lantier : Pochal très émotif et d'un niveau intellectuel faible semblait incapable d'exécuter une série d'agressions aussi planifiées. Je l'ai laissé repartir. Il devait se rendre au centre technique de Glux pour faire le plein avant de reprendre un nouveau tour de navette. J'ai téléphoné ensuite au capitaine Vairon qui dirigeait l'enquête, pour lui faire le compte-rendu de ma journée comme le chef me l'avait ordonné. Une standardiste m'a demandé de patienter. J'ai attendu en écoutant une musique entrecoupée de messages encourageant les jeunes à devenir « adjoint de sécurité », la nouvelle initiative du gouvernement : l'Etat, puisqu'il n'y avait plus de sous, formerait des sous-flics sous-payés. Puis Vairon a décroché. Sa voix était chaleureuse. Il semblait jeune.

« Bravo pour cette découverte, Franck, même si je sais que ça a dû être éprouvant. J'ai vu les photos de l'enfant morte. Ça remue. Merci d'avoir accepté de rester là-bas. Vous avez pris de bonnes initiatives, a-t-il ajouté après que je lui ai décrit mes démarches de la journée. Votre prise de contact avec l'instit est intéressante et nous allons gratter autour de ce chauffeur de bus. Vous nous avez ramené de la bonne *gâche*. »

Cet officier semblait être un vrai chef de groupe qui

savait insuffler un esprit d'équipe comme je l'avais connu à Paris.

« On m'a donné aussi une info sur un individu habitant Saint-Honoré-les-Bains, capitaine, mais je ne sais pas ce que vous attendez de moi

– Faites ce que vous sentez, lieutenant. Je ne peux envoyer personne. Une moitié de mon équipe est partie sur le trajet du voyage scolaire pour réinterroger toutes les personnes avant qu'elles n'arrivent à Calais. C'est une tâche délicate. Personne ne sait que la jeune fille a été assassinée. On garde secrète la découverte du corps. Le reste des gars bossent sur les infos déjà récoltées, comme les photos que vous avez envoyées. Tenez-moi au courant si ce suspect de Saint-Honoré vous semble une piste sérieuse. Je vous demande seulement de travailler à notre manière. Ce qui compte pour nous, c'est le respect des procédures et le travail discret.

– Je ferai de mon mieux. Est-ce que je peux savoir où vous en êtes ? J'ai promis de donner des informations à la sœur de la disparue.

– Nous cherchons la provenance de la couverture. Nous attendons aussi les autorisations des fournisseurs de téléphonie et d'Internet pour examiner les communications, mails, et textos de la petite, et bien sûr, les résultats de l'autopsie. Le corps est en route pour Dijon. Tous les ex-petits copains de Kamila sont hors de cause, ainsi que la personne avec qui elle communiquait sur son blog secret. C'est une femme-photographe à qui elle envoyait des photos sans l'autorisation de sa mère pour postuler à des castings. Je vous passe un coup de fil dès que ça bouge.

– Merci. »

Pendant l'appel, Hana avait essayé de me joindre. Je ne sais pas qui lui avait donné mon numéro. J'ai écouté le message qu'elle avait laissé sur mon répondeur. Elle avait appris la nouvelle de la découverte de sa sœur. Elle criait. Sa douleur était insupportable. Je l'ai rappelée avec l'espoir qu'elle ne répondrait pas. Comment pouvais-je l'aider ? Mais elle a décroché :

« Bonjour, c'est Franck, le policier.

– Monsieur ! Je vous avais dit qu'elle était morte !

– Désolé, Hana.

– Je n'arrive plus à respirer. J'ai besoin de la voir.

– Je suis vraiment désolé pour ce qui est arrivé à ta sœur. J'étais certain qu'on la retrouverait.

– Dites-moi où elle est, je vous en supplie.

– Le corps ne sera pas rendu à ta famille avant plusieurs jours. Il faudrait que tu te rapproches de ton père ou de ta mère.

– J'ai juste besoin de voir ma sœur. C'est horrible. Qu'est-ce qui s'est passé ? On ne m'a rien dit.

– Nous ne savons pas encore. La police a pris contact avec tes parents ?

– Je m'en moque de mes parents. J'ai besoin de ma sœur.

– Je sais. »

Elle s'est remise à pleurer.

« La femme qui veille sur toi est là, Hana ?

– Oui, elle est à côté.

– Essaie de te reposer près d'elle. Moi, je dois retourner m'occuper de l'enquête.

– S'il y a une enquête, c'est que quelqu'un a tué ma sœur.

– Non, la police enquête sur toutes les morts qui ne sont pas naturelles, comme une chute, un suicide.

– Je peux venir avec vous ? Je ne fais rien. Je deviens folle.

– Non, essaie de te reposer, de prendre soin de toi, et n'hésite pas à m'appeler quand tu as besoin. Je te promets de répondre cette fois. Je t'embrasse. Tu dois être courageuse.

– Attendez. Il faut que je vous dise quelque chose. C'est important.

– Qu'est-ce qu'il y a ?

– Kamila… Elle a volé au musée.

– Quoi ?

– Pendant notre visite sur un chantier, il y a une personne qui est venue nous parler. Un vieux. Genre 30 ou 40 ans. Il était sympa. Il avait un chien. Il nous a demandé d'où on venait, ce qu'on avait visité. Après il a parlé avec ma sœur. Elle ne m'a pas tout raconté, mais j'ai compris qu'il lui a demandé de voler quelque chose, en échange d'argent. »

J'ai repensé au casque disparu dont m'avait parlé Livia.

« Il lui a proposé 150 euros. C'est ce qu'il nous manquait pour préparer un voyage en Tchéquie. On avait prévu de passer nos vacances d'été là-bas, l'an prochain.

– Quand avez-vous rencontré cet homme ?

– C'était le dimanche après-midi. On était sur un chantier avec notre prof. Il est venu pendant une pause. La prof n'était plus là.

– Pourquoi tu ne l'as pas dit avant ?

– Je pensais que ma sœur allait revenir. Et je ne voulais pas qu'on l'accuse d'un vol. On avait vraiment besoin de cet argent, ma mère ne nous laisse pas travailler.

– Elle est sortie du gîte en pleine nuit pour commettre ce vol ou rejoindre cet homme ?

– Peut-être. Elle aimait bien les gens, elle ne savait pas dire non.

– Tu peux me le décrire ?

– Il était… Je ne sais pas… de taille moyenne. Moins grand que vous. Il était blond, avec des cheveux courts. Il était habillé normalement. Avec un jean, je crois. Non, un pantacourt, y avait une japonaise tatouée sur son mollet. Je m'en souviens.

– Une japonaise ?

– Oui, une dame en kimono.

– Une Geisha ?

– Oui.

– Il n'a pas laissé son nom, un numéro de téléphone ou un mail ?

– Je n'ai rien trouvé dans le téléphone de ma sœur, ni dans ses affaires. Je suis désolée de ne pas l'avoir dit plus tôt.

– Ça n'a peut-être rien à voir. Rappelle-moi dès que tu repenses à un nouveau détail.

– Oui, je le ferai.

– Bon courage, Hana. »

J'ai raccroché avec l'envie de tout plaquer pour aller prendre cette môme dans mes bras, mais il me fallait parler tout de suite avec le directeur ou avec Livia pour en savoir plus sur le vol. Pochal était reparti au volant de la navette. J'étais à pied. Je me suis mis en route pour rejoindre le musée. La chaleur était encore caniculaire, la voie, peu ombragée. J'ai été tenté de redescendre en coupant par la forêt, mais la pente raide où des rochers affleuraient semblait dangereuse. J'ai marché à droite de la chaussée où l'ombre des plus grands queules m'abritait. À mi-chemin, j'ai entendu le ronflement d'un moteur. C'était une des navettes qui redescendait. J'ai levé la main pour l'arrêter. Le chauffeur m'a laissé monter et m'a conduit jusqu'au parking après que tous les passagers sont descendus au dernier arrêt.

« Alors, qu'est-ce qui se passe avec l'ami Pochal ? » a-t-il alors lâché. Il savait que j'étais flic. Cette question attendait sur le bord de ses lèvres depuis qu'il m'avait vu sur la route. Je ne lui en voulais pas. C'était aussi tentant que de demander « Ça mord ? » en passant derrière un pêcheur.

« Aucun souci avec Pochal, mais vous avez peut-être des infos à me donner ?

– J'ai pas envie de lui faire des problèmes.

– Vous avez vu quelque chose ?

– Non, j'ai rien vu mais je trouve que ce gars est malsain. Je l'ai déjà vu se promener au bras d'une fille bien plus jeune que lui. Je peux vous dire aussi que des collègues l'ont surpris plusieurs fois dans les toilettes Dames.

– Qu'est-ce qu'il y faisait ?

– Je ne sais pas. Aucune employée ne lui adresse la parole. Il faudrait les interroger, il s'est sûrement passé quelque chose.

– O. K... Vous avez d'autres choses à me dire ?

– Les habits de la fille ont bien été retrouvés au sanctuaire de La Chaume ?

– Oui.

– Pochal est le seul chauffeur qui s'est occupé du transport des objets du trésor avec les archéos. Il avait accès au lieu.

– On dirait que vous ne l'aimez pas.

– Mon contrat ne sera pas renouvelé à la fin de l'été. Et ce mec qui a fait de la prison va garder son poste ! Ça me fait chier. J'ai besoin de ce boulot, j'ai un crédit de baraque à payer, mais je vous assure que tout ce que je dis est vrai. »

J'ai noté le nom du chauffeur inscrit sur le badge, et l'ai averti qu'il serait convoqué pour qu'il nous confirme son témoignage, puis je me suis dirigé au Musée pour discuter avec le directeur.

« À cette heure, il doit rencontrer une équipe de journalistes pour une interview, m'a informé une employée derrière le comptoir.

– Vous pouvez me dire où ils sont, s'il vous plaît ?

– Il ne faut pas le déranger.

– Où est le directeur ?

– C'est bon... Criez-pas. Ils ont fait leurs prises de vue au Musée, maintenant ils doivent être au Centre de Recherches.

– Merci. Et changez de poste, ma grande. C'est pas la peine de bosser à un accueil si vous ne voulez pas donner d'infos. »

J'ai filé pour reprendre la Torino. Des visiteurs l'admiraient, nez collé au capot comme s'ils y cherchaient les empreintes de Starsky. J'ai démarré et je me suis rendu au Centre de Recherches à Glux en respectant les conseils de prudence du Belge dans les virages de l'oppidum et lors de la traversée du village. À l'approche du Centre, j'ai aperçu le Directeur. Il était à l'extérieur. Quelqu'un l'interrogeait. Un cameraman les filmait avec la silhouette du Mont-Beuvray au deuxième plan, tandis qu'un preneur de son tendait sa perche au-dessus d'eux. Le bruit de la voiture à l'échappement pétaradant les a obligés à stopper le tournage. Je me suis garé, j'ai coupé le moteur et attendu la fin de l'interview au volant, vitre baissée. J'entendais leur dialogue. Les questions concernaient l'architecture des lieux. Le directeur expliquait que la présence de formes carrées dans les bâtiments était un hommage aux quadrillages des archéologues sur leurs chantiers. Il a ensuite salué le journaliste, les techniciens et il est venu vers moi. Son visage était couvert d'une légère couche de maquillage qu'il a essuyée avec un mouchoir en papier.

« Vous avez réquisitionné la voiture d'un dealer ?

– Non, on me l'a prêtée. Je suis en panne.

– Vous avez du nouveau sur le meurtre de la jeune fille ?

– Rien, monsieur, mais j'ai besoin d'en savoir plus sur des vols qui se seraient déroulés au musée.

– Ça a un rapport avec la fille ?

– Je ne sais pas encore. Pouvez-vous me dire s'il y a eu des vols, dimanche ou lundi ?

– Il n'y en a eu qu'un. C'était lundi. Un casque en bronze de type Alésia, en très bon état. Ce sont des casques guerriers façonnés par martelage. Il en existe moins d'une dizaine en France. Nous l'avions sorti des fouilles le matin. Il a été rapporté au Centre de Recherches, mais il a disparu le soir même.

– Quelqu'un d'extérieur est entré par effraction selon vous ?

– Non. On n'a rien remarqué sur les portes ou sur les fenêtres.

– Vous suspectez une complicité avec un employé ou un chercheur ?

– Non. J'ai confiance en mon personnel. C'est la première fois qu'un vol est commis au Centre de Recherches. Nous avons mis en place une carte magnétique pour limiter les allées et venues, mais la bibliothèque est en libre accès toute la journée. N'importe qui peut entrer en accompagnant un chercheur ou un étudiant.

– Qu'en pensent les gendarmes ?

– Euh… Je ne les ai pas appelés.

– Pourquoi ?

– C'est inutile. Ils font 3 photos et transmettent le dossier à l'office national de trafic des biens culturels. Il n'y a qu'un policier en France chargé de ça. Il travaille depuis Nanterre en consultant les sites de revente, c'est tout. Nous, on a averti l'Happah. C'est une association qui lutte contre le pillage. Ils ont la connaissance du terrain et des réseaux. La plupart des affaires de trésors pillés par des fouilleurs clandestins ont été présentées au tribunal par l'Happah.

– Ils sont venus pour votre casque ?

– Oui, le délégué régional, Pierre-Jean Desvignes, est passé mardi. Il ne m'a pas encore envoyé son rapport. On n'en a pas parlé depuis. Il y avait trop à faire sur le dépôt.

– Vous pouvez me donner son numéro ?

– Il ne vous répondra pas. Les pilleurs ont trouvé ses numéros perso et pro la semaine dernière. Il est harcelé. Allez le voir, il n'est pas loin. Il travaille à Vaux, dans la banlieue d'Auxerre, sur un vol de tableau dans une petite église romane en bord de l'Yonne. C'est à 60 kilomètres d'ici environ. Je vais lui envoyer un mail. Il consulte sa messagerie régulièrement. »

Le directeur s'est éloigné pour trouver du réseau et envoyer un mail, puis il est revenu vers moi.

« Vous avez de la chance. Il m'a répondu tout de suite. Il vous attend jusqu'à 18 h 00. Vous ne pouvez pas rater l'église, elle est au milieu du village.

– J'aurais peut-être pu l'appeler, non ?

– Vaux est encaissé entre les vignes. C'est vraiment difficile de dialoguer au téléphone, et avec votre voiture rapide, en passant par l'A6, vous en avez pour 30 minutes à peine.

– O.K. Merci de votre aide. »

J'ai repris la route. Dès la sortie de Glux, un panneau indiquant la direction d'Avallon m'a permis de me repérer facilement. Il me fallait remonter au nord par les départementales D 500 et D 17, très sinueuses, puis j'ai utilisé toute la vélocité de la Torino dès que la route l'a permis. Le couple-moteur était extraordinairement puissant à bas régime. À mon arrivée sur l'autoroute qui contournait Avallon, je me suis calé sur la voie de gauche, pied au plancher, et j'ai réfléchi malgré le ronflement du moteur et des échappements. Fallait-il s'intéresser à ce que m'avait raconté le jeune avocat ? J'avais confiance en ce juriste besogneux originaire du Creusot, qui était revenu ici dès la fin de ses études malgré l'offre d'un grand cabinet dijonnais qui désirait l'engager, mais la piste du vol de casque était le lien le plus direct avec Kamila. Si sa sœur ne m'avait pas menti. Après plus d'une quarantaine de minutes de trajet dans l'habitacle étouffant malgré les vitres baissées, je suis arrivé à l'entrée d'Auxerre. Située dans une cuvette, la ville est visible depuis les routes périphériques qui dominent la vallée. C'est une cité de rupins qui entortille ses rues médiévales autour de la Cathédrale Saint-Etienne, et dont les heures sont déclinées par les aiguilles tarabiscotées de la Tour de l'Horloge. Des trésors de l'histoire peu fréquentés en comparaison de l'Abbé-Deschamps, le stade de foot qui réunit le populo tous les quinze jours dans une ambiance de frites huileuses et de Stella servie dans des gobelets mous comme des couilles. J'étais souvent venu ici avec les enfants que j'entraînais à Vauzelles, pour voir des matchs pros. Les dirigeants d'Auxerre avaient même proposé à nos jeunes d'entrer sur le terrain avec les joueurs, lors d'un match contre l'OM. Mais une heure avant le coup d'envoi, le staff avait mesuré nos enfants : c'est bon... Non, trop grand... C'est bon... C'est bon... Trop grand... Ils avaient refusé ceux qui dépassaient 1 m 30 parce que leur visage allait masquer les publicités sur le devant du maillot des joueurs. Deux gosses de mon équipe, rejetés, avaient pleuré toute la soirée. L'économie du football utilise les rêves de l'enfance pour donner un vernis d'innocence à son business. Tout le monde plie devant sa puissance et sa richesse. Si la F.I.F.A. l'exigeait, la communauté européenne mettrait un ballon de foot à la place des étoiles sur le drapeau bleu européen.

10

Après avoir traversé le Pont Paul-Bert à Auxerre, j'ai longé l'Yonne où des kayaks de compétition s'entraînaient en slalomant entre des canards pas pressés de s'écarter malgré les coups de pagaies. Je suis arrivé à Vaux, en retard. Il était 18 h 15. J'espérais que le gars m'avait attendu. L'église, une bâtisse romane précédée d'un porche bas charpenté, était au cœur du village comme l'avait décrit le directeur. Une équipe d'employés municipaux profitait de la fin de journée pour arroser des bacs de fleurs sur les trottoirs. Je me suis garé sur une place près de l'église. De l'autre côté de la rue, un homme assis sur un banc à l'ombre d'une maison de trois étages, travaillait sur un ordi portable ouvert sur ses genoux. C'était la seule personne présente dans la rue et les grilles donnant accès à l'église étaient fermées. J'ai traversé pour aller vers lui. Oppi me suivait.

« Vous êtes Pierre-Jean Desvignes ?

– Oui.

– Bonjour, je suis Franck Bostik, de la Police d'Autun. Merci d'être resté.

– Je n'ai même pas fait attention à l'heure. Le directeur m'a dit que vous passeriez. Je vous attendais. Alors, vous êtes sur l'affaire du vol de casque ?

– Non, mais il faut que je mette la main sur l'homme qui est à l'origine du vol. Je cherche une jeune fille qui a été en contact avec lui et je ne connais pas ce milieu.

– C'est vaste, surtout dans le coin où les sites à piller sont nombreux. Je vais essayer de vous aider. Vous avez soif ?

– Oui, merci.

– La propriétaire m'a laissé les clés pendant son absence, a-t-il dit en me montrant la maison à laquelle le banc était adossé. Elle dirige une association pour la protection de l'église. On se connaît un peu. Venez, on va aller dans son jardin. Je vais vous chercher une bière ?

– De l'eau, s'il vous plaît.

– O.K. »

J'ai suivi l'homme dans une impasse qui conduisait au petit jardin derrière la maison où il y avait une table. Il y avait une table et des chaises en teck blanchis par le soleil. Au fond du terrain, les légumes du potager aux feuilles jaunis, avaient souffert de la chaleur. Le fut de tôle servant de récupérateur d'eau était vide. Le jardin était aussi décoré de panneaux de signalisation volés. Il y avait un Stop étranger écrit en cyrillique et des panneaux d'entrée de villes voisines, Chablis et Coulanges-la-Vineuse, qui trahissaient le goût de la propriétaire pour la fauche et la picole. Oppi s'est allongé à l'ombre d'un laurier. Le gars de l'Appah revenu avec une bouteille d'eau et deux verres, nous a servis.

« On commence par quoi ?

– Je ne sais pas. Tout ce que vous me direz m'évitera des fausses pistes et du temps perdu.

– O.K., pour faire simple, on va dire que les détecteuristes règnent sur le trafic d'objets archéologiques. En détection, il y a le Pépère qui cherche un but à ses promenades. Celui-là, sur un coup de chance, il trouvera un petit dépôt de pièces qu'il mettra sur Ebay. C'est la partie visible de l'iceberg. Nous, on s'intéresse surtout à ce qui circule en sous-main dans les boutiques qui vendent les poêles de détection.

– Vous pensez que ce sont eux qui ont organisé le vol à Bibracte ?

– Non. Un casque comme ça ne peut être vendu sur un site ou dans une boutique. Ceux dont je parle sont uniquement attirés par les valeurs monétaires. Mais ils sont au courant de tout ce qui est sorti et surtout, ils sont nuisibles. Pour récupérer ce qu'ils croient être une pièce, ils creusent un trou d'un mètre avec leur pelle américaine, en détruisant les indices du sol. C'est difficile à expliquer mais si on les laisse faire, la compréhension de l'histoire des sites n'est plus possible.

– Ne vous inquiétez pas, je comprends, j'ai fouillé à Bibracte et j'ai fait des études d'histoire.

– Ah, d'accord. C'était où ?

– À la Fac de Dijon, il y a plus de 10 ans.

– On s'est peut-être croisé. On va se tutoyer si ça ne te dérange pas.

– Ça marche. Ça rapporte beaucoup, ce trafic ?

– Non. Il y a une déflation du marché. Les fouilleurs sont trop nombreux, mais c'est de plus en plus organisé. Les boutiques vendent des drones pour faire de la détection aérienne qui ne laisse aucune trace sur Internet contrairement à ceux qui consultent Google Map pour trouver des sites. Et les lobbys de détecteuristes recrutent des bénévoles dès qu'ils apprennent la disparition d'un « spot », pour ratisser le terrain avant l'arrivée des fouilles préventives. Ils repartent avec des cageots qui dégueulent d'objets.

– Comment je peux faire pour mettre la main sur le gars qui volé le casque ?

– Ça ne peut-être qu'un collectionneur qui a passé une commande. J'ai pris toutes les infos à Bibracte mais je n'ai pas eu le temps de travailler sur le dossier.

– La jeune fille que je cherche a discuté avec un suspect qui a un tatouage sur le mollet. Une geisha. Ça te dit quelque chose ?

– Non. Je ne vois pas.

– Tu penses que le policier chargé de ce genre d'affaires pourrait m'aider ?

– Le gars des trafics culturels ? Laisse tomber. Je ne veux pas taper sur les flics, mais il est là seulement pour rassurer les scientifiques qui en avaient marre de voir leurs sites saccagés. Il travaille avec les grosses divisions, stupéfiants, traites des blanches, mais il a aucune formation en matière culturelle et historique. C'est une personne comme toi qu'il leur faudrait.

– Merci. Comment s'est déroulé le vol ?

– Le casque a été ramené au Centre de Recherche très tôt dans la matinée, par un chauffeur et un chercheur. Ils l'ont déposé dans leur salle de stockage. Le casque était en très bon état d'après les photos que j'ai vues, il n'avait pas besoin d'un traitement en urgence, alors ils sont repartis sur la fouille. Il restait peu de monde au Centre. La découverte avait attiré tous les employés.

– On suppose que la fille que je cherche a été missionnée pour commettre ce vol. Une jeune appartenant à un groupe en visite aurait pu accéder à cette salle de stockage ?

– Bien sûr. Toute la journée, des visiteurs se baladent dans les lieux. Ils ont engagé des agents de sécurité après le vol seulement.

– Il y avait des caméras de surveillance ?

– Elles étaient en maintenance depuis 15 jours. La boîte qui s'occupe de l'entretien était en vacances.

– Je fais comment pour approcher les collectionneurs qui passent ce genre de commande ?

– Il faut que tu te mêles aux pilleurs, peut-être que certains parleront.

– Tu as des contacts ?

– Non, je suis grillé, comme tous les membres de l'Happah. Mais les sources qui fourguent les objets de cette valeur sont limitées. Il y a le Comptoir des Monnaies, c'est un site internet. À mon avis, ton gars n'est pas chez eux parce qu'ils ont engagé un conseiller en archéo pour valider la provenance des annonces. À Paris, une boutique qui fait aussi de la vente en ligne, Roma, a la réputation de blanchir des objets volés. On ne les a jamais coincés. Moi, je pense qu'il faut que tu passes au Fouineur. C'est la plus grande société de vente de détecteurs. Ils ont deux boutiques, dans le Sud, à Arles, et à Sens, pour leurs clients du nord et de la région parisienne. Ce sont eux qui font les plus gros coups dans la région. Leur magasin de Sens est idéalement placé, à moins d'une heure de Paris. Ils sont spécialisés en objets gaulois et gallo-romains, et les gros spots de cette époque sont en Bourgogne et dans les Yvelines.

– Je peux les rencontrer ?

– Oui, c'est trop tard, ce soir, vas-y demain. Il faudra que tu sois malin. Ce sont les rois de l'embrouille. Ils vendent des manuels de pièces romaines et gauloises mais ils vont t'expliquer que c'est pour permettre aux détecteuristes d'identifier les pièces à ne pas prélever, par exemple. Tu retournes à Autun, ce soir ?

– Non, je ne pense pas.
– Tu vas coucher où ?
– Je vais trouver un Ibis ou un truc comme ça.
– J'ai un plan d'hébergement à Auxerre, si ça t'intéresse. On se partagera l'appartement.
– Oui. Merci. »

Il était 20 h 00. Il a ramené les verres dans la maison, fermé la porte et nous avons repris la route en direction du centre-ville d'Auxerre. Il m'a conduit dans un petit appartement que lui prêtait un ami prof parti en vacances. Il n'y avait pas de garage. Par sécurité, j'ai garé la Torino à 500 mètres de là, face au commissariat, emporté mon matériel de police scientifique et j'ai rejoint Pierre-Jean. Il était en train de mettre ses notes au propre sur son ordinateur.

« Tu veux sortir ce soir ? a-t-il proposé. Il y a quelques restos sympas sur la place Saint-Nicolas, en bord de l'Yonne.
– Non. Je vais me coucher tôt pour être à la boutique du Fouineur demain matin à l'ouverture.
– Comme tu veux. Je vais prendre une douche. Tu peux te servir de l'ordinateur de mon pote. Il est connecté. Ou regarder la télé. Fais comme chez toi. »

Après avoir téléphoné au capitaine Vairon qui m'a appris qu'aucune recherche n'avait avancé, que ses gars étaient épuisés et que la mère d'Hana restait injoignable, je me suis posé dans le canapé. J'avais besoin de souffler. Vairon, toujours positif et chaleureux, m'avait encouragé à poursuivre, mais c'était pesant de bosser seul. Pour me changer les idées, j'ai consulté ma messagerie sur l'ordi du proprio. Au milieu d'une longue liste de spams publicitaires, un mail m'a touché, plein menton. Un ami avait transféré un message que lui avait envoyé Cécile, mon ex, pour annoncer le vernissage de ses peintures dans un bar parisien. L'expo s'appelait « Les Amies ». Je ne savais pas qu'elle s'intéressait à la peinture et elle ne m'avait pas prévenu qu'elle était de retour en France. J'ai ouvert la pièce-jointe qui présentait ses toiles : des nus féminins et des scènes érotiques entre filles. Etait-ce moi qui l'avais dégoûtée des mecs ? J'ai essayé de l'appeler sur son ancien numéro de portable. Mon palpitant est monté crescendo. Elle a décroché.

« Salut Cécile...

– C'est toi, Francky ? Ça me fait plaisir de t'entendre. »

Sa voix était difficile à distinguer au milieu du brouhaha urbain parisien. Un moteur de bus et une accélération de scooter m'ont fait hérisser le poil en comparaison du Morvan silencieux comme un pet de fille, que je venais de quitter.

« Depuis combien de temps es-tu en France, Cécile ?

– Je suis arrivée hier.

– T'aurais pu me prévenir.

– Je t'ai envoyé une invitation pour mon expo de peinture et une lettre où je te donnais des nouvelles. Tu n'as rien reçu ?

– Je ne suis plus à l'appart, et je ne suis pas allé chercher le courrier qui continue d'arriver là-bas.

– Tu habites où ?

– À Autun.

– T'as voulu te rapprocher de ta mère ?

– Non, ça a merdé au commissariat à Paris et c'était le seul poste disponible au mouvement profilé. C'est quoi cette expo de peintures lesbiennes ?

– Je voulais rendre hommage à une artiste gay que j'ai rencontrée à New-York. Elle m'a appris la peinture. J'avais prévu de t'envoyer une toile pour te montrer mon travail. Donne-moi ta nouvelle adresse.

– Laisse tomber, j'ai pas trop envie d'accrocher dans mon salon un tableau avec des filles qui se bécotent l'abricot.

– Quelle finesse ! T'es vraiment français. Je rencontre que des grincheux depuis que je suis revenue dans ce pays. Qu'est-ce que tu as ?

– Je suis en colère. Pourquoi tu n'as pas donné de nouvelles à Anaïs depuis ton départ ? Elle t'adore cette gamine.

– J'étais très occupée, je t'assure. On tournait jour et nuit. J'ai donné aussi des cours de théâtre, et j'ai suivi une formation aux effets spéciaux et au maquillage pour me recycler. On ne me donnera plus un rôle maintenant que j'ai dépassé la trentaine. Et puis il faut me comprendre. J'ai eu besoin de tourner la page complètement avec elle, avec le milieu du cinéma en France, et avec toi. C'était dur de perdre ce bébé.

– Moi aussi, je l'ai perdue, cette petite.

– Non, tu ne l'as pas portée. Tu n'étais même pas présent pour la deuxième écho.

– Je bossais.

– Tu pensais que tu allais devenir père le jour de l'accouchement ?

– On va arrêter de parler de ça.

– On n'a jamais commencé d'en parler. Ce bébé, je l'ai porté seule et je l'ai perdu, seule. Les choses auraient peut-être été différentes si tu avais été près de moi.

– O.K., je suis désolé.

– Ça n'a plus d'importance. C'était dans une autre vie. J'ai toujours eu l'habitude de miser sur le mauvais cheval. Bon, ça va couper, Franck. J'arrive dans le métro. On se rappellera plus tard. Envoie-moi ta nouvelle adresse par texto. »

Elle a raccroché aussi naturellement qu'elle avait répondu à l'appel. Miss Ripolin m'en avait remis une couche, et j'étais resté bouche close, comme d'habitude. Pierre-Jean qui était revenu dans le salon, avait entendu la fin de notre discussion :

« T'inquiète pas, Franck, il y aura des jours meilleurs. Tu as des gosses ?

– Non.

– Alors tout va bien. Vous n'êtes que deux à souffrir.

Moi, je suis séparé avec trois enfants, ça fait cinq victimes qui dégustent. C'est qui cette fille que vous cherchez ?

– Une adolescente qui faisait partie d'un voyage scolaire à Bibracte.

– Ah, j'ai entendu parler de ça à la radio.

– En fait, elle a été retrouvée morte.

– Putain !

– Ce n'est pas une info à faire circuler, O.K. ?

– D'accord. C'est quoi le rapport avec le casque ?

– D'après sa sœur, les filles ont été abordées par un homme qui leur a proposé de l'argent pour voler quelque chose.

– Il l'aurait tuée ?

– On sait seulement qu'elle est sortie de son gîte en pleine nuit, c'est peut-être en lien avec lui. Je fouille de ce côté-là. Le S.R.P.J. avance sur d'autres pistes.

– Il y a un autre endroit où tu peux chercher ton mec. Ce sont les Journées des Numismates à Joigny, à partir de demain et pendant trois jours. C'est un événement pour les collectionneurs. Parmi les exposants, il y aura quelques gros pilleurs.

– Comment je vais les reconnaître ? Tu peux venir avec moi ?

– Non, je te l'ai dit. Je suis grillé. Mais c'est facile de les trouver. Tout le monde prépare ses présentoirs de monnaies pour l'ouverture à huit heures, et si à neuf heures les Douanes ne sont pas passées, tu verras les pilleurs aller chercher des Tupperware remplis de pièces gauloises qui étaient restés dans leur voiture.

– Pourquoi n'avez-vous pas encore réussi à les faire tomber ?

– Parce que les lois ne sont pas claires. Il faut une autorisation préfectorale pour toute fouille d'objets anciens, mais les détecteurs de métaux sont en vente libre. Alors quand t'interceptes un gars avec son appareil dans un bois, il peut te dire qu'il cherche des plombs de chasse perdus pour dépolluer la forêt s'il a envie de se foutre de ta gueule... Le frigo est vide, je n'ai pas eu le temps de faire des courses. On se commande des pizzas ?

– Vas-y. »

En attendant l'arrivée des pizzas, on s'est bu un fond de Martini trouvé dans un meuble et on a regardé la télé. Le défilé des programmes, *Hannouna, Anges de la téléréalité, Confessions intimes...*, nous a conduits à l'ivresse des profondeurs. On a touché le fond avec la chaîne Sénat où un élu, roi de l'absentéisme à l'Assemblée, expliquait aux téléspectateurs pourquoi ils devaient travailler plus. J'ai éteint et jeté la télécommande, cet épluche-légumes. Pierre-Jean a trouvé un demi-sachet de pistaches qu'on s'est partagé et il m'a expliqué pourquoi il avait plaqué sa carrière de chercheur pour se lancer dans la lutte contre le pillage.

« Je ne veux pas la peau des poêleux, mais faudrait qu'ils fassent le ménage dans leur population. Y a trop d'ordures. J'ai eu un arrière-grand-père, Henri, poilu de la première guerre mondiale, qui a disparu au combat. Un jour, un inconnu a contacté notre famille pour lui remettre sa plaque matricule de soldat qu'il avait trouvée près d'un champ de bataille avec son détecteur. Un correspondant du Journal l'accompagnait pour faire un article qui parlerait du rôle positif du détecteuriste. Ma famille a accepté, ils ont fait la photo avec lui et la plaque de l'Henri, et deux ans plus tard, on a retrouvé un stylo, un carnet et une montre de mon arrière-grand père sur un site de vente d'objets anciens. Le poêleux nous avait remis la plaque pour frimer dans le Journal, mais il avait dépouillé le reste du cadavre pour se faire du fric. Va voir les sites dont je t'ai parlé, et tu trouveras une plaque matricule de poilu pour 10 euros. Se faire du fric là-dessus, ça me débecte. Je vais intégrer la réserve de la gendarmerie à la rentrée pour former les O.P.J. aux textes de lois sur le pillage et sur l'identification d'objets.

– Je suis preneur si tu fais des stages dans la police.

– Tu devrais viser plus haut, mec. Le gars des trafics culturels, c'est pas une lumière.

– Merci, mais j'ai pas le dossier pour décrocher une promotion.

– Et alors ? Il y en a qui deviennent députés avec un casier judiciaire. »

11

Le lendemain, après un café partagé avec Pierre-Jean dans la minuscule cuisine du studio, j'ai décollé à l'aube, avec Oppi sur la banquette arrière, pour me rendre à l'ouverture de la bourse des numismates de Joigny. Cette ville se situait à une cinquantaine de kilomètres à l'ouest d'Auxerre. La Torino était à sec. La caisse avait consommé près de 40 litres en 150 kilomètres. Je comprenais pourquoi ces sportives avaient disparu au moment du choc pétrolier. Je me suis arrêté dans une station. Après avoir claqué une centaine d'euros à la pompe, j'ai repris la route et effacé les bornes en moins de vingt minutes. Un radar m'a flashé à l'entrée de Monéteau. Pas grave. Je filerai mes points au Belge. À Joigny, l'événement était annoncé sur des banderoles tendues entre des façades dans la rue principale. J'ai traversé le pont au-dessus de l'Yonne et trouvé la salle qui l'accueillait. C'était un bâtiment moderne charpenté de bois. Les exposants trop nombreux s'étalaient aussi dehors, sur une large allée abritée du soleil par des platanes.

Autour des stands, quelques brocanteurs professionnels déchargeaient leurs fourgons, mais la plupart des participants semblaient des amateurs. La Bourse allait ouvrir une dizaine de minutes. Les enceintes d'une sono montées sur pied ou accrochées aux arbres avec une boucle de fil de fer diffusaient, entre deux tubes de musette, le nom des partenaires mécènes par un animateur au micro. Sur un côté de la salle, une buvette offrant une vue sur tous les stands extérieurs faisait fonctionner les cafetières domestiques à plein régime. J'y suis allé avec Oppi qui me collait aux pieds comme le ballon dans les chaussures de Messi. J'ai commandé un café et écouté les gars qui évoquaient la fréquentation et leurs ventes lors des brocantes précédentes. Pas facile de distinguer le numismate du pilleur à travers leurs conversations. Quand ils sont partis, je suis resté pour discuter avec les serveurs. Sans intérêt. C'était des bénévoles du Comité des Fêtes de Joigny, des experts en cuisson de frites et confection de casse-dalles, sans connaissances sur le milieu des collectionneurs. J'ai fini mon café, un robusta infâme, et j'ai fait un tour dans l'allée. Les pièces de collection étaient classées avec soin dans des médaillers de feutrine rouge ou des albums plastifiés, et des loupes posées sur les tables permettaient de les examiner. À tout hasard, j'ai regardé les jambes des hommes vêtus de shorts ou de bermudas, pour y trouver un tatouage de Geisha. Rien. J'ai visité ensuite la salle où il faisait une chaleur étouffante. C'était un gymnase polyvalent avec une surface lino marquée par un enchevêtrement de terrains, basket, hand, tennis… Il fallait l'œil d'un pilote de ligne pour se repérer dans ce labyrinthe de traits et de pointillés. J'ai cherché sur les stands, des étals constitués de séries disparates ou de *savonnettes*, des pièces tellement usées qu'il était impossible de lire leurs inscriptions et qui correspondraient au butin d'un pilleur, mais les collections étaient souvent thématiques et complètes. Les participants semblaient de purs numismates. Un gars qui possédait quelques potins, m'a avoué faire un peu de détection et m'a présenté sa boîte à merdouille, comme il l'appelait, une boîte à chaussures contenant un lot d'objets sans intérêt qu'il avait récupérés lors de fouilles sauvages, des fibules cassées, des pièces fragmentées et des morceaux de bronze tordus ayant appartenu à des outils gaulois ou gallo-romains. C'était pas le pirate du siècle et il ne connaissait pas de collectionneurs au mollet tatoué d'une Geisha. Plus loin, un ancien, assis sur un pliant en toile, a attiré mon attention. Sa femme installée à côté de lui tricotait un plaid en style patchwork. Le vieux était coiffé d'une casquette en toile avec une visière translucide, comme les cyclistes du Tour des années 70. Tous ceux qui passaient devant sa table le saluaient et des clients venaient régulièrement le questionner pour qu'il confirme l'identification d'une pièce. Je l'ai abordé.

« Bonjour monsieur, vous connaissez un collègue qui aurait des pièces gauloises ou romaines ?

– Mon gars, tu trouveras ça sur l'internet comme on dit. Ici, c'est plutôt du moderne ou du médiéval.

– Il y a pas moyen de trouver quelques pièces rares en monnaies éduennes ou arvernes ?

– On s'intéresse pas à ça. Y a trop d'incertitudes sur les provenances. Y a des boutiques qui acceptent de vendre des pièces que les vendeurs ont soi-disant trouvées dans le tiroir d'un meuble du grand-père, ça les regarde, c'est pas notre style. Tu cherches quoi en fait, mon gars ?

– Je cherche des détecteuristes qui ont un peu d'expérience et qui pourraient me montrer des pièces rares.

– Y en a pas. T'es flic ? T'es archéo ?

– Non. Je suis curieux. »

Il a renfoncé sa casquette sur son front et s'est tourné vers sa femme. Terminé. J'ai quitté la salle pour refaire un tour sur les stands extérieurs. Dès ma sortie, un type chaussé d'une paire de baskets à deux bandes, d'un jean et d'un tee-shirt froissés tout droit sortis de la gueule d'une vache, m'a emmené à l'écart.

« Je t'ai entendu. Tu cherches du gaulois ?

– Oui.

– J'ai de tout. Des épées, des monnaies. C'est dans mon coffre.

– Tu as des objets gaulois rares ?

– Des sesterces.

– Le sesterce, c'est une pièce romaine.

– C'est pareil. Y a des statuettes aussi. C'est dans ma voiture.

– O.K. »

J'ai suivi le gars sur le parking où il a ouvert le coffre de son break cabossé aux flancs poussiéreux. Quelqu'un avait tracé du doigt le mot « DEGUEU » dans la crasse qui recouvrait la lunette arrière.

« En fait, le gaulois est resté à la maison, mais j'ai un truc unique que tu peux revendre avec une grosse marge. Des briques de l'Ile de Diable. Du bagne de Cayenne. Je te les laisse à 10 euros pièce, a-t-il proposé en me montrant une dizaine de briques moussues.

– Je connais la Guyane. J'y suis allé en vacances. Aucun bateau ne peut approcher de l'Ile du Diable. Le ressac est terrible. Le seul moyen pour y accéder, c'est l'hélicoptère, et c'est interdit parce que l'Ile appartient à la base spatiale. Tu as été les chercher comment, tes briques ?

– À la nage.

– T'as nagé avec une brique dans chaque main ? Pauvre con, tes briques sont aussi fausses que tes Adidas. Dégage avec ta caisse pourrie et ramène ton stock à Brico-Dépôt. J'ai noté le numéro de ta plaque d'immatriculation. Si je vois passer une de tes briques de mytho sur Internet, je t'arrête » ai-je dit en lui montrant ma carte Police.

Il a claqué son coffre et démarré. J'ai mémorisé sa plaque pour la refiler plus tard à Pierre-Jean et j'ai repris ma virée sur les stands. Les promeneurs étaient maintenant nombreux. L'accès aux tables devenait compliqué. J'ai entendu quelqu'un appeler. Hé, mon gars ! C'était l'ancien à la casquette, accoudé au comptoir de la buvette. Il souriait maintenant.

« Tu as trouvé ton bonheur ?

– Non.

– Je te paie un verre ?

– Oui, c'est gentil. Une bière, s'il vous plaît.

– Un rouge limé et une bière, a-t-il demandé au serveur qui est allé chercher une cannette de 1664 dans une poubelle remplie d'eau où nageaient quelques pains de glace à moitié fondus. Une « 16 » tiède à dix heures du matin. J'adorais. Le rouge qui sortait d'un cubi cartonné entreposé près d'une friteuse à pleine ébullition, ne semblait pas meilleur.

– Qu'est-ce que tu cherches en fait, mon gars ?

– Je suis de la Police, j'appartiens au commissariat d'Autun. Je cherche une personne qui fait du trafic d'objets anciens.

– O.K. Ça m'étonne pas. Excuse-moi si je ne t'ai pas répondu tout à l'heure. Ça m'a vexé que tu cherches un détecteuriste qui ferait du recel.

– Vous faites de la détection, vous aussi ?

– Oui, pour le plaisir de me promener avec des amis ou avec mes petits-fils, mais notre butin, c'est souvent que des boîtes de conserve ou des tirettes de cannettes. J'en ai marre qu'on nous prenne pour des voleurs. On traque le pilleur de trésors, mais ça ne dérange personne d'acheter des bijoux dont l'or a été extrait des mines par des mômes de 10 ans en Tanzanie.

– Je ne portais pas de jugement sur votre activité. Je cherche seulement un homme qui est dans ce milieu.

– On ne fait pas partie d'un « milieu » comme les truands, mon gars. J'ai trouvé des Napoléons III et des doubles tournois, mais j'ai tout déclaré au service régional d'archéologie. La détection, c'est pas aussi nocif que ce que les scientifiques voudraient le faire croire. Dans un champ labouré, les objets sont détruits pas les engins agricoles et attaqués par les engrais chimiques, alors tout ce qu'on sort est sauvé de la destruction.

– Et parmi les pilleurs que vous auriez croisés, un jour, vous avez des infos à me donner ?

– Oui, j'en connais. Je les compare aux viandards qui chassent sans se soucier que les ressources de la forêt peuvent s'épuiser. Tu cherches qui ?

– Un homme, blond, 30-40 ans, avec un tatouage sur le mollet.

– Tu as vu les marchands installés autour de la salle ?

– Non.

– Il y a un gars qui vend des albums, des valisettes de présentation et du matériel de détection. Ce gars est un fraudeur qui livre certains pilleurs à la D.R.A.C., pour qu'on le laisse tranquille. Il est blond et il a des tatouages sur les bras, mais je n'ai pas vu ses jambes. Qu'est-ce qu'il a fait, ton truand ?

– Il est peut-être mêlé à la disparition d'une enfant.

– Quelle horreur ! Viens, je vais te montrer où il est installé. »

J'ai laissé la cannette que j'avais à peine touchée et on a quitté la buvette pour nous rendre de l'autre côté du bâtiment. Plusieurs camionnettes, des food-trucks et des marchands de matériel numismatique, s'étaient garées là depuis mon arrivée. L'ancien m'a montré le véhicule du commerçant suspecté de pillage. Sur la portière de la cabine, côté chauffeur, il était écrit que cette société possédait une boutique à Evry. Une femme était derrière le comptoir.

« Le gars était là tout à l'heure » m'a soufflé l'ancien.

Nous sommes restés en faisant semblant de nous intéresser au matériel en vente. Guides de sites archéologiques, bacs à ultra sons pour nettoyer les monnaies oxydées, il y avait dans la camionnette toute la panoplie du pilleur clandestin. Dix minutes plus tard, la femme a fait une démonstration pour un client, en lui demandant d'aller enterrer une pièce sur la pelouse. Elle s'est harnachée à un appareil de détection léger et maniable puis l'a programmé.

« La technologie a progressé depuis les poêles anti-mines de l'après-guerre, m'a confié le vieux, mais le système reste binaire et discrimine seulement certains métaux peu conducteurs, comme l'or natif dans une mine, ou les artéfacts non-ferreux, un fer à bœuf dans un champ, un maillon de chaîne de vélo dans un fossé... »

La femme s'est ensuite promenée sur le gazon. Elle a

quadrillé la zone avec méthode, chevauchant son passage précédent d'une dizaine de centimètres à chaque fois, pour être sûre que la pièce n'échappe pas au cône d'ondes électromagnétiques. Il fallait une bonne connaissance du matériel pour l'exploiter correctement. Les collègues cherchant une douille ou un trousseau de clés sur une scène de crime en forêt, qui promenaient le détecteur comme un jardinier baladant son roto-fil, n'obtenaient souvent aucun résultat alors que l'indice était sous leurs pieds. Guidée par le bip erratique du capteur, elle a déterré facilement la pièce cachée.

« C'est pas dur de faire sonner ton appareil, a ajouté l'ancien. Le talent, c'est de savoir à quel moment fouiller. Si tu creuses sur tout ce qui sonne, tu rentres avec le dos cassé et les poches pleines de merdouilles. »

Le blond a tardé à revenir. Pour patienter, mon complice m'a fait visiter l'exposition en me montrant les monnaies les plus précieuses. Les pièces légendaires, Louis et Napoléons, étaient moins cotées que des euros frappés avec un défaut d'asymétrie ou des semeuses d'un franc d'une série rare. De quoi donner des regrets à tous les branleurs de ma génération qui avaient gaspillé des kilos de pièces dans la fente des flippers ou des babys. À midi, tandis que l'ancien est parti déjeuner avec sa femme, je suis allé manger au food-truck garé devant le camion du suspect. C'était un « indien », avec un imposteur aux fourneaux, genre blanc-bec étudiant qui n'avait jamais touché la queue d'une casserole avant de répondre à l'annonce du job. J'ai claqué dix euros pour de l'agneau au curry trop épicé sur une assiette en plastique et un dessert au nom imprononçable, un beignet gras arrosé de safran qui m'a collé aux doigts et que mon chien n'a même pas léché. Le vendeur est revenu vers 16 heures seulement. Comme une poêle pointant une pépite oubliée dans des rejets de déchets miniers, j'ai bippé fort en l'apercevant. Il portait un tatouage au mollet tel que l'avait décrit Hana. Je me suis placé devant sa boutique pour feuilleter des prospectus de rallyes-détection posés sur le comptoir. Le vieux m'avait expliqué que leurs participants y cherchaient des jetons de fer numérotés cachés sur un terrain pour remporter des lots.

« Je peux vous renseigner ? m'a demandé le vendeur.

– Bonjour. Je débute. Je cherche du matériel pour faire de la détection.

– Vous allez rechercher quoi ? Du minerai, des objets manufacturés avec des alliages de métaux ?

– Je suis attiré par les vestiges gaulois.

– Vous fouillez dans des bois ou dans les prês ?

– Je veux fouiller pas loin des sites archéos.

– C'est interdit. Méfiez-vous. Vous avez quel type de détecteur ?

– Je n'en ai pas encore. On m'avait prêté un appareil.

– J'ai plusieurs petits modèles. Tout dépend de votre budget.

– Peu importe le prix. Je compte me rembourser rapidement en revendant ce que je vais trouver.

– O.K. Je peux vous faire une démo avec un de nos derniers modèles si vous voulez. Vous pourrez essayer également.

– Oui, ça m'intéresse. »

Le gars est descendu de son camion et m'a donné un jeton métallique pour que j'aille le cacher. Je suis allé sur le gazon cramé par le soleil pendant qu'il remontait dans son camion s'équiper. J'avais une médaille d'identification de la Police Nationale gravée avec les initiales R.F., République Française, et le mot Police sur un hexagone tricolore. J'ai gardé son jeton, et enterré la médaille. Un public de détecteuristes amateurs s'est constitué, curieux de la performance du vendeur. Le gars s'est trimballé sur le carré de pelouse, aussi méthodiquement que sa vendeuse, il est passé plusieurs fois à côté de sa cible sans la détecter, puis l'appareil a sonné. Je me suis approché de lui quand il s'est penché pour déterrer la médaille qu'il m'a rendue.

« Qu'est-ce que c'est que ça ? C'est à vous ?

– Oui. Police.

– C'est quoi le problème ? »

En quelques secondes, les spectateurs solidaires du commerçant se sont pressés autour de moi, comme des footeux mécontents de la décision de l'arbitre. Un gars a pris la parole : « Ras le bol des flics et des plaintes des archéos ! Pourquoi vous nous emmerdez ?

– En Angleterre, les scientifiques anglais félicitent les utilisateurs de détecteurs pour leurs trouvailles. Mais en

France, tu peux pas creuser sur une plage pour faire un château de sable sans qu'on vienne te faire chier ! a ajouté un autre.

– Stop, les gars. Je ne suis pas là pour une affaire de pillage. Je m'en fous de vos soucis avec les archéos, alors vous circulez, s'il vous plaît, je dois discuter avec ce monsieur. »

Les hommes ont hésité puis ils se sont dispersés. Le vendeur est resté.

« Répondez-moi sans m'enfumer, sinon je vous conduis en Gendarmerie, et vous perdrez votre week-end de vente. Je veux savoir où vous étiez le week-end dernier ?

– Je n'ai rien à cacher. C'était pas la peine de me faire votre cinéma avec la médaille. J'étais sur le Mont-Beuvray.

– Qu'est-ce que vous y faisiez ?

– J'y étais pour la beauté du paysage et pour le site gallo-romain aussi.

– Vous avez participé à un chantier de fouille ?

– Non. Je me suis promené. Je n'ai pas fait de détection, je vous le jure. J'avais laissé mon matériel chez moi.

– Vous vous souvenez avoir rencontré un groupe de jeunes sur un atelier d'archéologie au Mont-Beuvray.

– Non, je n'ai rencontré personne.

– Vous mentez. Des témoins confirment que vous avez discuté avec un groupe de jeunes filles.

– C'est possible. On croise du monde, le dimanche, au Mont-Beuvray.

– Vous ne vous souvenez pas de deux sœurs blondes ?

– Ah, si. Deux petites très gentilles.

– De quoi vous avez parlé avec elles ?

– Je ne sais plus.

– Elles disent que vous leur avez proposé de voler quelque chose au Centre de Recherches.

– C'est des conneries ! Pourquoi je leur aurais demandé ça ?

– Pour récupérer un objet à revendre à un collectionneur. Une des filles assure que vous avez proposé de l'argent à sa sœur.

– Non, ce n'est pas vrai. Je fais de la détection, un peu de revente aussi, mais en amateur. Je vais être franc. C'est vrai que j'ai parlé de fouilles avec elles. Je cherchais des infos. J'avais croisé leur groupe à l'amphithéâtre d'Autun, la veille. Je voulais savoir si les chercheurs leur avaient parlé de nouveaux sites dans la région où j'aurais pu aller faire de la détection.

– Pourquoi leur avez-vous proposé de l'argent ?

– Je ne leur ai pas proposé de fric. J'ai seulement dit que je vendais parfois ce que je trouvais, ou que l'Etat me rachetait mes plus belles pièces.

– L'un d'elles a compris que vous leur demandiez de voler un objet. Peut-être un casque gaulois ?

– Vous parlez du casque de Bibracte ?

– Oui. Comment savez-vous qu'il a été volé ?

– Parce que je fréquente beaucoup de scientifiques, mais

je n'ai rien à voir avec ce vol. D'ailleurs, il a été retrouvé cette nuit. J'ai vu ça tout à l'heure. »

Il a sorti son téléphone pour se connecter sur une page d'actualités. Un message partagé par France-Info et LCI relayait les infos d'un média belge : la Police Belge avait retrouvé le casque de type Alésia dérobé à Bibracte. Il était en possession d'un collectionneur connu en Belgique. La source était sérieuse.

« Je me suis renseigné auprès d'un de mes contacts. Un employé du Centre était complice. Téléphonez à votre commissariat, je suis sûr qu'ils vous diront la même chose.

– O.K. Je me renseignerai. Et lundi soir, vous étiez où ?

– Dès dimanche, je suis parti à Marseille. J'ai pris la route en début d'après-midi et je suis arrivé là-bas dans la soirée.

– Quelqu'un peut le confirmer ?

– Je suis parti d'ici avec deux étudiants du Centre de Recherche qui rentraient chez eux en Provence. Lundi matin, j'étais chez mon fournisseur dès 7 heures du matin. La société Garret qui fait des très bons détecteurs d'entrée de gamme.

– Il faudra me fournir le nom et les coordonnés de toutes ces personnes.

– Je vous prépare ça. »

Il est retourné à son camion pour noter les infos sur une feuille qu'il m'a ramenée :

« Et pour ce que je vous ai dit ? Mes fouilles, la revente d'objets ?

– Comme je l'ai expliqué tout à l'heure, je ne suis pas là pour du pillage. Je trouve ça con de détruire les infos qui pourraient expliquer un siècle d'histoire, pour déterrer un clou de sandale romaine qui sera invendable, mais on ne m'a pas chargé d'enquêter sur les poëlleux.

– Ouais, merci. C'est quand même triste. Le détecteur, c'est l'objet maudit pour les flics et les archéos, mais faut pas me la raconter ! On fait moins de dégâts avec nos trous à la pelle que les pelleteuses qui décaissent la première couche sur les chantiers de fouilles préventives.

– C'est juste illégal. Si vous ne voulez pas de problèmes et que vous aimez creuser : jardinez… Je vous demande de ne pas quitter la foire pendant le week-end.

– D'accord. »

Il est retourné vers son camion. J'ai appelé le portable du capitaine Vairon qui n'a pas décroché. J'ai recommencé l'appel vers la ligne fixe de leur bureau pour faire le point avec l'équipe. Un gars a répondu. L'enquête n'avançait toujours pas de leur côté : les traces A.D.N. relevées sur la couverture n'avaient matché avec aucun suspect fiché et les amies de Kamila réinterrogées n'avaient pas apporté d'infos utiles.

« Et côté communications, du nouveau ? »

Une procédure nommée « Sauvegarde de la vie humaine » permettait de réquisitionner les opérateurs afin d'obtenir des données de connexion ou de communication mais les adolescentes étaient chez Orange, s'est lamenté le type : « Ces mange-merdes nous ont toujours rien transmis. C'est toujours pareil avec eux. Comme dans leurs boutiques. Faudra que le Chef les bouge. Et toi, tu as trouvé quelque chose ?

– Quedal.

– Tu rentres dans ta brigade ?

– Je ne sais pas... Peux-tu vérifier si un casque gaulois qui avait été volé en France il y a quelques jours, a été retrouvé en Belgique ?

– Tu as d'autres précisions ?

– Il s'agit d'un casque volé à Bibracte. »

Il m'a donné la confirmation deux minutes plus tard. Un pilleur « retourné » avait dénoncé le collectionneur. Un homme de l'équipe d'entretien du Centre de Recherches avait sorti le casque du stock.

« O.K. Merci pour l'info. J'y retourne. »

J'ai raccroché. La version du vendeur semblait sérieuse. J'ai sifflé le chien qui se reposait à l'ombre des platanes, et je me suis réinstallé au volant de la Torino sans savoir ce que j'allais faire. Rester une journée de plus à Bibracte ou rentrer à Autun ? Un héros doit dominer son histoire, disait un ancien collègue de commissariat parisien qui recyclait ses souvenirs dans des polars publiés sous pseudo. J'ai foncé, direction Bibracte, mais j'ai eu le pied trop fort. Après l'embrayage de ma caisse de service, c'est la pédale d'accélérateur de la Torino qui a foiré cette fois. Le câble a cédé net sur l'autoroute. La voiture a rétrogradé de 150 à 20 km/h en quelques secondes. Heureusement, j'ai réussi à me garer sur la bande d'arrêt d'urgence sans provoquer d'accident, puis j'ai téléphoné au Belge qui n'a pas semblé surpris.

« Plus d'accélérateur ? C'est la faiblesse de ces voitures. J'aurais dû te passer la Mégane. T'es où ?

– Sur l'autoroute.

– Prends la prochaine sortie et rentre par des petites routes. Sans le câble, tu peux rouler au régime moteur. Ça va te prendre du temps, mais tu pourras récupérer ta voiture chez moi. Elle est réparée.

– Merci.

– Je ne serai pas là mais le portail est ouvert. Ta clé de contact est dans la voiture.

– Et les chiens ?

– Ils aboieront, mais ils te laisseront tranquille.

– Vous êtes sûr ?

– Ils sont bien dressés. Ils attaquent sur ordre. Ce sont tes collègues qui les ont formés. Je les ai récupérés dans une brigade cynophile.

– Des chiens de flics ? C'est quoi le mot pour qu'ils attaquent ? Taubira ?

– Non, je ne te le donne pas. Il est banal. Tu pourrais le prononcer sans t'en rendre compte, ça serait drôle. »

J'ai pas ri.

« Vous pourriez aussi m'indiquer un endroit où dormir ?

– Tu peux t'installer dans la Maison des Copains. C'est ouvert.

– Non. Je veux être près de Bibracte.

– La plupart des gîtes sont complets, mais tu peux essayer à Saint-Prix, même si le patron est un *cul-jaune* qui préfère la clientèle de ses compatriotes. »

Les *cul-jaunes*, c'étaient les Hollandais que les gens du cru appellent ainsi à cause de la plaque d'immatriculation jaune à l'arrière de leurs voitures.

« Il y a aussi l'auberge de Glux, c'est à 200 mètres du Centre de Recherches.

– Merci. »

J'ai raccroché et roulé au pas sur la bande d'arrêt d'urgence jusqu'à la première sortie. Il me restait une trentaine de kilomètres à parcourir sur des départementales avant d'arriver chez le Belge. À cette allure, j'ai eu le temps d'observer les plaines céréalières de l'Yonne, monotones, et les champs de colza dont l'odeur était entêtante. J'ai subi aussi le klaxon moqueur d'automobilistes qui me doublaient au volant de leur voiture de plouc. J'en ai profité pour appeler Hana. Elle était toujours à Bibracte. Balade, V.T.T., baignade, ceux qui veillaient sur elle avaient essayé de l'occuper. Ça avait marché, semble-t-il. Sa voix était plus tranquille.

« Ta mère n'est toujours pas rentrée ?

– Non, ils n'arrivent pas à la joindre. Elle est en vacances en Egypte.

– Il faudrait qu'elle revienne.

– Ce n'est pas de sa faute. Ce sont ses premières vacances. Elle fait tout à la station parce que ses employés sont des incapables. Elle nous a laissé partir parce qu'on lui a dit qu'elle pouvait nous faire confiance, et ma sœur est morte.

– Tu n'y es pour rien. Et ton père ?

– J'ai pu lui parler. Il a eu un problème avec ses papiers pour prendre l'avion, mais il arrive.

– Tu tiens le coup, c'est bien, Hana.

– Non. Je pense tout le temps à elle. Je me suis souvenue de choses bizarres dont nous avions parlé dans le bus.

– Qu'est-ce que c'était ?

– J'avais dit à ma sœur que plus tard, quand on serait vieilles, je voulais qu'elle meure avant moi pour ne pas qu'elle reste seule et qu'elle souffre de ma mort. Elle m'avait avoué qu'elle avait le même rêve. Je ne pensais pas que ça arriverait. Je ne voulais pas qu'elle meure.

– Tu n'es pas responsable. Je t'ai appelée pour te rassurer. La personne qui vous a parlé sur le chantier de fouille n'a rien à voir dans sa disparition.

– C'est vrai ? Qu'est-ce qu'il s'est passé alors ?

– Je ne sais pas encore. Je te rappelle dès que j'ai du nouveau. Je t'embrasse. Sois courageuse. »

J'ai raccroché et posé le téléphone sur le siège passager dont le cuir était brûlant. Le chien haletait à l'arrière.

Quelques gouttes de bave tachaient la banquette. En conduisant, j'ai sorti le jeton métallique qui était resté dans ma poche et l'ai jeté par la vitre de la voiture. Ou bien était-ce ma médaille d'identification ? Je n'ai pas vérifié.

12

Un drapeau hollandais était planté sur la façade du gîte à Saint-Prix, les tarifs d'hébergement et les menus étaient écrits en hollandais, et le patron n'a pas été foutu de m'accueillir avec un mot français. Ce mépris pour la culture locale m'a agacé mais la fermette retapée à neuf avec des lanternes de calèche en applique murale, des sculptures de bois flotté et un aquarium incrusté dans un four à pain, avait du charme. Au moment de me montrer ma chambre, le patron a remarqué Oppi et lâché ses premiers mots français : « Pas de chien dans la maison. » J'avais vu qu'une poule se promenait dans la cuisine et qu'un matou, à l'œil crevé et au poil clairsemé comme la pelouse de Wimbledon à la fin du tournoi, occupait un fauteuil dans le salon du gîte. Ça m'a vexé qu'il refuse Oppi. J'ai décanillé et suis remonté dans ma caisse de service que j'avais récupéré chez Jeff, sans soucis. Ses chiens n'étaient pas dehors et m'avaient observé depuis l'intérieur de la maison, le museau collé à la vitre d'une porte-fenêtre. Le vieux s'était bien foutu de ma gueule.

Après avoir quitté Saint-Prix, j'ai rejoint l'auberge de Glux que j'avais fréquentée lors de nos stages étudiants. Elle était située sur la route principale du village, à mi-chemin entre le Centre de Recherches et l'Eglise. En entrant dans la salle, j'ai reconnu les poutres noircies, les grandes tables lardées d'entailles et le sol de tomettes défoncées sur lesquelles plus d'un client s'était tordu la cheville avant d'arriver au bar. La clientèle était identique à mon souvenir également, composée de gens du coin occupant le zinc, de randonneurs attablés en terrasse et de scientifiques en pause refaisant leurs fouilles autour d'une bière. Des journaux français et hollandais rangés dans un porte-revues étaient mis à la disposition des clients. L'auberge était tenue aujourd'hui par un homme originaire de Glux, la cinquantaine, un nez en patate comme Gene Hackman, l'air content de lui, qui avait travaillé pour une boîte parisienne de comm' avant de revenir ici.

« J'ai mis toutes mes économies dans cette auberge où j'ai passé mon enfance, ma grand-mère y travaillait, m'a-t-il raconté quand je me suis présenté.

– Ça marche ?

– Je ne me tire aucun salaire, mais je tiendrai bon. Je fais du dépôt-vente pour faire connaître le miel et les confitures du coin, j'organise des soirées pour réunir à la même table les vieux morvandiaux, les Hollandais et les étudiants. Ça commence à bouger.

– J'ai connu cette ambiance. J'espère que vous réussirez. Vous avez des chambres libres ?

– Il m'en reste une.

– Je la prends. Vous pouvez m'y apporter une bière ?

– Pression, bouteille ?

– Comme vous voulez.

– Je vais vous faire goûter une bière à l'aubépine. Je la prépare avec une recette de mon grand-père. Ma petite serveuse va vous montrer la chambre et vous apportera votre verre. Vous avez des bagages ?

– Juste un sac que j'ai avec moi. Et un chien. »

Il a appelé « Aurélie ! ».

Une fille est arrivée, coupe au carré, teint bistré, avec un popotin posé sur de longues jambes, comme une pomme d'amour perchée sur un bâton. À croquer. Je l'ai suivie dans les escaliers en haletant comme Oppi.

« Vous êtes flic ? a-t-elle demandé en se retournant avec une pointe d'excitation dans les yeux.

– Oui.

– Vous êtes commissaire ?

– Lieutenant.

– C'est mieux ?

– Non, mais ça me suffit.

– Vous restez longtemps ?

– Je ne sais pas.

– C'est pour l'enquête sur la disparition de la fille ?

– Oui.

– Voilà, c'est ici. Voici la clé. N'hésitez pas à venir me chercher si vous avez besoin de quelque chose. »

La fille est repartie tandis que j'observais la chambre, meublée d'une petite table et d'une armoire en bois de rose. Le parquet ciré brillait. Dans un coin, j'ai trouvé un petit évier équipé d'un robinet d'eau froide et une serviette propre pendue à une patère. J'ai posé mes affaires sous le lavabo, rassemblé appareil photo, ordinateur et dossier « Kamila » sur une étagère de l'armoire, puis je me suis approché de la vieille fenêtre qui donnait sur la rue. La vitre maintenue par un mastic émietté a tremblé quand je l'ai ouverte. L'air chaud portait les bruits de l'extérieur jusqu'à moi. C'étaient des conversations d'étudiants et de randonneurs attablés en terrasse. J'avais soif. Depuis ma fenêtre, j'aurais volontiers plongé une grande paille dans chacun des verres posés sur les tables. J'ai entendu frapper à la porte.

« Entrez ».

C'était la serveuse.

« Je vous offrirai un demi au bar si vous n'aimez pas cette bière, a-t-elle dit en posant mon verre sur la table. Elle a un goût particulier. Il y a une salle de bains au bout du couloir si vous voulez vous doucher. Vous mangez avec nous ce soir ?

– Non, je vais ressortir.

– Si vous rentrez tard, passez par-derrière parce que la porte de l'auberge sera fermée. Il y a un escalier extérieur qui donne accès aux chambres. Moi, je dors aussi à l'étage. Si vous avez besoin.

– Merci. »

Après avoir jeté mes frusques imprégnées de sueur dans un coin de la chambre, j'ai fermé à demi les lourdes persiennes dont la peinture s'écaillait et bu une gorgée de bière. Elle possédait une jolie couleur ambrée. J'ai fini mon verre en essayant de réfléchir à la route qu'il me faudrait emprunter pour rejoindre le suspect de Saint-Honoré, Dutilleux, dont m'avait parlé l'avocat, puis je me suis allongé sur le lit aux draps impeccablement tirés. Livia m'avait envoyé un texto pour m'inviter à dîner chez elle, mais j'avais besoin de faire une pause avant de la retrouver. La fatigue physique, le stress de l'enquête et cette bière fortement alcoolisée m'ont assommé. Je me suis mis à somnoler, bercé par les dialogues des clients en terrasse. Je me suis redressé en sursaut trente minutes plus tard seulement en croyant entendre pleurer Hana. C'était le rire d'un groupe de femmes qui venaient de s'installer dehors. Encore enivré par la bière d'aubépine plus forte que les bocks maltés que j'avais goûtés dans notre bar à flics parisien, je suis parti en slip à la salle de bains en emportant une serviette. Je n'ai croisé personne dans le couloir. Dans la douche, j'ai pointé le jet d'eau chaude sur mes cuisses courbaturées. La déco de la pièce a rapidement disparu sous un nuage de vapeur. Après m'être séché avec la serviette rêche comme une langue de chat, j'ai essuyé la buée au centre du miroir pour me raser plus soigneusement que ce matin. J'ai pris soin de ne pas saloper l'évier fraîchement briqué. Raté. Je me suis écorché deux fois les joues avec une lame de rasoir neuve. Le sang a souillé l'émail et coulé jusque dans ma bouche. J'ai reconnu ce goût d'acier que l'on trouvait enfant en posant sa langue sur les deux cosses d'une grosse pile. En relevant la tête, j'ai aperçu dans le reflet du miroir, la petite serveuse, Aurélie, qui avait entrouvert la porte. Elle a rougi en me voyant cul nu – c'était pourtant mon meilleur profil, j'ai la fossette de Kirk Douglas au-dessus de chaque fesse.

« Excusez-moi... Je venais pour terminer le nettoyage de la douche, s'est-elle excusée.

– J'en ai encore pour une minute.

– D'accord. J'attends dehors. »

J'ai tenté ma chance en traçant un sexe masculin grossier et le numéro de ma chambre sur un coin du miroir encore embué. Perché sur mon ivresse, ça me paraissait une bonne idée. Mais c'est le patron de l'auberge qui est entré sitôt que j'ai ouvert la porte. Il a remarqué le dessin.

« Il y a un panneau en bas pour les annonces particulières » a-t-il dit en souriant.

J'ai baissé les yeux comme un ado pris la main dans le slip et je suis sorti de la salle de bains avec ma serviette nouée autour de la taille. La tête me tournait encore. Dans la chambre, je me suis posé sur le lit quelques secondes puis je me suis relevé pour aller recharger la batterie de l'appareil photo. Sa carte-mémoire avait été volée. Quelqu'un était entré ici. Mes dossiers dans l'armoire avaient été fouillés, et les notes que j'avais prises sur les lieux de la découverte du corps avaient disparu. Mon cœur a battu l'appel de la guerre dans ma poitrine. Le goût du sang dans ma bouche a décuplé mon envie de mettre la main, et les poings, sur celui ou celle qui avait embarqué les photos. J'ai enfilé un jeans, ma paire de baskets et je me suis lancé dans les couloirs de l'auberge à la recherche du voleur. Mon enquête a été rapide. Le patron m'a donné le numéro de la chambre de sa serveuse. J'ai cogné à coups de poing dans sa porte et suis entré sans attendre l'autorisation. La jeune fille était assise sur son lit, devant un ordinateur portable.

« Vous avez besoin de quelque chose ?

– Je viens récupérer ma carte d'appareil photo et mes notes.

– Je ne sais pas de quoi vous parlez.

– C'est vous qui êtes entrée dans ma chambre. Pourquoi avez-vous fouillé mes dossiers ?

– Ce n'est pas moi.

– Rendez-moi le matériel tout de suite ou je vous emmène en garde à vue à Autun.

– Ah, c'est bon ! Pas la peine de jouer les inspecteurs Larry, ça m'impressionne pas, j'ai déjà été en garde à vue.

– C'est « Inspecteur Harry », le film.

– Je m'en fous, j'aime pas John Wayne. »

Branleuse.

« Dépêchez-vous !

– Ouais. »

Elle s'est levée pour aller, en traînant les pieds, ouvrir

le tiroir d'une petite table qui lui servait de bureau. Elle en a sorti la carte-mémoire de mon appareil photo et mes notes. J'ai tout repris.

« Pourquoi vous avez fait ça ?

– Je voulais les donner à mon petit ami qui est journaliste au *Bien-Public*. Il est stagiaire, ça aurait pu l'aider pour obtenir un contrat.

– Ce sont des photos de scène de crime. Les journaux ne peuvent pas exploiter ces documents professionnels.

– Je ne savais pas. Je n'ai pas pu regarder les photos sur mon ordinateur. Il faut un adaptateur pour lire la carte de votre appareil photo. Vous allez me dénoncer ?

– Non. Donnez-moi le double de la clé de ma chambre. Je ne veux plus que vous y mettiez les pieds. »

Elle a sorti un trousseau de clés et m'a tendue la mienne.

« Vous n'en parlerez pas au patron ? J'ai besoin de ce travail pour payer mon permis.

– O.K. mais ne recommencez pas.

– Promis… » a-t-elle répondu sur un ton blasé que je connaissais. Anaïs utilisait le même quand je la saoulais.

J'ai quitté la pièce, reposé le matériel dans ma chambre que j'ai fermée à clé et je suis parti chez Livia après avoir acheté une bouteille au patron de l'auberge. J'ai choisi un Côte de Nuit prometteur sur les conseils d'un client qui était accoudé au comptoir depuis mon arrivée. Sa main droite serrant son verre aussi fermement qu'un aviateur empoigne son manche à balai, ce pilote de zinc était en plein décollage. J'ai quitté ensuite l'auberge à pied avec Oppi. Le trajet passait devant le Centre de Recherche où des archéos qui avaient fini leur journée, étaient en train de décharger leur camionnette et de nettoyer leurs outils au jet. J'ai enjambé le filet d'eau sale qui s'écoulait en travers de la route et suis arrivé chez Livia après cinq cents mètres de marche environ. Je m'étais repéré grâce au magnifique noyer qu'elle m'avait décrit et qui était en face de chez elle. Le plus haut noyer du Morvan, paraît-il, protégé par le réseau Natura 2000 parce que c'était un arbre creux abritant des espèces rares. Livia habitait une ferme morvandelle préservée, avec un toit d'ardoises, des appentis et des murs de granit recouverts d'un enduit à base d'arène, le sable local. Il restait peu de longères comme celle-là. Heureusement, leurs nouveaux propriétaires, souvent des *cul-jaunes* et des parisiens, les rénovaient de façon traditionnelle, en évitant les volets roulants et le crépi de pavillon. La jeune femme, dans le jardin, travaillait sur son ordi portable en surveillant ses enfants. Elle était installée sur une table de camping, dans un espace dépourvu de gazon et dont le sol terrassé était constitué de tessons de céramique, une façon pratique de stocker les vestiges archéos sans valeur récoltés sur les chantiers. Livia m'a fait un signe de la main. Ses trois enfants, crasseux de la tête aux pieds, jouaient en culotte autour d'elle. Ils sont venus m'embrasser puis ont filé. La petite Constance qui avait les mêmes yeux noirs que sa mère a essayé d'arroser le potager avec un arrosoir aussi grand qu'elle, tandis que les deux garçons ont plongé dans une piscine gonflable à moitié remplie d'eau. Deux poules rousses au cou déplumé, pas affolées par les courses des enfants, se promenaient dans cet espace clos par des haies de mûriers.

Livia semblait fatiguée.

« Je ne pensais pas que tu viendrais après ce qui s'est passé, Franck. Tu veux t'installer là, cette nuit ?

– Non, j'ai trouvé une chambre à l'auberge et je dois repartir pour aller interroger un témoin.

– O.K. Laisse-moi finir mes recherches. J'en ai pour une minute. Ça me change les idées.

– Tu bosses sur quoi ?

– Je dispose de peu d'heures de vol cette année, alors je fais de la prospection aérienne sur GéoPortail. C'est un site qui fournit des photographies en haute définition. De quoi repérer des vestiges gallo-romains dans un champ, si les images ont été prises en été. Les cultures poussent avec plus de force au-dessus d'un ancien fossé entourant une fortification, par exemple. »

Livia avait déjà identifié 300 nouveaux sites avec cette méthode que les détecteuristes utilisaient sûrement aussi. Elle a pris ma bouteille pour la mettre à l'abri de la chaleur. À son retour, en moins d'une minute, elle a rangé son ordi, mis les couverts sur la table, récupéré les enfants, décrassé leurs mains, avant de les installer devant leur assiette de nouilles-jambon qu'ils ont rejetée d'un même cri « Non ! », puis qu'ils ont mangée après qu'elle les a fixés d'un œil furibard et les poings sur les hanches.

« Nous, on mangera plus tard, m'a-t-elle averti. Je dois leur donner un bain après le repas. Tu peux entrer dans la maison pour te servir un verre si tu as soif.

– Je voudrais passer un coup de fil. J'ai oublié d'appeler mon chef.

– Tu peux te servir de la ligne fixe qui est dans notre bureau à l'étage. Si tu ne trouves pas le téléphone sous le désordre, suis le fil depuis la prise.

– O.K. Merci. »

Je suis entré dans la maison. Il y avait des livres dans toutes les pièces, des BD dans le couloir, des polars sur les étagères des toilettes, des romans dans le salon, et des livres d'archéologie en langue française, allemande, anglaise, italienne, du sol au plafond dans le bureau. Un piano occupait aussi un coin de cette pièce. Des dessins d'enfants étaient accrochés sur la porte. Leur fils aîné âgé de 8 ans semblait doué. Ses dessins à l'encre signés Léo en arabesque fleurie représentaient toutes les espèces préhistoriques, avec une précision qui aurait fait rager un étudiant en paléo. J'ai trouvé le téléphone sous des croquis de chantiers de fouille et des cartes I.G.N. et j'ai composé le numéro du chef à Autun pour m'assurer qu'il validait mes initiatives mais il n'a pas répondu. Avant de réessayer, j'ai feuilleté des revues Archéologia dans lesquelles Livia avait co-signé des articles avec le directeur du Centre, puis elle est arrivée pour s'installer au piano avec sa fille sur les genoux pendant que les gars prenaient leur bain. La salle d'eau était en face du bureau. Livia s'est mise à jouer en gardant un œil sur ses garçons dans la baignoire. La fillette a imité les gestes de sa mère. Ses doigts minuscules possédaient juste la force suffisante pour enfoncer les touches. Elles ont éclaté de rire en écoutant les notes. Elles avaient la même manière de plisser les yeux en riant, puis Livia a joué un morceau de Chopin, je crois, avant de se lever avec l'enfant à moitié endormie dans ses bras :

« Je lui joue cette barcarolle depuis mon retour de la maternité. Ça l'endort à chaque fois. Je vais la coucher »

Les garçons sortis du bain en peignoir sont également montés dans leur chambre. Ils ont voulu qu'Oppi dorme avec eux.

« Ça les rassure. Ils doivent sentir que je ne suis pas en forme. Tu passeras le reprendre demain ?

– Vous pouvez le garder. Il sera plus heureux qu'avec moi.

– Merci mais on a déjà des chats. »

Elle a emmené le chien dans la chambre des petits, puis nous sommes sortis de la maison pour dîner face au Mont-Beuvray. Je n'avais pas joint mon chef. Pas grave. Livia a posé nos assiettes sur la table recouverte d'une toile cirée au motif Vichy.

« Œufs de nos poules, tomates et salade du jardin, et une tarte à la myrtille, ça te va ?

– Parfait.

– Tu peux rentrer les poules, s'il te plaît, pendant que je vais chercher les plats ? Il y a des chiens sauvages qui rôdent la nuit.

– O.K. »

Je me suis approché des poules qui ont déguerpi comme un troupeau d'étudiants en manif chargés par les flics. J'ai essayé de les diriger vers l'enclos avec un balai. S'en foutaient et ont lâché des giclées de fiente sur mes baskets. J'ai abandonné l'affaire et me suis rassis tandis qu'elles passaient sous la table pour y chercher des miettes.

« Allez, les filles, on rentre ! » a lancé Livia à son retour.

Les deux rouquines ont regagné leur abri, crête haute, et souriantes comme leur maîtresse : « Tu apprendras l'autorité quand tu auras des enfants, Francky. »

Vexé, j'ai détourné la tête et me suis appliqué à déboucher la bouteille qu'elle avait rapportée avec les plats. J'ai versé le Côte de Nuits dans deux gros verres de cantine. Livia qui s'était assise en face de moi n'a pas touché le sien. Elle fixait son assiette vide comme si elle se regardait dans un miroir. Ce qu'elle y a vu l'a touchée. Sa tête s'est penchée. Ses épaules se sont affaissées. Elle m'a semblé beaucoup plus âgée.

« Ça va, Olivia ?

– J'ai tenu le coup hier, je n'ai pas voulu le montrer aux enfants mais je craque maintenant, Franck. Je n'arrête pas de penser à cette jeune fille assassinée, à sa sœur qui reste seule. J'ai une sœur, je l'appelle tous les jours. Je ne survivrais pas si quelqu'un lui faisait du mal.

– Je ne savais pas que tu avais une sœur.

– Elle est dans le métier également. Elle travaille à Monterenzio, un site concurrent de Bibracte. Je suis très proche d'elle. Je pense aussi à mes enfants qui jouent parfois seuls dans le jardin. Peut-être que ce tueur est passé devant chez moi, qu'il les a regardés et qu'il a été tenté de les enlever.

– Il ne s'intéresse pas aux enfants. Mais je comprends ce que tu ressens. J'aurais dû partir seul faire cette recherche.

– Non... C'était important que je t'aide. Sans moi, tu serais peut-être passé à côté du corps. En fait, Franck, je suis malheureuse parce que j'ai l'impression que cette forêt que j'aime est souillée à jamais.

– Nous avons une psychologue au commissariat d'Autun avec laquelle tu pourrais discuter. Elle est habituée à ce genre de situation. Je vais te donner son numéro.

– Non, je vais m'en sortir. Il suffit juste que tu trouves le fou qui a fait ça. Comment se passe l'enquête ?

– Hier, j'ai discuté avec une victime d'agression qui est instit près de Luzy, et j'ai rencontré quelqu'un qui avait le profil du tueur que nous cherchons.

– Le chauffeur de la navette ? Je t'ai vu parler avec lui. C'est un suspect ?

– Il a un casier. C'était normal que je l'interroge, mais a priori, il n'a rien à voir là-dedans. Tu le connais ?

– Oui, c'est pas un mauvais gars. Je crois qu'il a fait

une exhibition devant des touristes, mais il traversait une sale période. Il ne s'est jamais montré agressif avec une femme.

– C'est vrai qu'il a travaillé sur le sanctuaire ?

– Oui, il nous a aidés avec son minibus à transporter des pièces que nous avions placées dans des caisses trop volumineuses.

– J'ai appris aussi que votre casque avait été retrouvé.

– Oui, c'est une bonne nouvelle mais ça va changer notre manière de travailler. Le directeur va transformer le Centre en blockhaus.

– Tu connais le complice de ce vol ?

– Non, le directeur recrute local pour le personnel du musée, mais les boîtes de nettoyage et de dépannage du Centre de Recherches viennent de Dijon ou de Paris. Il doit y avoir un appel d'offres plus surveillé.

– J'ai aussi parlé avec le Belge. Pourquoi m'as-tu demandé de me méfier de lui ?

– Je ne savais pas comment il allait réagir avec un policier. Le vieux bonhomme a trempé dans des affaires pas jolies.

– Qu'est-ce qu'il a fait ?

– Cela remonte à plusieurs mois. En son absence, un inconnu a squatté et saccagé sa maison des copains. Dès son retour d'Afrique, le Belge a retrouvé le gars qui faisait la manche dans un village du coin. C'était un jeune qui portait des badges pacifistes sur son treillis de supermarché. Personne ne l'a plus revu après qu'il lui a parlé.

– Il a dû simplement quitter la région après s'être fait secouer. Qu'est-ce que tu penses de son histoire de bracelet ? C'est celui de sa mère comme il le prétend ?

– Oui. Nous avions cru avoir trouvé un bijou celte de grande valeur. Il nous a fallu plusieurs semaines avant de découvrir que la pureté de l'or ne correspondait pas à la qualité du minerai employé à cette époque. Ce torque était une copie. J'ai fait passer l'info dans la presse, le Belge a lu l'article puis il nous a contactés. Nous avons fouillé la zone de découverte du bracelet avec lui. Tous les étudiants s'y sont mis en dehors de leurs heures de fouille officielle, mais nous n'avons rien trouvé. Il continue de chercher seul. Ça l'apaise. J'ai appris qu'il était le père d'une fille qu'il a abandonnée à sa naissance. Elle est venue jusqu'ici plusieurs fois pour renouer avec lui mais il l'a toujours rejetée.

– As-tu des infos sur les jeunes femmes qu'il reçoit ?

– Non. Je ne suis jamais allée chez lui. Attends, je vais te montrer quelque chose. »

Elle a écarté les assiettes et rouvert son ordinateur pour faire apparaître un document sur le moteur de recherche. C'était la première page du journal *Paris-Centre* datant du 18 janvier 1952. Les détails sur l'accident d'avion étaient présentés dans un article, ainsi que deux photos : un Cessna 140 au fuselage fracassé et à demi-brûlé, et un couple. La femme tenait un jeune enfant entre ses bras. C'était le Belge. Livia a agrandi ce cliché pris quelques minutes avant que le Cessna ne décolle depuis l'aéroport de Rome. J'ai reconnu le front blanc de la mère de Jeff. On sentait qu'il était heureux près d'elle.

« Sa fille ressemble trait pour trait à la femme sur la photo. Il a dû croire qu'un fantôme sortait de la forêt quand elle est venue vers lui à Bibracte pour la première fois. Je l'ai croisée peu de temps après à l'auberge.

– Tu penses qu'il va retrouver le corps de sa mère ?

– Nous lui avons expliqué que c'était une quête folle mais il n'est pas facile à convaincre. Et puis qui sommes-nous pour lui donner des leçons ? Nous cherchons des objets cachés depuis 2000 ans. D'ailleurs, il reste une possibilité. Des collègues ont découvert trois puits maçonnés enfouis sous la végétation, pas loin de l'accident. Il est possible qu'elle y soit tombée après avoir survécu au crash, mais c'est sur une parcelle appartenant au Musée. Le directeur n'acceptera pas qu'un étranger fouille là.

– Envoyez un de vos archéos.

– Tout le personnel est occupé avec le trésor, et si je donne l'info au Belge, il va descendre seul et se tuer. Je prendrai contact avec un spéléo quand nous aurons dégagé le sanctuaire. »

Elle avait raison. C'était risqué de laisser descendre un amateur dans un puits non-étayé. Asphyxie à l'oxyde de carbone, chute de pierres, les dangers étaient nombreux.

« Allez, bon appétit, Francky. »

Je me suis servi. Dans le saladier, les tomates de Livia

sentaient le jardin de famille, le plant attaché au tuteur avec une ficelle de cuisine, l'eau de pluie récupérée sous le trou d'une gouttière. Délicieux. La chair des légumes était aussi relevée avec du persil qu'elle cultivait dans un coin d'herbes aromatiques protégé des poules par un fin grillage.

« Et qu'est-ce que tu as fait aujourd'hui, Franck ? Je ne t'ai pas vu sur le site.

– J'étais dans l'Yonne. J'ai éliminé une piste parmi les pilleurs.

– C'était qui ?

– Un commerçant originaire d'Evry qui se déplace sur les foires avec son camion pour vendre du matériel de détection.

– Je vois qui c'est. Il est protégé, lui, par des gens au Ministère de la Culture.

– Pourquoi ?

– Il est archéo de formation et il a fait quelques belles trouvailles qu'il a redonnées à l'Etat, dont un lot de pièces Helvètes qui pourrait permettre de localiser le passage de ce peuple pendant sa migration en 58.

– Tu as vu Hana aujourd'hui ?

– Oui, des collègues se sont occupés d'elle. Elle me bluffe. Elle sait garder son secret malgré ce qu'elle doit ressentir. Nous sommes toujours très peu à savoir que sa sœur a été retrouvée morte. Tu vas continuer de chercher ?

– Oui. Je dois voir un homme à Saint-Honoré-les-Bains.

– C'est un autre suspect ? Un témoin ?

– J'ai peu d'infos sur lui. Je vais faire le travail de base du flic, poser des questions et voir si des choses se recoupent. Tu pourras rester seule ce soir ?

– Oui, ne t'inquiète pas.

– Ton mari rentre quand ?

– Je ne sais pas. Il prépare son H.D.R. pour devenir professeur d'université. Ça doublerait son salaire, mais il n'arrive pas à travailler ici avec le vacarme des enfants.

– O.K. »

On a fini le repas avec une part de tarte aux myrtilles, le fruit célébré à Glux depuis cinquante ans. Sa pâte sablée avait un goût de sel et de cannelle. Nos sourires se sont colorés de bleu. Nous avons ri comme des mômes. Ensuite, nous avons quitté la table pour partager un banc dans le jardin. Livia avait bu deux verres de vin en fin de repas. Ses yeux brillaient à nouveau. J'ai eu envie de poser ma tête contre son épaule. Elle l'a deviné et s'est levée pour débarrasser la table. Je l'ai aidée puis elle est montée à l'étage raconter une histoire à Timothée et à Léo qui ne réussissaient pas à s'endormir. Livia a choisi un livre de Claude Ponty, *Ma Vallée*, l'histoire d'une créature qui mettait un masque de colère sur son visage à chaque fois qu'elle voulait s'énerver. Elle n'avait qu'à le retirer pour redevenir sage et gentille. C'était l'image que je me faisais du tueur portant un masque de terreur au moment de ses actes et redevenant ensuite un civil ordinaire.

13

Bâtie au-dessus d'anciens thermes romains, Saint-Honoré était une station thermale qui avait connu la richesse jusqu'au début de la seconde guerre mondiale. Fréquentée à l'époque par des têtes couronnées et des familles bourgeoises, Saint-Ho comme disent les gens du coin, avait ensuite périclité faute d'investissement. Depuis, les petits castels en briques vernissées rouges et noires, les manoirs de style Renaissance et les villas dessinées par des prix de Rome étaient inoccupés, comme si l'arrivée d'un astéroïde, ou des socialistes, avait fait fuir leurs riches propriétaires. Il restait seulement un casino et un restaurant en activité, et les thermes à peine rénovés qui vivotaient grâce au retour de la mode du spa. En arrivant, faute de plan et de G.P.S. en état, je suis entré au casino pour me faire expliquer comment trouver la maison du suspect. L'établissement de jeux re-décoré sur le thème du cinéma après un incendie dans les années 80, était situé près du parc thermal. Une vingtaine de véhicules occupaient le parking. J'ai pénétré dans le hall aux tapis d'un rouge aveuglant. Portes tournantes, motifs criards en spirale sur les moquettes et miroirs multipliant les reflets sur les murs, tout était conçu ici pour faire perdre leurs repères aux joueurs. Dans la salle, les clients étaient aux prises avec les bandits manchots. Il y avait des appareils classiques à levier et des modèles plus récents activés par un écran tactile. Une machine semblait prolifique. Quatre personnes attendaient leur tour pour y jouer. Un homme chargé de faire l'appoint était posté derrière un guichet. Je me suis dirigé vers lui.

« Je ne connais pas la ville, pourriez-vous m'indiquer où je pourrais trouver la Villa Beau-Rose ?

– Je ne suis pas d'ici non plus. Attendez, je vais chercher un collègue. »

Il est revenu avec un homme portant le même costume que lui. Je lui ai montré ma carte de Police.

« Je voudrais trouver la Villa Beau-Rose à Saint-Honoré.

– Vous voulez parler au « Fou » ? Vous pouvez y aller à pied. Il faut descendre en direction de l'Hôtel du Parc. C'est le bâtiment en ruine que vous apercevrez en sortant du Casino. Vous prendrez ensuite la première à droite. La Villa Beau-Rose a des volets bleus, elle est située entre deux maisons art déco.

– Merci.

– Vous enquêtez sur quoi ?

– C'est moi qui pose les questions. Au revoir. »

L'employé s'est renfrogné comme un gamin qui avale à contrecœur sa pipette d'antibiotiques, et s'est tourné vers des clients tandis que je quittais l'établissement avec soulagement. Les effets visuels et sonores des machines à sous m'avaient donné mal au crâne. J'ai marché en direction de la Villa. Les rues parcourues par des voitures de rêve, Panhard, Delage, Bugatti pendant l'entre-deux-guerres, étaient aujourd'hui désespérément vides et me donnaient l'impression de me promener dans un décor de cinéma abandonné. Je n'ai croisé personne jusqu'à l'Hôtel du Parc. Ce bâtiment ressemblant à un petit château, construit en grès rouge foncé et ocre, et orné d'une tour élégante, était entouré d'une clôture et de panneaux mettant en garde contre les risques de chutes de pierres. Une partie du toit était effondrée et la façade éventrée laissait voir l'intérieur des pièces dégradées. J'ai dépassé la ruine qu'une pétition essayait de sauver de la démolition d'après ce qui était écrit sur des affiches accrochées aux arbres de la rue, et j'ai reconnu les deux maisons de style art déco dont m'avait parlé l'homme du casino. Il me restait cent mètres à parcourir jusqu'à la Villa Beau-Rose qui possédait trois étages et une façade ornée de frises au-dessus de chaque fenêtre. L'accès était protégé par une grille aux barreaux piqués de rouille et un mur de pierres éboulé. Le parc était également à l'abandon. Les buissons d'ornement n'étaient pas taillés, la pelouse, envahie de hautes herbes, et des branches cassées séchaient au pied des arbres. Seul le sentier de graviers conduisant à l'entrée de la maison était entretenu.

« Vous cherchez quelque chose ? »

L'homme qui m'avait abordé s'était approché avec l'intention de me surprendre. Plus grand que moi, il était vêtu d'un pantalon de treillis et d'un tee-shirt blanc couvert de taches de peinture. L'avocat m'avait averti que Dutilleux avait un visage séduisant. C'était lui. Une gueule photogénique, mâchoires carrées, sourire rassurant, mais un regard mort, deux agates noires qui tombaient sur vous aussi froidement que des billes rebondissant sur un carrelage.

« Qu'est-ce que vous regardez ? Vous êtes acheteur ?

– Non, mais c'est une belle maison.

– C'est vous qui êtes policier ? La personne avec laquelle vous avez discuté au casino est un ami. Il m'a prévenu que vous passeriez.

– Vous êtes monsieur Dutilleux ?

– Oui, c'est moi. Si c'est une histoire de contravention ou d'U.R.S.A.F.F., ça pouvait attendre demain. Il est 21 h 00, vous savez.

– Il s'agit d'une enquête de voisinage. Il y a eu plusieurs agressions dans la région. Votre nom a été cité comme témoin.

– Qui a parlé de moi ?

– Je ne peux pas vous le dire.

– Bah, vous direz à cette personne qu'elle peut aller se faire foutre. Je ne suis mêlé à aucune affaire d'agression, de près ou de loin. Je m'occupe de ma mère qui habite avec moi et j'emmerde les promoteurs qui veulent racheter notre maison pour le prix d'un cabanon de jardin. Vous feriez mieux de vous bouger pour retrouver le tueur de gamine.

– De qui parlez-vous ?

– De celui qui a tué l'enfant que vous venez de retrouver à Bibracte.

– Qui vous a raconté ça ?

– C'est en direct sur toutes les chaînes d'infos. Faut vous acheter la TNT, les flics. »

Putain de serveuse qui avait envoyé les documents à son mec avant que je les lui reprenne. Je n'aurais pas dû faire confiance à sa frimousse de repentie.

« Je sais qu'il est tard, mais est-ce qu'on peut entrer chez vous pour discuter, monsieur Dutilleux ?

– Non, je vous ai dit que je n'avais assisté à aucune agression. Et je n'ai pas à parler à un flic dans une ville qui est sous l'autorité de la Gendarmerie.

– J'ai l'accord du procureur pour m'occuper de cette affaire. Pouvez-vous au moins me dire si vous êtes allés à Glux récemment ?

– Oui, ça fait partie de ma tournée. Je livre des boissons pour des bars et des buvettes, et je m'occupe de la maintenance de distributeurs automatiques dans toute la région.

– Vous êtes allé livrer des boissons là-bas pour la Fête de la Myrtille ?

– Bien-sûr, c'est un gros contrat. Ça fait des années qu'on travaille avec eux. »

J'ai remarqué son tee-shirt marqué par des auréoles de transpiration et j'ai repensé à la sauce Worcester dont avait parlé Perle, la danseuse. J'ai pris une grande inspiration. Pouah. L'odeur corporelle de Dutilleux était piquante comme un vieux vinaigre, mais je ne pouvais pas conclure à sa culpabilité parce qu'il puait le condiment. Même moi, je refoulais une haleine de ketchup les lendemains de cuite. Il a essuyé la sueur qui coulait sur son front avec un mouchoir et m'a lancé son sourire aux dents impeccablement implantées.

« Je retourne à la maison. Je n'ai plus rien à vous dire.

– Si vous ne me parlez pas ce soir, vous serez convoqué à Autun ou à Dijon selon les besoins de l'enquête.

– Convoquez-moi. Je n'ai rien à me reprocher.

– Dîtes-moi quand même pourquoi on vous appelle le « Fou » ?

– C'était pas la peine de venir jusque-là pour me demander ça. N'importe quel gars du village aurait pu vous renseigner. Le « Fou », c'est morvandiau, c'est le fouy, le foyard, c'est le nom en patois pour appeler un hêtre. Dans le parc de la maison, il y a un des plus beaux hêtres du Morvan, vieux de plusieurs centaines d'années, et les gens ont surnommé le « Fou » tous ceux qui ont habité cette maison. »

O.K., O. K... Il n'y a pas de fumée sans fou, j'ai pensé.

« En fait, a-t-il ajouté, je pourrai vous parler ce soir. Ça prendrait deux minutes, parce que je n'ai rien à vous dire finalement, mais ça me met en colère de voir arriver un flic à cause d'un ragot. J'ai un petit élevage d'ânes, de poneys et j'avais deux vaches qu'on m'a tuées dans un pré. Des salauds sont repartis avec les pattes arrière. Ils ont découpé ça sur place, en pleine nuit, pour récupérer à peine 50 kilos de viande exploitable, et j'ai pas vu la queue d'un gendarme après ma plainte, tandis que vous débarquez pour une rumeur. Y a plus que ça dans cette ville. C'est radio-potins.

– Je suis policier, monsieur Dutilleux, pas gendarme. Ils sont peut-être en sous-effectif.

– Flic ou gendarme, c'est kiffe-kiffe… ou keuf-keuf. Vos amis m'ont collé une prune à Autun pour du stationnement gênant alors que j'étais en livraison et que des manouches tournaient dans les rues à la recherche d'un casse. Tout le monde les voyait sauf vous. J'en ai marre d'être du mauvais côté de la barrière, avec tous les Français honnêtes qu'on taxe, qu'on impose, qu'on emmerde. Bonne soirée. »

Il a franchi la grille et emprunté le sentier de graviers, les mains dans les poches, sans se retourner. Avant qu'il n'ait refermé sa porte, j'ai téléphoné à Déborah, ma fliquette, qui a répondu à la première sonnerie.

« Ça roule, lieutenant ? Ça fait deux jours que tu n'as pas donné de nouvelles. Heureusement que j'ai croisé le chef qui m'a dit que tout allait bien pour toi.

– Oui, ça va, Déb. Excuse-moi de n'avoir pas appelé plus tôt. Tu as un peu de temps pour me donner un coup de main ?

– T'es sur l'affaire de Bibracte. C'est toi qui t'es fait voler ton dossier par un journaliste ?

– Oui...

– Quel con. Les images de la scène de crime tournent en boucle sur les chaînes d'infos.

– Tant mieux, ça fera peut-être réagir des témoins.

– Qu'est-ce qui s'est passé ?

– Une petite serveuse de l'auberge où je loge a fouillé ma chambre et a transmis les infos à son mec journaliste.

– Une minette que tu as troussée en deux-deux et que tu as jetée aussi vite. Elle s'est vengée. Tu sors d'une affaire qui a freiné ta carrière, tu ne peux pas te tenir tranquille ?

– Je viens d'être innocenté. J'ai récupéré mon habilitation.

– Je sais, mais c'était pas la peine de te faire remarquer, surtout quand t'arrives dans un nouveau commissariat. Bon, tu as besoin de quoi ?

– Il faut que tu me trouves tout ce que tu peux sur un homme appelé Dutilleux. Il habite au numéro 25 rue des Sources à Saint-Honoré-Les-Bains... Tu vérifies tout, fichiers des antécédents judiciaires, situation de famille, propriétés, réseaux sociaux, crédits, contraventions...

– O.K. Je te prépare ça demain.

– Non, ce soir.

– Hé, tu te crois dans Criminal Minds ? J'ai eu une

journée de pouilleuse. Je suis rincée. J'ai fait une remise à niveau pour des flics retraités réservistes qui ne supportent pas les conseils d'une femme. À baffer, ces viocs.

– Déb, c'est important. Appelle-moi dès que tu as des éléments. Il me faudrait aussi des infos sur un autre témoin, Jeff De Boeck, un belge qui réside à Anost.

– C'est pour ce crime et les agressions précédentes ou pour une affaire perso ?

– Ça concerne l'enquête.

– Je ne comprends pas que vous vouliez réunir ces viols et le meurtre. Le premier type a agressé des femmes en pleine journée, sans leur parler, alors que le tueur de la petite a dû prendre contact avec elle pour la faire sortir. Ces méthodes n'ont rien à voir.

– C'est une piste parmi d'autres. Fais vite, s'il te plaît.

– Ça te coûtera un resto. Je voudrais que tu m'emmènes à Luzy, il y a un chef qui va bientôt avoir une Etoile.

– Ok, dès que je touche ma prime O.P.J.

– Ou ta prime de licenciement... »

J'ai raccroché et je suis retourné au Casino. Il n'était pas encore 22 heures, le jour tombait. En passant devant le Grand Hôtel en ruines, j'ai remarqué qu'un groupe d'ados avaient franchi les grilles pour s'isoler dans certaines pièces encore meublées. Il y avait un couple, un garçon et une fille à un mètre l'un de l'autre sur un canapé, comme des amants blasés, et un étage plus haut, deux autres jeunes, assis dos à dos, occupés à jouer sur leur portable. La lumière des écrans éclairait d'un bleu glacial leur visage. J'avais l'impression d'observer les personnages d'un roman de Raymond Carver, embarqués dans des histoires d'amour aussi bancales que les murs du Grand Hôtel. Plus loin, le parking du Casino s'était rempli de véhicules depuis mon départ. Les machines à sous attiraient une clientèle venue des départements limitrophes d'après les chiffres 58, 71, 89 inscrits sur la droite des plaques d'immatriculations. J'ai repris ma voiture et démarré pour me garer à une centaine de mètres de la Villa Beau-Rose. Je voulais surveiller Dutilleux qui possédait la morgue et le détachement affichés par tous les pervers sûrs de posséder un coup tordu d'avance. Après une demi-heure de guet dans le silence, le cafard s'est installé dans la voiture. J'ai allumé l'autoradio. La recherche automatique a trouvé des airs de vielle sur Radio Morvan et les sketchs moisis de Rires et Chansons. Je les ai laissé défiler et me suis arrêté sur un Multiplex de foot. Aucune motivation de supporter dans ce choix. Je voulais juste retrouver un son apaisant. Môme, j'écoutais toutes les soirées de championnat avec mon père. Il installait le transistor au centre de la table de la cuisine, à portée de main pour redresser l'antenne qui retombait à chaque fois que l'un de nous frappait du poing sur la toile cirée après une occasion ratée par « notre » équipe. J'étais supporter des Verts, mon père préférait l'OM. On faisait des concours de résultats, avant la création du Loto Sportif. À la mi-temps, je recopiais nos pronostics *au propre* sur un carnet à gros carreaux. Ces cahiers étaient plus soignés que mes devoirs d'écolier. Les paris que je remportais, à un franc le point, étaient le seul argent de poche que mon père me donnait.

14

Entre chien et loup, quelques minutes avant que les lampadaires ne s'allument dans la rue, le M.E.C.[1] comme on disait dans notre brigade à Paris, est sorti de sa tanière. Equipé d'un sac à dos, Dutilleux était vêtu en randonneur et tenait un bâton de marche à la main. Il est parti dans la direction opposée à ma voiture. Sa foulée sûre était celle d'un marcheur expérimenté. J'ai démarré et l'ai suivi jusqu'à ce qu'il dépasse les dernières maisons et s'engage dans un sentier en pleine forêt, à l'entrée d'un lieu-dit nommé les Ormes. La dernière habitation était à cinq cents mètres de là. Il a allumé une lampe. J'ai regardé le faisceau de sa torche s'éloigner entre les arbres sans oser me lancer à sa poursuite. Je manquais de condition physique et de vêtements chauds. Même en été, les nuits sont glaciales au cœur de la forêt Morvandelle. Le froid peut surprendre le randonneur égaré aussi brutalement qu'une montée de

1. M.E.C. : Mis en cause

marée recouvre le gois et ses cueilleurs de palourdes sur l'île de Noirmoutier.

À l'arrêt au volant, comme un filocheur amateur qui s'est fait planter par son suspect, je revoyais l'attitude arrogante de Dutilleux et rêvais de faire renifler son tee-shirt puant à une meute de chiens pour les lancer à sa poursuite. Incapable d'attendre les informations de Déborah, je l'ai appelée. Elle n'a pas répondu. J'ai ressayé jusqu'à ce qu'elle décroche.

« Franck, quatre appels ! T'es amoureux ou quoi ?

– Excuse-moi. Je suis à cran. C'est moi qui ai trouvé la petite assassinée, et je suis en contact avec sa sœur. C'est dur.

– C'est le boulot, t'es pas gardien de square.

– Je sais. Avant toute chose, dis-moi s'il y a moyen d'utiliser une odeur comme preuve ?

– Dans quelles conditions ?

– Il s'agit de l'odeur de cet homme qui aurait commis des agressions lors de festivals, dont l'attaque d'une jeune femme dans sa voiture.

– On peut comparer des odeurs corporelles. Le prélèvement s'effectue par opposition d'une lingette absorbante recouverte de papier aluminium. La lingette est ensuite remisée dans un bocal étanche puis elle sera soumise au flair d'un chien, mais il aurait fallu que tu prélèves déjà cette odeur dans le véhicule pour la comparer ensuite avec l'odeur de l'homme.

– O.K.

– De toute façons, ça ne constitue qu'un début de preuve, il te faudra des empreintes ou de l'ADN.

– Merci. Alors, tu as trouvé des choses intéressantes ?

– Tu m'as laissé peu de temps. J'ai déjà vu des photos de lui. C'est un beau gosse, ton mec.

– Oui, il a la beauté du diable. À part ça ?

– C'était difficile de déranger les collègues à cette heure. J'ai seulement passé quelques coups de fil et cherché sur C.H.E.O.P.S. »

Ce logiciel regroupait tous les fichiers Police, le fichier des personnes recherchées, les immatriculations...

« J'ai les informations administratives de base sur son état civil, mais rien d'excitant. Il livre pour une société qui s'appelle Burgondi Boissons. Il a encore ses douze points sur son permis. C'est rare pour un chauffeur professionnel. Il n'a pas de casier. Pas d'impayés, ni de crédits engagés. Il n'est pas sur les réseaux sociaux, mais il apparaît sur des articles dans la presse régionale en ligne. Il a participé à des animations de fête de village avec ses poneys. J'ai également trouvé son nom sur des documents PDF, des classements de compétitions de course à pied. Il est licencié dans un club, Morvan Oxygène.

– C'est tout ?

– Le reste n'a pas d'importance...

– Je veux tout savoir.

– T'es remonté comme une bombe, j'ai peur de t'en parler.

– Vas-y !

– J'ai interrogé un gendarme de Château-Chinon. C'était difficile. Les képis n'ont toujours pas digéré d'avoir été virés de l'affaire. Ton gars a été inquiété à deux reprises lors d'une plainte pour viol il y a une quinzaine d'années. Il a été auditionné comme témoin, mais sa mère lui a fourni un alibi lors des deux affaires. Il n'a même pas été mis en garde à vue.

– Quel salaud.

– T'enflamme pas... Il n'y a pas eu de procès. Il était innocent.

– Ou manipulateur. J'aurais dû l'embarquer.

– Parce qu'il pue ? Arrête tes conneries, Franck.

– Il faudrait que tu me trouves le nom et l'adresse des femmes qui avaient porté plainte contre lui.

– Ça remonte à près de 20 ans, elles sont passées à autre chose.

– Je te promets de les interroger uniquement si c'est nécessaire. Tu as trouvé quelque chose sur le mercenaire Belge ?

– Ce sont encore les gendarmes qui m'ont renseignée. Ils ont enquêté sur lui parce que ses voisins avaient déposé des mains-courantes. Il a hébergé des amis farfelus qui ont tiré à l'arme de guerre sur son terrain.

– Pas d'affaires de mœurs ?

– Non, il est clean, ce gars. Après un parcours dans l'armée, il s'est reconverti dans la sécurité privée. Il a travaillé à Djibouti, Congo-Kinshasa, Congo-Brazaville, où il était chargé d'étudier les risques encourus par les firmes qui s'installaient dans ces pays. Il leur proposait des conseils en sécurité ou dressait le plan d'évacuation de leur personnel en zone sensible. Les gendarmes ont également appelé les casernes dans lesquelles il a servi, mais il a un bon dossier. Il n'a pas fait un jour de mitard pendant toute sa carrière.

– Merci, Déb.

– Qu'est-ce que tu vas faire ?

– Je vais peut-être aller parler à la mère du suspect de Saint-Honoré.

– Tu n'as pas le droit de harceler les gens. Il est tard. Va te coucher. Tu trouveras sûrement de quoi calmer tes nerfs à l'auberge. Cette petite serveuse saura se faire pardonner.

– Merci du conseil. Bonne soirée. »

Après ce coup de fil, j'ai tourné en voiture dans les rues de Saint-Honoré, aussi hésitant que la bille au-dessus des alvéoles numérotées de la roulette du Casino. Sous la pleine lune, les manoirs et les hôtels particuliers inhabités prenaient une dimension encore plus étrange. Il n'y avait pas une voiture garée dans leurs allées, ni une lumière derrière les fenêtres, et pourtant rien n'était dégradé. On ne trouvait pas une vitre cassée, ni un graffiti sur les façades comme si une vie, invisible, se déroulait toujours dans les lieux. J'ai poursuivi ma ronde dans les quartiers vides jusqu'à ce qu'un voyant s'allume sur le tableau de bord. La jauge d'essence venait de passer sur la réserve. Moi aussi, j'étais à sec. J'avais passé deux jours hors de mon guichet et je doutais d'être capable de retrouver le rythme d'un flic de terrain. C'était peut-être le moment de viser ce poste de lutte anti-pillage dont m'avait parlé Pierre-Jean, ou de rendre ma carte pour devenir agent de sécurité dans un Shoppi, comme tous les bolosses qui ont échoué à l'examen d'entrée à l'Ecole de Police. Et pourquoi pas une place de guide au muséoparc d'Alésia avec des horaires pépères et des collègues détendus ? Comme Livia le faisait, je trimballerais des mômes en leur expliquant que les gaulois ne portaient pas de moustaches, et que les druides ne préparaient pas de potion magique mais étaient de vrais chefs religieux. Une mission à ma portée.

Les yeux fixés sur l'aiguille de la jauge, j'ai compris qu'il me restait juste assez d'essence pour retourner à Glux en roulant à l'économie. J'ai quitté Saint-Honoré en laissant derrière moi un panneau encadré de néons criards « Casino de Saint-Honoré – Nouvelles Machines à Sous à 1, 2, 5 centimes – Nombreux gagnants ». Ouais, les bécanes des Casinos offraient du rêve pour deux centimes, alors qu'en échange de vingt centimes, les photocopieuses de la Poste crachaient péniblement une copie en noir et blanc, aux retraités venus tirer un double de leur feuille d'impôts. Voilà ce qui foirait en France, les promesses de richesse étaient bon marché, tandis que Poste, CAF, Pôle emploi et nous, les flics, n'étions plus que des sévices publics.

À Glux, je me suis garé en face de l'auberge et j'ai rejoint ma chambre en passant par l'arrière du bâtiment comme m'avait conseillé la serveuse. Elle était à sa fenêtre, en sous-tif, et fumait un joint. Elle me faisait penser à Anaïs, ma « nièce », et à Déborah, c'était la génération « Je fais ce que je veux quand je veux », des filles fêtardes et bosseuses, intelligentes et grandes gueules. Avec elles, les hommes payaient cash leurs erreurs. Trouve-toi vite une femme à l'ancienne, Bostik, ces amazones vont te péter les rotules, me suis-je dit.

« Tu t'es bien foutue de ma gueule, tout à l'heure, ai-je lancé à la fille qui a tiré une latte avec fierté en me voyant.

– Je me suis déjà excusée. Les journaux auraient eu l'info de toute façon. Autant que ça profite à des gens d'ici. Allez, venez partager un taffe, ça vous changera les idées.

– Je ne fume pas.

– Je vous offre une bière.

– Non.

– Vous avez peur de moi ? »

Morv...euse ! C'est ainsi qu'on devrait appeler les filles du Morvan. Je suis monté la rejoindre. Sa chambre puait l'herbe. Deux enceintes reliées en Bluetooth à un ordinateur portable diffusaient de la musique électro à faible volume. La fille était toujours penchée à la fenêtre, en sous-tif et culotte. Une croupe dessinée par la Tentation.

« Tu peux te rhabiller ?

– O.K. »

Elle est allée chercher une paire de lunettes qu'elle a posée sur son nez.

« Voilà... Il fait trop chaud. Si je vous choque, vous pouvez repartir.

– Non, j'attends ma bière. »

J'ai observé la chambre que je n'avais pas regardée tout à l'heure. Elle était décorée d'un papier-peint dont les grosses fleurs mauves dataient des années 80, comme le lino encaustiqué qui couvrait le sol. Sur des étagères, de vieux pichets d'eau Ricard servaient de vases pour des fleurs des prés. La fille possédait aussi un petit frigo dans un coin de la pièce. Elle m'a sorti une bouteille de Leffe qu'elle a décapsulée avec un briquet, puis nous nous sommes accoudés à la fenêtre. Elle a voulu me passer son joint, j'ai refusé.

« Faut vous décoincer, commissaire. Je ne vais pas vous sauter dessus, j'aime bien les vieux mais vous me faites penser à mon frère.

– J'ai pas peur de toi. Et je suis lieutenant.

– Je m'appelle Aurélie.

– Je sais.

– Je suis vraiment désolée d'avoir fouillé votre chambre. Vous savez, j'ai rien contre les flics. J'aurais aimé faire ce travail si j'avais été un garçon.

– Il y a des femmes dans la police.

– Oui mais ce sont des femmes-flics, pas des flics. Et vous, pourquoi vous faites ça ? Vous avez l'air sympa.

– Je ne sais pas. J'aurais pu devenir archéo. Je suis venu

travailler ici quand j'avais ton âge mais j'ai raté ma licence. Et avant mes études, j'avais signé un contrat de footballeur pro avant de me blesser et de tout arrêter.

– Quelle horreur ! Mon mec est footeux. Il me fait des pataquès quand il ne retrouve pas ses chaussures de foot à 200 euros. Il fait, soi-disant, de meilleurs matchs avec ses chaussures de star. Moi, je suis allée le voir jouer une fois, et les seules passes précises qu'il a faites, c'était les touches qu'il envoyait avec les mains. Pourquoi vous êtes devenu flic ?

– Il fallait que je trouve un travail.

– Vous ne le regrettez pas ?

– Non, c'est un job varié... J'évite seulement les collègues fachos qui tiennent leurs discours de cow-boys dans la salle de repos.

– On ne peut pas être de gauche quand on est flic ?

– Si, on peut, mais on le dit pas. Et toi, qu'est-ce que tu fais dans cette auberge ?

– C'est juste un job d'été. Le patron veut me sauter, alors il m'a engagée. C'était ça ou être animatrice dans un centre social de quartier chez moi, à Chenôve. C'est une cité où les murs sont graffités à 50 cm du sol parce que les petits savent tagger avant de tenir un stylo. Je pouvais aussi faire des photos en lingerie à trois cents euros de l'heure avec un photographe de Dijon. J'ai accepté une fois et ce pervers ne me lâche pas. C'est de l'argent facilement gagné mais je préfère bosser ici. Le patron ne m'impressionne pas, il va se remettre la queue sur l'oreille et la fumera plus tard, une fois que je serai partie. »

Elle a balancé son joint par la fenêtre et est allée chercher une bière qu'elle a bue en deux gorgées comme un ouvrier de chantier assoiffé entre deux coups de pioche. J'espérais qu'elle vacillerait sous le mélange alcool-drogue, et qu'elle me laisserait poser une main sur ses fesses voilées d'une culotte de dentelle noire, mais la môme a tenu le coup. Heureusement, je me serais senti minable si j'avais fricoté avec cette gamine dix ans plus jeune que moi.

« Merci pour la bière, ai-je dit en lui tendant la bouteille vide. Il est tard. Je vais me coucher.

– Dommage, j'aurais bien discuté avec vous.

– Tu t'ennuies loin de chez toi ?

– Non, je préfère les sangliers d'ici aux pit-bulls de mon quartier, mais je n'arrive pas à dormir avec cette chaleur.

– Fais venir ton mec.

– Le Morvan, ça le gave.

– Et toi ?

– Moi ? J'aime bien mes clients à l'auberge. Les scientifiques sont perchés. Quand je leur sers une vieille prune, ils me racontent l'histoire de l'arbre sur cinq générations. Au deuxième verre, ils m'expliquent, avec deux carafes et une paille, le fonctionnement du premier alambic romain. J'adore. Et les vieux, ce sont mes papys. Ce sont des « Boués sans soué » comme ils disent, des Boit-sans-soif, mais ils m'ont adoptée dès que je suis arrivée. Ils m'appellent « Ma Biquette ».

– Et le militaire, le Belge qui habite Anost, tu l'as croisé ?

– Bien sûr. Son terrain de fouille n'est pas loin d'ici. On peut le voir depuis l'auberge.

– Qu'est-ce que tu penses de lui ?

– Je l'aime bien. Il passe presque tous les soirs pour boire un Picon en terrasse. Il est toujours gentil. De toute façon, je m'entends avec tous les vieux, je n'ai pas eu de grand-père et ça me manque.

– Tu connais les jeunes femmes qu'il héberge dans sa maison des copains ?

– Non, je ne suis jamais allée chez lui. J'ai seulement rencontré sa fille. Elle est venue dormir à l'auberge. Elle a essayé de le rencontrer mais il ne veut pas lui parler. La dernière fois, elle est venue avec son bébé. J'ai veillé sur lui pendant qu'elle allait à un spectacle au Musée. Il est adorable, son petit. Je l'ai en contact sur Messenger. Elle s'appelle Mathilde. Je vais vous la montrer.

– J'ai pas le temps, ma Biquette…

– Allez, ça prendra deux minutes. Je suis déjà connectée. J'ai discuté un peu avec elle tout à l'heure. »

Elle a enfilé un tee-shirt puis apporté son ordinateur sur le lit. En deux clics, des photos de la fille du Belge et de son petit bonhomme ont défilé à l'écran. Comme Livia l'avait dit, elle ressemblait à sa grand-mère. En partie caché par une mèche de cheveux bruns, j'ai reconnu à nouveau le front lumineux dont m'avait parlé Jeff. Les deux jeunes femmes ont échangé quelques mots sur la messagerie. Mathilde a demandé à me parler. Elles ont branché la conversation vidéo pour que nous puissions nous voir. La connexion a mis quelques secondes avant de s'établir. Je me suis installé devant l'écran. Le débit de l'image était saccadé, mais le son, de bonne qualité.

« Bonjour monsieur, il paraît que vous avez rencontré mon père. Il va bien ?

– Oui, il me semble en forme.

– Il vous a parlé de moi ?

– Non, nous avons seulement discuté d'une affaire.

– Oui, mais est-ce qu'il vous a dit s'il allait accepter de me rencontrer ?

– Je n'en sais rien. Je pense qu'il est très occupé par la recherche de sa mère.

– J'en ai marre d'entendre parler d'elle. Mon père m'a abandonnée parce qu'il n'a jamais cru qu'une fille pourrait être aussi courageuse que lui et cette mère extraordinaire. Sa famille lui a rabâché qu'elle était une héroïne de guerre. Il a grandi dans la peur de ne pas être à son niveau.

– Je vous comprends, mais… »

Des cris de bébé se sont fait entendre dans une pièce voisine.

« Ne coupez pas, je vous en supplie. Je reviens tout de suite. »

Je l'ai vue se lever et disparaître de l'écran. Elle est revenue en tenant contre elle un bébé aux yeux bleus et aux fins cheveux clairs. Un collier d'ambre pendait autour de son cou. Tétine au coin du bec, il souriait, heureux d'avoir forcé sa mère à venir le prendre dans ses bras en pleine nuit.

« C'est mon fils. Il s'appelle Lucas.

– Il est très beau.

– Mon père ne l'a jamais vu. Vous savez, il avait tort. Avant la naissance de Lucas, j'ai passé tous les concours et je suis devenue une des premières femmes pompiers professionnelles de la région. Je suis courageuse. Comme Lucas. Il est né avec deux tours de cordon autour du cou. Son cœur a faibli mais il s'est bagarré pour s'en sortir. Aujourd'hui, il est en pleine forme. Le deuxième prénom de Lucas, c'est Jeff. »

Elle l'a approché de la caméra. L'œil coquin, la bouille Cadum, il a craché sa tétine pour m'offrir un grand éclat de rire. Ce crapaud qui séchait sur Terre depuis 6 mois à peine détenait toute la richesse du monde dans ses petits poings serrés. J'ai fait un geste de la main pour les saluer, puis j'ai coupé la communication. Mon cœur s'était mis à battre fortement. Cette conversation m'avait fait repenser à Cécile et à notre fille qu'elle avait portée. Pourquoi ne s'était-elle pas accrochée à la vie comme Lucas ? L'histoire de ma famille n'avait peut-être pas fourni assez de courageux, de soldats médaillés. De qui pouvais-je être fier ? D'un vieil oncle qui avait boxé sur un ring pour gagner un pain de cinq livres pendant la seconde guerre mondiale, d'un grand-père communiste qui avait brûlé son livre de crédit quand il avait fermé son épicerie, effaçant les dettes de ses clients alors qu'il avait six enfants à nourrir. C'était tout. Pour ne pas craquer, je me suis recollé mon masque de flicard sur le visage et j'ai posé une dernière question à Aurélie qui s'était allongée sur son lit :

« Tu peux me dire qui livre les boissons à l'auberge ? Il s'agit de la société Burgondi Boissons ?

– Non. Le patron est en contrat avec un grossiste d'Autun.

– Tu n'as jamais travaillé avec un livreur qui s'appelle Dutilleux ?

– Non, ça ne me dit rien.

– O.K. Merci de ton aide. Je vais me coucher. »

J'ai quitté la pièce en résistant à l'envie de jeter un dernier coup d'œil à sa silhouette alanguie sur les draps. Le ticket de métro visible à travers la culotte de dentelle promettait un beau voyage mais j'allais rentrer à pied. J'ai rejoint ma chambre où j'ai vérifié qu'il ne manquait rien dans mon matériel. Appareil-photo, notes, dossiers, tout était O.K. Je me suis aspergé le visage à l'eau fraîche au-dessus du petit évier, en éclaboussant la moitié de la pièce, et je me suis couché en jean. Après quelques minutes, la tête m'a tourné. Quand je suis bourré, le plafond tourne dans le sens des aiguilles d'une montre. Ce soir, c'était l'inverse. Il tournait en remontant le temps, je revoyais mes échecs. Cécile me manquait. Elle aurait été une mère aimante, autoritaire, artiste. De l'amour, de l'ordre, de l'art, tout ce qu'il faut à un enfant pour s'élever au-dessus des gagne-petits qui visent la Rolex alors qu'ils possèdent un portable dans chaque poche leur donnant l'heure gratuitement. Je me suis relevé pour m'accouder à la fenêtre. La petite serveuse avait refermé ses volets mais j'entendais la musique qu'elle avait rebranchée. Au-dessus de Bibracte, le ciel était entre rose et nuit. C'était beau. J'ai eu envie de partager cette image avec quelqu'un. J'ai repensé à Perle, la danseuse. J'ai composé un texto : « Regardez le ciel. Signé : le petit flic d'Autun ». Plusieurs tentatives ont été nécessaires pour envoyer le message auquel elle a répondu d'un smiley suivi de « … ». J'ai trouvé ça prometteur. Je suis allé me coucher en éteignant mon portable pour ne pas être tenté de poursuivre la conversation, mais je n'ai toujours pas trouvé le sommeil. J'ai sorti un transistor de mon sac que j'ai branché sur la suite du Multiplexe de foot. Rond central, surface de réparation, les lignes du terrain étaient les seuls repères stables de mon existence depuis que mon père avait enfermé ma vie dans ce rectangle de cent mètres par cinquante. Les matchs étaient terminés. La radio diffusait des interviews. J'ai reconnu la voix du buteur de l'équipe de Nantes, Edmond Mutuma. J'avais partagé un essai en club pro avec lui. À quatorze ans, il possédait un buffle dans chaque cuisse. Depuis le milieu du terrain, le « Nantais » était capable d'envoyer un shoot qui touchait la barre transversale du but à 40 mètres de là. Tous les joueurs avaient peur de lui. Moi, sur notre premier duel aérien, je m'étais élevé avant lui, bras écartés et repliés – c'était un conseil de mon père. La tête d'Edmond avait heurté mon coude quand il avait sauté. Fracture du nez. Il n'avait plus osé jouer un duel avec moi. Les conseils de mon père étaient plus utiles que les proverbes de coach inscrits sur le tableau avant les matchs – une équipe comme le mécanisme d'une montre, doit être toujours en mouvement. Chaque week-end, des équipes de foot, de hand, ou de basket se préparaient avec ces phrases pompées dans un manuel de coaching multisport. Les conseils de mon père, eux, étaient uniques. « Attache tes lacets sur l'extérieur de ta chaussure, pour ne pas gêner ta frappe de balle. »

J'aurais aimé que mon père m'en dise plus sur la vie aussi. Qu'il me dise comment l'aimer et comment lui dire que je l'aimais.

15

Un peu avant l'aube, des coups violents ont retenti dans la porte.

« Réveillez-vous ! »

J'ai reconnu la voix du patron de l'auberge.

« Votre chef a appelé, a-t-il poursuivi depuis le couloir. Il a essayé de vous joindre sur votre portable, mais vous n'avez pas répondu. Il faut que vous descendiez pour lui parler. Il attend. C'est urgent.

– O.K. Je vous rejoins. »

Je suis descendu dans la salle de l'auberge après avoir enfilé mon jeans et mes baskets. J'ai trouvé le téléphone décroché, posé sur le comptoir.

« Bonjour, Chef.

– Bordel, Bostik ! »

J'ai cru que l'appareil était branché sur la position haut-parleur, mais non : le chef hurlait.

« Dites-moi que la sœur de Kamila est avec vous.

– Non, elle n'est pas avec moi.

– Elle a disparu. À la même heure que sa sœur. Elle était dans une chambre près du Centre de Recherche. Personne ne l'a vue quitter le bâtiment. On a un tueur assez vicieux pour venir chercher la sœur de sa précédente victime ?

– Je ne sais pas, Chef. Personne ne veillait sur elle ?

– Une accompagnatrice du voyage scolaire était restée, mais elles n'étaient pas dans la même chambre. Vous avez interrogé la gamine hier. Qu'est-ce qu'elle vous a dit ?

– Rien. Elle semblait tranquille. Je vais passer au Centre tout de suite pour fouiller sa chambre et interroger les étudiants.

– Non. Les gars de Vairon sont là-bas.

– Ils ont avancé dans l'enquête ?

– Nib ! Les émetteurs n'ont gardé aucune trace du portable de Kamila après minuit. L'agresseur a dû retirer la puce de l'appareil. Les deux sœurs avaient un compte Facebook. Ils pensent qu'il y a eu une prise de contact entre l'agresseur et les filles sur ce réseau, mais ça prend du temps pour retrouver l'origine des messages. Et vous ?

– Je piste un mec qui me semble intéressant.

– Vous en avez parlé à Vairon ?

– Oui, il m'a dit de foncer.

– Alors prenez vos responsabilités, Bostik. Vous m'avez cassé les couilles pour redevenir O.P.J., ça vous donne le droit de mettre ce type en garde à vue pour 24 heures.

Nous aurons le temps de le cuisiner, et le proc' prolongera si ça semble sérieux.

– Je ne sais pas où il est. Il a quitté son domicile un peu avant la nuit et je n'ai pas pu le suivre.

– J'espère qu'il n'est pas sorti pour attaquer la sœur. Qu'est-ce que vous avez sur lui ?

– Les confidences d'un avocat qui m'a dit que ce gars, hors audition, lui avait avoué avoir déjà tué. Il a aussi été entendu dans des affaires de viol, mais sans inculpation. Il était à Glux le jour de la troisième agression. Il y a des chances pour qu'il ait été présent sur le lieu des autres agressions parce qu'il travaille sur ce genre de manifestations. Il livre des boissons.

– Qu'est-ce que vous attendez pour nous amener ce mec ? Qu'il se pointe à la Brigade avec l'arme du crime à la main ?

– Je ne savais pas qu'Hana avait disparu.

– Bougez-vous le cul.

– O.K. Chef. Je vous le ramène à Autun.

– Pas le temps. Dès que vous avez mis la main dessus, vous me le coincez dans la gendarmerie la plus proche, ou contre un coin de mur dans votre piaule, et vous le cuisinez. À l'ancienne ! Je veux qu'on récupère la gamine vivante.

– Et s'il demande un avocat ?

– Contactez l'avocat de permanence de Dijon, il mettra quatre heures pour arriver, ça vous laissera le temps de désosser votre suspect.

– O.K.

– Autre chose, Bostik. J'espère qu'elle était bonnasse, la journaliste à laquelle vous avez filé les photos de la scène de crime.

– Je n'ai pas donné ces photos. Elle me les a volées.

– Trouvez-moi son identité, je veux lui faire passer le goût de ce genre de plaisanterie.

– J'ai déjà réglé le problème.

– Je m'en fous. Si cette enquête tourne mal, il faudra me balancer son nom.

– On verra…

– C'est tout vu.

– Chef, appelez-moi si, de votre côté, vous avez de nouvelles infos sur Hana. »

Il a raccroché. La serveuse était là, derrière le comptoir, à peine réveillée, l'œil mi-clos et la chevelure en épis, coiffée comme un dessous de bras.

« Tu promets de la boucler sur ce que tu as entendu cette fois, ou bien je t'enferme dans ta chambre ?

– C'est bon, j'ai compris. Je ne dirai rien. De toute façon, le sort de ces filles n'intéresse plus personne. Une vedette américaine a été dévalisée à Paris dans un hôtel. L'info tourne en boucle sur toutes les chaînes, les radios ne parlent que de ça.

– Tant mieux. »

J'ai rallumé mon téléphone que j'avais amené. Hana m'avait appelé quatre fois un peu avant minuit sans laisser de messages. Je l'ai rappelée mais son portable était coupé.

« Vous voulez que je vous prépare un café ? a proposé Aurélie.

– Vas-y. La journée va être chargée.

– Je ne lance pas le perco. Il doit être nettoyé. Je le prépare à la cafetière.

– Pas de problème. Tu sais où je peux trouver de l'essence ?

– Il faut aller à Château-Chinon.

– Trop loin.

– Le patron a du fuel pour la chaudière. Si vous avez un moteur diesel, ça peut vous dépanner.

– O.K. »

La fille est allée chercher une cafetière qu'elle a branchée près du percolateur, puis elle a ouvert son ordi portable et l'a posé sur le comptoir. Elle a enfoncé une clé USB dans la prise et lancé la lecture d'une musique mélancolique qui semblait jouée par une fanfare ivre d'alcool et de fatigue.

« C'est quoi ?

– Beirut. Ce sont des musiciens de rock qui s'inspirent des morceaux joués par les orchestres lors des mariages ou des enterrements dans les Balkans. Je commence toutes mes journées avec ça. Je suis désolée d'avoir donné vos photos. Ça ne va pas faire couler votre enquête ?

– Non, mais j'espère que tu aimes vraiment celui pour lequel tu as fait ça.

– Même pas. C'est une histoire qui ne durera pas, mais j'aime faire plaisir aux gens. »

On a entendu la cafetière siffler. Elle m'a servi un bol de café puis s'est versé une tasse.

« Vous avez besoin d'autre chose ? Il reste du pain. Je peux le faire griller.

– Non, merci. »

Au cœur du morceau suivant, les meuglements d'une corne de brume m'ont fait penser au cri d'une enfant. Hana. Où es-tu, môme ? J'ai bu rapidement mon café et suis remonté à la chambre pour rassembler mes affaires et mon matériel d'enquêteur, puis je suis allé à ma voiture. Le jour n'était pas encore levé. Aurélie m'attendait avec un jerrican rempli de fuel de chauffage que j'ai vidé dans le réservoir. J'espérais que le combustible serait compatible avec ce vieux moteur qui ne possédait aucune pièce d'origine. Il a démarré au premier tour de clé. Nos mécanos étaient fortiches. J'ai remercié la fille et pris la direction de Saint-Honoré. Je connaissais les détails du calvaire enduré par Kamila parce que j'en avais identifié toutes les étapes sur son corps. Je ne pouvais pas imaginer que sa sœur subisse le même sort. À moins qu'elle ait été tentée de vivre sa gémellité jusqu'au bout en allant au devant de l'agresseur ? Comment deviner ce qui se passe dans la tête d'une gamine ? Et dans celle de parents qui ont perdu une fille et qui apprennent que leur deuxième enfant a été enlevée ? J'ai accéléré malgré la succession de virages. C'était le moment de contacter le Mouniou qui connaissait chaque sentier de cette zone. Lui et ses amis, druides, guides, cueilleurs de champignons pouvaient nous aider à retrouver la petite si elle était encore dans les bois. J'ai ralenti pour appeler mon pote. Il a décroché d'une voix ensuquée :

« Qu'est-ce que tu veux, Bifteck ?

– On a besoin de toi. Il faut que tu nous rejoignes sur le Mont-Beuvray.

– Je suis seul à la boutique ce matin.

– Une autre fille a disparu. Amène tes amis, s'il te plaît. Allez au Centre archéologique de Glux, et demande à parler de ma part aux flics qui sont là-bas. Ils te diront ce que vous pouvez faire pour les aider grâce à votre connaissance du terrain.

– À tes ordres. Mais tu es sûr qu'elle est dans la forêt ? Je suis sorti cette nuit pour faire des clichés d'animaux. J'étais pas loin du Beuvray mais les arbres ne m'ont rien dit.

– Arrête de jouer au sorcier. Si tu sais quelque chose, dis-le-moi.

– Je ne sais rien, Francky. Je te donne juste mon impression.

– J'ai pas le temps d'écouter ta poésie. Ferme ta boutique et rejoins-nous. Autre chose : est-ce que tu connais les sentiers de rando qui traversent Saint-Honoré ?

– Ce n'est pas un coin que je fréquente mais je connais un peu.

– Sais-tu où va le chemin qui s'enfonce dans les bois au bout de la rue des Sources ?

– Ce n'est pas un chemin de rando référencé mais il mène aux deux GR qui traversent le Morvan.

– Ils passent par Bibracte ?

– L'un des GR va directement sur l'oppidum, l'autre fait le tour du Parc Régional.

– Il faut combien de temps pour rejoindre Bibracte depuis Saint-Honoré ?

– Un bon marcheur peut le faire en 2 heures. »

En partant à la tombée de la nuit, Dutilleux avait eu le temps de rejoindre le gîte qui accueillait Hana et d'y commettre un acte pervers.

« Franck, m'a interpellé le Moineau avant que je ne raccroche. C'est peut-être pas le moment de parler de ça, mais je voulais te prévenir que tes collègues d'Autun ont encore embarqué Frédo, la cloche du quartier. Ils l'ont bien amoché d'après l'infirmière qui l'a examiné en cellule.

– Qu'est-ce qui s'est passé ?

– Une connerie. Une de mes clientes lui avait fait cadeau d'un petit sachet de brins de lavande séchés pour parfumer sa chambre. Les flics ont trouvé ça dans sa poche. Ils ont confondu du hasch et de la lavande. Ils n'ont pas le nez fin, tes collègues, ou alors ils ont un drôle d'humour. Frédo a paniqué. Ça s'est battu. Il a jamais fait de prison. Il faudrait que tu fasses quelque chose. Il ne va pas s'en sortir vivant.

– Il est déjà mort depuis pas mal d'années. Laisse-moi d'abord m'occuper de la fille.

– O.K., mais il faudrait qu'un flic sérieux mette le nez dans le passé de ce gars. Je sais quelle est la personne qui l'a bousillé quand il était môme.

– Il m'en a parlé aussi. Je te promets de faire quelque chose pour Frédo plus tard. Allez, bouge-toi, le Moineau, il faut nous rejoindre sur Bibracte.

– Je donne les clés de la boutique à un vieux client, et j'arrive. »

J'ai coupé la communication et me suis concentré sur la route qu'il restait à parcourir. Dans chaque virage, les silhouettes des arbres dansaient devant mes phares. C'était une nuit de souffrance pour les âmes égarées comme Hana. Et Frédo. J'en voulais aux gars de l'avoir ramené au commissariat. C'était un jeune aussi inoffensif qu'un pigeon de volière, qu'un gardien de la paix avait dû interpeller faute d'avoir fait son quota d'infractions verbalisées avant la fin de sa journée. Je ne comprenais pas cette persécution. Il suffisait d'échanger quelques mots avec lui pour s'attacher. Malgré ses ongles encrassés et son odeur repoussante, il était capable de citer un extrait de Stendhal ou de Maupassant à la demande d'un passant. Il m'avait dit, un jour qu'il observait des employés municipaux occupés à repousser des feuilles avec un grand balai : « Ils me font penser à des gondoliers » Moi, je ne voyais que deux salariés de mairie n'en foutant pas une rame. Ce garçon avait un cœur à la place des yeux. Les femmes du quartier le savaient. Quand il mendiait à la sortie du Monoprix, des mères lui confiaient leur bébé en poussette pendant qu'elles faisaient leurs courses.

16

À l'entrée de Saint-Honoré, le panneau vantant la mise en place de nouvelles machines à sous était toujours éclairé : « Nombreux Gagnants » proclamait-il. J'allais tenter ma chance moi aussi. Il était 7 heures. Le jour se levait. Devant l'établissement de jeux, les membres du personnel de l'équipe de nuit quittaient les lieux. J'ai traversé la ville et me suis garé devant la Villa Beau-Rose en cherchant des signes de présence derrière les volets. Rien ne bougeait. Il est déconseillé d'interpeller seul un suspect chez lui, mais Hana était peut-être ici. Je ne pouvais pas me permettre d'attendre que le M.E.C. sorte pour le serrer par surprise dans la rue. J'ai franchi son portail et poussé la porte du garage qui n'était pas verrouillée. Dutilleux en boxer était debout face à un évier. Il lavait des vêtements et s'est retourné sans paraître surpris.

« Arrêtez ce robinet, s'il vous plaît.

– Pourquoi, il y a une alerte canicule ? L'eau est rationnée ?

– Fermez ce robinet, et fermez-la aussi tant que je ne vous interroge pas. »

Il a coupé l'eau. Je me suis approché de lui. Pas de traces de sang dans l'évier. J'ai cherché un signe qui témoignerait de la présence d'Hana dans ce sous-sol qui servait surtout à stocker sur des palettes des sacs contenant des granulés de complément de pâturage pour les poneys du suspect, mais je n'ai rien trouvé.

« Je peux savoir pourquoi vous entrez chez moi comme ça ?

– C'est une enquête en flagrance.

– C'est quoi ce truc ?

– Je vous ferai un cours de droit plus tard. Vous êtes en garde à vue. À partir de maintenant, 7 heures 12, vous êtes sous ma responsabilité. Rhabillez-vous, s'il vous plaît, et donnez-moi le numéro de votre avocat si vous en avez un. Je l'appellerai.

– Je n'ai pas besoin d'avocat. Vous voulez me parler de quoi ?

– Je veux savoir où étiez-vous cette nuit ?

– Cette nuit, je me suis entraîné. Je prépare un trail de 30 km avec 1 000 mètres de dénivelé. La course est dans trois jours.

– Vous pouvez annuler votre inscription. Habillez-vous.

– On va où ?

– Je ne sais pas. Peut-être que je me contenterai de vous garder dans ma voiture.

– Expliquez-moi, bordel ! Je suis accusé de quelque chose ?

– On cherche une jeune fille.

– Mais à la télé, ils ont dit que le corps avait été retrouvé.

– Une autre fille a été enlevée cette nuit.

– C'est pas moi qui ai fait ça ! Et pourquoi on ne parle pas ici ? Ma mère ne peut pas rester seule en journée.

– Qui devait s'occuper d'elle pendant votre course ?

– Une infirmière.

– Alors, appelez-la.

– Non, c'est bon. Je vais m'habiller mais si vous me faites rater ma course, je démolirai votre carrière.

– Trop tard. Mes chefs s'en sont chargé avant vous. »

Dutilleux s'est engagé dans un escalier de bois qui conduisait au premier étage. Je l'ai suivi. Sur son dos, des muscles saillaient sous la peau asséchée par les entraînements d'endurance. À l'étage, où les pièces étaient figées dans une décoration surannée, ça sentait la pisse de chat et le tissu moisi. De lourdes tentures masquaient les fenêtres, les plafonds étaient recouverts de lambris peints et des lais de papier-peint se décollaient comme des coins d'affiches sur un mur d'usine. Au fond d'un couloir, j'ai vu une porte s'entrouvrir puis se refermer. Un visage en partie masqué par des cheveux filasse gris était apparu dans l'entrebâillement. Il est resté imprégné sur mes yeux à cause de la froideur du regard que j'ai aperçu entre les mèches de cheveux.

« C'est votre mère ? »

Dutilleux a acquiescé puis il est entré dans une pièce en essayant de fermer la porte derrière lui. Je l'en ai empêché.

« Vous pouvez quand même me laisser prendre une douche ?

– Où est la salle de bains ?

– Dans cette chambre.

– Allez-y. »

Je suis entré avec lui. Pendant qu'il se douchait, j'ai inspecté les lieux meublés avec de l'agglo plaqué, style premier prix de chez Confo. La pièce était saine contrairement au reste de la maison. Les murs recouverts de toile de verre étaient peints en blanc et le sol constitué d'un parquet flottant posé avec soin. Une baguette de quart de rond de couleur identique à celle du parquet suivait les plinthes. J'ai ouvert les placards et trouvé des habits rangés avec ordre. Les pulls, jeans, tee-shirts aux plis parfaits étaient posés en tas réguliers sur les étagères. On ne trouvait que trois couleurs de vêtements, rouge, noir, blanc. Plus loin, un ordi portable était allumé sur une table. J'ai déplacé la souris pour faire disparaître l'écran de veille représentant une toile de Gustave Doré. La bécane téléchargeait à plein débit, j'ai cliqué sur l'icône du logiciel de téléchargement, U Torrent, et regardé la liste des films que Dutilleux recherchait. Le mec pompait tous les derniers blockbusters sortis en salle, mais il était également un consommateur de porno, particulièrement intéressé par les jeunes filles. Les mots « Teen », « Virgin » revenaient dans la plupart des titres téléchargés.

« Vous n'avez pas le droit de toucher à cet ordinateur. Une garde à vue, ce n'est pas une perquisition, m'a-t-il reproché en revenant dans la chambre.

– La vie sentimentale semble difficile dans ce trou perdu, surtout quand on a des goûts comme les vôtres. « Teens like it big », « Virgin Compilation », vous vous intéressez aux adolescentes ?

– Les filles qui jouent dans ces films sont majeures. Les vidéos sont en vente sur n'importe quel site. Je ne suis pas un pédophile.

– On verra ça plus tard. Habillez-vous. »

Il a ouvert un placard, choisi un jean et un tee-shirt noir qu'il a enfilés. Le maillot était floqué aux couleurs du festival « Châlon Dans La Rue » où s'était déroulée la deuxième agression.

« Vous êtes allé à Châlon, cette année ?

– Non. C'est un maillot que les organisateurs m'ont offert l'an dernier. »

Puis il a pris son temps pour lacer une paire de Palladium.

« Dépêchez-vous.

– Me traitez pas comme de la racaille. Je n'ai rien fait.

– C'est ce que nous disent les lascars qu'on trouve au guidon d'un scooter volé. Je vous laisse saluer votre mère, vous risquez de ne pas la revoir avant deux jours.

– Non, on y va tout de suite. Je serai de retour ici dans une heure. Je dois m'occuper de mes animaux. »

Avant de quitter l'étage, j'ai fait rapidement le tour des pièces, cuisine, salon, pour vérifier qu'un objet ou un vêtement appartenant à Hana n'était pas là, puis nous sommes redescendus par l'escalier et sommes sortis de la maison. Dutilleux a fermé la porte de son garage à clé.

« Vous avez une remise où vous garez votre véhicule ?

– Oui, c'est à côté.

– Et une écurie pour vos animaux ?

– C'est au même endroit

– Montrez-moi.

– C'est abusé ! Vous débarquez sans papier officiel, et faut vous ouvrir toutes les portes. Je refuse.

– O.K., première leçon de procédure pénale : l'enquête en flagrance, c'est la découverte d'indices apparents d'un comportement délictueux dans une situation d'urgence. Une enfant a disparu au moment où vous êtes sorti cette nuit. On est dans les clous.

– Je suis sorti cette nuit. C'est ça, votre indice apparent ? Faut pas vous faire chier.

– Ça peut-être aussi un témoignage.

– Je vois, c'est toujours radio-potins. Y a quelqu'un qui veut récupérer notre maison ou mes animaux, et qui a balancé sur moi ?

– On parlera de ça tout à l'heure. Conduisez-moi à votre garage, s'il vous plaît. »

Il s'est mis en marche. Je l'ai suivi. La remise en tôle où il rangeait sa voiture, un utilitaire de la Poste réformé, était derrière la maison. J'ai fouillé le local et le véhicule dont les portes n'étaient pas verrouillées. Je n'ai rien trouvé. À deux pas de là, plusieurs enclos avaient été aménagés dans une vieille grange pour abriter les bêtes. Il s'en dégageait une forte odeur de fumier. Le bâtiment était vide et ne cachait rien de suspect. Nous sommes retournés à ma voiture. Dutilleux s'est installé sur le siège passager.

« Il n'y a pas de gendarmerie à Saint-Honoré. Vous pourriez m'indiquer où se trouve la mairie ? »

Il a gardé la tête face à la route sans me répondre. J'ai eu envie de péter d'un coup de coude son profil joliment dessiné. Heureusement, grâce aux indications sur les panneaux directionnels, j'ai trouvé rapidement la mairie dont les portes étaient fermées et ouvriraient dans une heure seulement. J'ai vu une femme brune, âgée de quarante ans environ, se garer sur le parking et pénétrer dans les lieux par une porte latérale. J'ai supposé que c'était une femme de ménage ou une élue qui venait travailler sur ses dossiers. Je suis allé la rejoindre avant qu'elle ne referme la porte et me suis présenté, carte professionnelle en main.

« Bonjour madame. Police. J'aurais besoin de parler avec la personne qui assure la tâche d'O.P.J. dans cette commune.

– Je suis la première adjointe. C'est moi qui me déplace avec les secours sur tous les suicides ou les crimes. Le maire est un peu trop sensible pour ces affaires depuis qu'il a découvert son ex-femme noyée dans une baignoire.

– Vous pourriez me fournir une pièce fermant à clé pour

interroger un suspect ? Il me faudrait aussi un accès aux toilettes et une ligne téléphonique.

– Qu'est-ce qui s'est passé avec cet homme ?

– Rien de grave. J'ai quelques questions à lui poser et j'ai besoin d'être tranquille.

– C'est d'accord. Je vais vous trouver ça. »

J'ai fait un signe à Dutilleux qui est sorti de la voiture. La femme a semblé surprise. Le type a laissé traîner ses yeux sur elle, aussi froidement qu'un maquignon détaillant une bête. Elle nous a conduits ensuite à l'étage et m'a montré une petite pièce sans fenêtre équipée d'un bureau en acier gris et de sièges dont les dossiers portaient les initiales de la ville, « S.H. ». Les murs étaient décorés de posters faisant la promotion du tourisme dans la région, des lacs entourés de leur écrin de forêts. Il y avait aussi une affiche annonçant une expo de poteries celtes au musée de Bibracte et quelques photos noir et blanc datant de la Belle Epoque locale avec d'anciennes stars du music-hall, Charles Aznavour, Sidney Bechet, Damia, sur la scène du casino.

« Cette ville a connu son heure de gloire, m'a lancé l'élue en me voyant devant les clichés argentiques sous-verre. C'est triste de la voir en ruine.

– C'est O.K. pour la pièce, ai-je dit après avoir inspecté les tiroirs du bureau, vides, et le bon fonctionnement de la serrure. Vous avertirez les gens qui travaillent que je ne veux voir personne près de cette porte.

– On est fermé le matin pendant les vacances. Il n'y a

qu'une employée qui doit passer faire un peu de ménage. Je vous apporte un téléphone, vous pourrez le brancher. La prise fonctionne.

– Merci. »

J'ai ordonné à Dutilleux d'entrer, et je suis ressorti en fermant la porte à clé. J'ai essayé de joindre à nouveau Hana sur son portable. Personne n'a répondu. Puis j'ai pris quelques minutes pour feuilleter les pages du dossier que j'avais apporté. Je voulais me remettre les détails de l'affaire en tête. Relire la déposition de Perle m'a troublé. L'agresseur avait posé ses mains sur elle et lui avait présenté son membre excité. J'imaginais le visage effrayé de la danseuse dans la voiture. Une photo du cadavre de Kamila que j'avais imprimée chez Livia et glissée parmi les feuilles, a également donné plus de poids à ma colère. J'ai refermé le dossier et suis retourné dans le bureau avec l'appareil que l'adjointe venait de m'apporter. Dutilleux était calé sur sa chaise, comme un type sanglé sur le siège du Grand-Huit forain et motivé pour résister aux loopings. Malgré la douche qu'il venait de prendre, j'ai senti son odeur corporelle mêlée à l'air de la salle. Le stress du M.E.C. suintait à nouveau par les pores de sa peau. J'ai branché le téléphone et essayé la tonalité. Ça fonctionnait. L'interrogatoire pouvait débuter. J'ai commencé par cadrer l'affaire en reprenant les circonstances des premières agressions à Châlon, Vézelay, Glux... Où était-il, que faisait-il, avec qui était-il au moment où ces actes avaient été commis ?

J'ai multiplié les questions courtes, en espérant qu'il se trompe, et essayé toutes les techniques d'interrogatoire, vexation, compassion, menaces. Mais rien n'a fonctionné. Dutilleux est resté muet comme une pierre. Pas grave, ma formation d'archéo m'aiderait à faire parler les pierres. J'ai relâché la pression.

« Si comme vous le dîtes, vous êtes sorti pour vous entraîner, parlez-moi un peu de votre course ? Ça n'a rien à voir avec l'enquête. J'ai fait des semi-marathons après ma carrière de footeux, et je voudrais m'y remettre.

– Vous avez joué au foot ?

– J'ai eu quelques touches avec les pros mais j'ai fini à Nevers en amateur après une blessure au genou. Vous avez joué aussi ?

– Moi, j'étais dans l'équipe de Château-Chinon quand j'étais plus jeune. On jouait contre Nevers, y avait que des cons dans ce club. On a peut-être joué l'un contre l'autre.

– Je ne pense pas. Je jouais à niveau régional. J'ai déjà participé à des cross, mais c'est quoi un trail ?

– Les cross, c'est de la promenade. En trail, on emprunte des sentiers non-sécurisés en pleine nature et il faut être autonome en ravitaillement. Il existe même des trails urbains pour les citadins qui ne veulent pas salir leurs baskets.

– Où se déroule le vôtre ?

– Sur le Ballon d'Alsace. C'est la première édition. Il y a 1 000 mètres de dénivelé. Je terminerai la course en

5 heures si je ne me trompe pas dans mon rythme ou dans mon alimentation.

– Il faudrait que j'essaie. Ça doit être moins dur que les entraînements sur le bitume qui m'ont claqué les genoux.

– Avec un peu d'entraînement, tout le monde peut le faire.

– Les sous-bois du Morvan doivent être un terrain d'entraînement idéal.

– Oui, ça monte et ça descend tout le temps. Pas besoin de fractionner, y a tellement de pentes différentes qu'on n'est jamais à la même vitesse. Sans parler du terrain, parfois c'est de la boue, des marais, des feuilles, de la route.

– Pendant vos entraînements dans les bois, vous n'avez jamais aperçu un individu suspect ?

– Faut pas croire que je passe ma vie dans la forêt. Je travaille.

– Et quand vous livrez des boissons sur les manifestations de la région, vous avez déjà croisé un homme qui surveillerait certaines femmes ?

– J'ai pas le temps de regarder les gens. Je passe ma journée à décharger des fûts. Et allez vous faire foutre avec vos questions. Je n'ai pas attaqué de filles. C'est pas la première fois qu'on m'accuse de ce genre de choses, vous devez le savoir. Il faudrait renouveler votre stock de suspects. J'étais innocent pour les premières affaires et je le suis encore aujourd'hui. Je suis une victime moi aussi, mais ça vous fait mal à la gueule de le reconnaître.

– Vous perdez votre sang-froid.

– Non, pas du tout, mais je suis fatigué. J'ai couru toute la nuit. Maintenant, je ne dirai plus rien.

– O.K. Je vous laisse cinq minutes. J'ai des choses à vérifier. »

J'ai quitté la pièce pour téléphoner à Déborah. J'étais certain qu'elle n'avait pas abandonné ses recherches.

« Francky, tu as du pif. Fonce ! » m'a-t-elle dit en décrochant.

17

Au cours d'une discussion avec le directeur de Burgondi Boissons, Déb avait appris que Dutilleux était chargé de livrer à Glux et à Châlon, le jour des agressions. Il aurait dû ramener son camion au siège de la société après sa tournée mais il s'était absenté toute la journée. Déb avait également découvert qu'une de ses adresses mail apparaissait sur un forum de discussions tchèque. À mon retour dans la salle d'interrogatoire, c'est moi qui avais le masque de colère du personnage de Claude Ponty, sur mon visage.

« Tu peux garder tes secrets pour le meurtre de Kamila, on se débrouillera pour découvrir ce que tu lui as fait, mais je veux savoir où est Hana, Dutilleux. Parle-moi tout de suite. Sinon, c'est le SRPJ qui va s'occuper de toi.

– Je sais pas de quelle fille vous me parlez, je vous le jure. Cette nuit, j'ai fait une sortie de 3 heures pour faire à mon pied de nouvelles chaussures et travailler une dernière fois mon endurance, c'est tout.

– Un entraînement de 3 heures à quelques jours d'une course ?

– C'est un pro qui me fait mon programme. J'aimerais vous aider mais je me sens fatigué. Trouvez-moi à manger, s'il vous plaît.

– Où est la fille ?

– J'ai faim. J'ai marché pendant 3 heures, je n'ai rien avalé à part quelques compléments alimentaires.

– Tu peux crever la dalle.

– O.K. J'ai peut-être des choses à dire, mais je veux manger avant.

– Comment tu peux faire passer la bouffe avant la vie d'une môme ?

– Je sens que je... je vais tomber. »

Son visage avait pâli. Ses mains s'étaient mises à trembler. Il s'est écroulé sur sa chaise. Je l'ai redressé et secoué mais le mec semblait vraiment knock-out. Je suis sorti en fermant la porte à double-tour et je suis descendu au premier étage en dévalant les escaliers. L'adjointe était seule dans un bureau, occupée à taper sur le clavier d'un ordinateur.

« Vous pouvez me trouver quelque chose à manger ?

– Il y a une boulangerie à cinq cents mètres d'ici.

– Allez-y et rapportez-moi du pain ou des croissants. C'est pour le suspect.

– Des croissants ? C'est une pointure, votre homme.

– Non, un *pointeur*... Vous ne le connaissez pas ? Il est de Saint-Honoré pourtant.

– Je l'ai déjà vu. Je suis de permanence aux élections, il émarge dans mon bureau de vote, mais je ne le connais pas. »

Elle a quitté le bâtiment tandis que je remontais voir Dutilleux. J'ai répondu à un appel avant de pénétrer dans la salle. C'était le chef. Avant que je n'aie le temps de lui décrire l'arrestation et la garde à vue du Fou de Saint-Ho, il m'a appris qu'Hana était vivante. La môme n'avait pas été enlevée cette nuit, mais elle s'était enfuie à pied pour rejoindre Dijon. D'après lui, la malheureuse avait eu le projet de rejoindre le commissariat en espérant y voir le corps de sa sœur. Un routier qui l'avait prise en stop à une vingtaine de kilomètres du gîte l'avait ramenée à la gendarmerie de Vézelay. Elle s'était tue face aux gendarmes qui avaient mis deux heures avant de découvrir son identité. En attendant l'arrivée de son père, ils l'avaient ramenée dans la chambre du gîte à Bibracte où elle était sous la surveillance d'un enquêteur et d'une infirmière psy mise à disposition par l'académie de Dijon.

« Merci, Chef, de m'avoir prévenu. C'est une chance de l'avoir retrouvée saine et sauve.

– Oui, j'ai hâte qu'elle dégage.

– C'est peut-être de ma faute. Elle m'avait appelé cette nuit, la petite. Je n'avais pas pu répondre… Je fais quoi de mon suspect maintenant ?

– Vous en êtes où ?

– J'attends qu'on m'apporte des croissants pour le faire déjeuner.

– Vous êtes sérieux ?

– Désolé, mais il m'a dit qu'il voulait manger avant de parler.

– Et vous lui tenez aussi le zob quand il va pisser ?

– Je ne sais pas comment lui mettre la pression, on est en pleine cambrousse, il n'y a pas d'éléments dans le dossier. Maintenant que la petite est avec nous, je le relâche ou je le ramène ?

– Si vous le filez au S.R.P.J., vous perdrez la main sur le dossier. Allez au bout de votre intuition, Bostik.

– Si le mec n'y est pour rien, je vais encore me faire allumer.

– J'assumerai vos erreurs. Je ne suis pas une star du foot comme vous, mais j'ai quand même intégré le centre de formation du Stade Toulousain jusqu'en cadet. J'ai plus ma vitesse et mon sens de la passe, mais j'ai gardé les valeurs du rugby : solidarité et combativité.

– Ouais… Merci Chef. Vous pouvez demander au proc' de m'envoyer une commission rogatoire pour perquisitionner ? Je veux fouiller à fond sa maison.

– Qu'est-ce que vous allez faire de lui ?

– Je l'emmène avec moi.

– N'y allez pas seul. Ça peut devenir dangereux. Je vais prévenir les gars du S.R.P.J. qui sont encore sur Bibracte. Attendez-les.

– Envoyez-les à la Villa Beau-Rose, rue des Sources. Je partirai là-bas dès que j'aurai le mandat.

– J'appelle le procureur tout de suite. Vous recevrez la commission rogatoire dans quelques minutes.

– Merci Chef. »

L'adjointe était revenue avec un sachet rempli de croissants. J'ai vérifié que la porte de la pièce où était enfermé Dutilleux, était toujours correctement verrouillée et je suis parti avec elle dans son bureau pour récupérer le mandat de perquisition que le procureur de Dijon devait me faire parvenir sur ma messagerie. L'élue m'a passé une chaise puis elle s'est installée devant son ordinateur. La découverte d'Hana vivante ne m'avait pas ouvert l'appétit mais j'ai pris un croissant pour éviter de tomber en hypoglycémie comme le suspect. Le dessous de la viennoiserie qui avait cuit sur la plaque était craquant et caramélisé. La ville abandonnée possédait un dernier artisan-boulanger précieux. Il fallait pétitionner pour sauver cet artiste, et non la ruine de l'Hôtel du Parc. Tandis que je mangeais, l'adjointe m'a parlé de ses ambitions municipales.

« On possède une faune sauvage, des grands lacs à moins de deux heures de Paris, mais on n'en fait rien parce que le Morvan est partagé entre quatre départements et que leurs élus ne peuvent pas se mettre d'accord. Moi, j'ai des idées. Finie la musique trad' avec des musiciens qui jouent de la vielle en sabots et en blouse bleu. C'est ridicule. Est-ce qu'on est obligé de chanter du rock en étant coiffé d'une banane ou de chanter le blues avec des chaînes aux pieds ? »

Son mari forestier connaissait des chinois propriétaires de plusieurs châteaux qui leur avaient promis d'installer des téléphériques sur les Monts du Morvan et d'élargir les torrents pour accueillir rafting et hydro-surf. C'était du mythonnage grand format. Dans ce pays classé Natura 2000, aucun projet mettant en danger la faune ou la flore ne serait accepté. Les gens résidant dans le parc régional ne pouvaient même pas accrocher un ruban tue-mouches au plafond de leur cuisine sans demander l'autorisation du préfet.

Après une demi-heure d'attente, le document autorisant la perquisition n'était toujours pas arrivé. J'ai appelé Vairon. Les paroles de mon chef qui m'encourageaient à foncer ne m'avaient pas rassuré. L'examen de commissaire qu'il avait passé en externe était d'un niveau proche du concours d'entrée à l'ENA, et si l'enquête foirait, ce haut-fonctionnaire me ferait sauter en écrasant ses valeurs du rugby comme un danseur de flamenco piétinant un asticot. Vairon a décroché. Il était en colère contre son gars qui avait laissé Hana s'échapper.

« Tout est arrangé, capitaine. Elle est en forme.

– Je le sais, mais c'est pas pro de laisser filer une gamine dont on a la responsabilité.

– Elle a de la ressource, la petite.

– Ouais, je réglerai ça plus tard. Votre chef m'a appelé

pour que je vous donne deux gars, mais je ne peux pas réduire mon équipe. Nous cherchons aussi quelqu'un. En croisant tous nos fichiers, on s'est aperçu qu'un camping-car appartenant à un agresseur sexuel a été contrôlé et verbalisé près de Vézelay et de Châlon autour des jours où les deux touristes ont été agressées. Ça n'a peut-être rien à voir. On essaie quand même de mettre la main sur lui.

– Vous voulez que je relâche mon suspect et que je vous rejoigne ?

– Non, on garde tous nos fers au feu, mais je ne vous envoie qu'un gars. Il est déjà parti. C'est celui qui a laissé s'échapper Hana. Je lui laisse une chance. S'il foire autre chose, ne le couvrez pas. Renvoyez-le dès que vous aurez fini.

– O.K. J'y vais. »

Sans attendre la commission rogatoire, j'ai rejoint Dutilleux dans la salle au premier étage. Il tapait dans la porte depuis dix minutes.

« On dirait que vous avez récupéré votre énergie.

– Oui, j'ai retrouvé une barre de céréale dans ma poche. Qu'est-ce qu'on fait maintenant ?

– On part chez vous.

– Je vous avais dit que je serais de retour dans moins d'une heure.

– On va perquisitionner.

– Appelez mon avocat. Je ne bougerai pas sans lui.

– J'ai déjà les croissants. Pour l'avocat, vous attendrez. Suivez-moi. »

Je lui ai tendu le sac dans lequel il restait deux croissants. Il en a mangé un en m'accompagnant jusqu'à la voiture puis il a jeté le sac avant de s'installer sur son siège.

« Ramassez ça. C'est l'adjointe au maire qui a payé.

– Avec sa prime d'élue, je suppose. Ce sont mes impôts. J'en fais ce que je veux. »

Je suis allé ramasser le sac et nous avons démarré. J'étais rassuré de savoir que mon Glock était planqué sous mon siège, à portée de main. Je m'étais promis de lui tirer une balle dans la jambe s'il tentait de s'enfuir mais Dutilleux est resté calme pendant le trajet. Le flic de Vairon était là quand nous sommes arrivés à la Villa Beau-Rose. C'était un jeune mec en civil, avec un jean skinny moulant les cuisses, et une chemisette cintrée. Sa barbe de trois jours lui donnait des airs de baroudeur urbain. Le type devait plaire aux filles. Moi, avec mon jeans coupe « tuyau de poêle » et mon tee-shirt Décathlon, j'étais en mode tue-l'amour, dirait Cécile.

« Salut. Merci d'être venu rapidement.

– J'étais volontaire. Ça me caguait de rester à surveiller la fille. Je m'appelle François. Je sais, c'est vieillot. Tu peux m'appeler Fanfan.

– O.K. Moi, c'est Francky. On va sortir le suspect. On doit perquisitionner chez lui. »

Dutilleux a rejoué au type casse-couilles en refusant

de quitter le véhicule. Bras croisés et tronche en biais, le mec m'a répété qu'il voulait son avocat mais François l'a saisi par le bras et par le col de son tee-shirt pour l'extraire de la banquette. Costaud, le gamin. Puis nous nous sommes présentés devant le garage dont la porte était fermée :

« Ouvrez, s'il vous plaît.

– Je n'ai pas la clé. J'ai dû la laisser dans votre voiture. »

Fanfan est retourné à la voiture mais il n'a rien trouvé.

« Où est votre clé, Dutilleux ?

– Je ne sais plus ce que j'en ai fait. Elle est peut-être à la mairie. »

Fanfan a fouillé les poches du gars et l'a trouvée. Nous avons ouvert puis assis Dutilleux sur une chaise. Je lui ai demandé l'autorisation écrite de fouiller son domicile pour rester dans le cadre d'une enquête préliminaire. Il a refusé. Je mettais ma carrière en jeu en débutant la perquisition sans ce document. Tant pis. J'ai commencé de fouiller tandis qu'il est resté sous la surveillance du collègue qui avait la tâche de noter le déroulement de l'action et toutes les paroles que nous échangerions avec lui.

« Est-ce que je peux aller préparer mon sac de trail, les gars ?

– Ta gueule » a-t-on répondu... sans noter cet échange sur le compte-rendu.

Je suis monté. À l'étage, j'ai fouillé toutes les pièces, sauf la chambre de la mère qui était fermée à clé. J'étais à la recherche de vêtements, d'une cagoule, de cordelette qui auraient pu servir lors d'une agression. J'ai vidé les tiroirs, retourné les cadres, démonté les lits, j'ai même cassé la glace dans le freezer de son frigo en me souvenant d'un dealer qui avait dissimulé une lame à cet endroit. Mais je n'ai rien trouvé. Dans sa chambre, l'ordinateur était éteint. Il était plus raisonnable de le donner à un cyber-enquêteur capable de retrouver des fichiers effacés, mais j'ai démarré la bécane et ouvert les dossiers enregistrés sur le disque dur. J'espérais trouver une copie des messages qu'il avait échangés avec Kamila, ou une série de photos qu'il aurait prises pour conserver un « trophée ». Que dalle. Je suis redescendu au garage.

« Vous perdrez votre temps, a grimacé Dutilleux. Vous seriez plus utile sur le terrain.

– Il faudrait que vous alliez parler à votre mère pour qu'elle nous ouvre la porte de sa chambre.

– Elle a 81 ans. Elle n'a jamais connu la ville et ne parle que le patois. Vous allez lui faire peur. Vous cherchez quoi ?

– On veut savoir pourquoi tu as tué Kamila.

– Je ne connais pas cette fille.

– Tout à l'heure, tu m'as dit que tu voulais parler.

– Je voulais vous parler de cette forêt où vous l'avez trouvée. Je ne vous ai pas dit que j'allais avouer un crime.

– Je m'en fous de la forêt. Contente-toi de répondre à nos questions si tu veux nous aider. Donne-nous ton emploi du temps lors des journées que tu as passées à Glux, à Vézelay et à Châlon. Avec qui as-tu parlé ? Qui as-tu rencontré ? Je veux les horaires et les lieux de chacune de tes livraisons.

– Je connais la loi. Je sais que ce n'est pas à moi de démontrer ce que je faisais, mais c'est à vous de prouver ce dont vous m'accusez.

– Surveille cet enfoiré, Fanfan, je monte discuter avec la vieille.

– Laissez ma mère ! »

J'ai grimpé à l'étage et frappé à la porte de la chambre de la mère. Pas de réponse. J'ai recommencé. Silence. La porte était fermée à clé. J'ai envoyé un coup de pied dans le panneau de bois pour faire céder le chambranle et je suis entré. Des chats se sont mis à courir sur les murs recouverts de moquette pour se lancer dans une cavalcade entre les cadres de photos et les appliques murales, avant de redescendre se cacher sous le sommier. La vieille allongée dans son lit a regardé ce spectacle sans paraître étonnée. Mon arrivée fracassante ne l'avait pas surprise non plus. Elle s'était redressée sur son oreiller avec l'aplomb d'une mère de dealer blasée par les perquisitions à l'aube. Dans un coin de la chambre, des feuilles de journal étalées sur le parquet faisaient office de litière. Je me suis demandé si ce n'était pas elle qui pissait sur le papier journal.

« J'ai besoin de votre aide, madame. Votre fils est suspecté d'avoir commis… »

Avant que je n'aie fini ma phrase, elle a saisi un mug sur sa table de chevet pour me le jeter au visage. Il contenait un liquide chaud. Du thé ou de la tisane. Des gouttes m'ont brûlé les mains. J'ai regretté de ne pas avoir apporté mon arme pour la mettre en joue. J'aurais aussi volontiers dégommé un des félins fêlés qui m'observaient depuis l'ombre sous le sommier.

« Madame, je vais fouiller cette pièce. Si vous mettez un pied hors du lit, je vous emmène en garde à vue. Vous m'avez compris ?

– Quel reuille-marde, qu' vous êtes. Le ch'tiot, il a rien fait !

– Votre fils ne veut pas répondre à nos questions, madame.

– Marde à vous !

– Restez polie, s'il vous plaît.

– Non, j'me tairai point parce que ça fait ben 20 ans qu'ça dure, c'te comédie ! Depuis qu'on a acheté c'te maison, y a des jaloux ! D'la Varmine ! C'est eux, avec les gendarmes, qu'accusent le p'tiot. Les pandors d'ici, y sont bêtes à manger d'foin. »

Au fond de la chambre, derrière un rideau, un corridor bas de plafond conduisait à une autre pièce.

« Qui utilise cet endroit, madame ?

– C'est le p'tiot qui vient travailler là. »

C'était une pièce en soupente mesurant à peine cinq ou six mètres carrés et possédant un Vélux dont le store était baissé. Je l'ai ouvert. À travers la vitre, j'ai aperçu une partie du feuillage du célèbre hêtre qui avait donné son surnom de « Fou » à chaque propriétaire de la maison. Plus loin, on voyait quelques poneys sur la pelouse du parc. Dans son bureau, Dutilleux s'était aménagé un plan de travail sur lequel étaient posés des classeurs dans lesquels il rangeait sa paperasse, factures, contrats de téléphonie, fiches de salaire. L'ordre était minutieux. Chaque feuille était annotée d'un post-it précisant la date de réception du courrier. Des pochettes contenaient également des ordonnances vétérinaires, avec des exemplaires vierges. Ses poneys et ses ânes semblaient plus dopés que des athlètes russes. À côté des classeurs, il y avait un ordi et une imprimante. L'ordi était allumé. Il avait choisi un tableau de Cézanne pour illustrer son fond d'écran. Cette toile représentait une maison de deux étages et un grand arbre ressemblant à la Villa Beau-Rose et à son hêtre. C'était le Jas de Bouffan, la résidence où le peintre avait réalisé ses plus belles œuvres. J'ai consulté les sites affichés sur l'historique de sa navigation Internet. Cézanne, ouvre-toi. Et j'ai plongé dans l'horreur. Presque la totalité de sa consommation Internet était constituée de visites sur le deep web, le Net parallèle où prospèrent les sites les plus glauques. Ce bouseux qui n'était pas un geek confirmé maîtrisait le langage codé pour accéder à ce cyber-supermarché de la violence et du sexe, dont les liens ou les mots-clés n'étaient qu'une succession de signes cabalistiques, de lettres, de chiffres n'ayant aucun sens. J'en connaissais les bases. À Paris, j'avais suivi un stage de quelques heures en cyber-criminalité. Sur le deep-web, chaque visiteur en mode furtif payait ses achats, dope, armes, sexe, en bitcoin, une monnaie impossible à tracer. Dutilleux y avait téléchargé et stocké dans un dossier des vidéos pornographiques illégales. On y voyait des adolescentes nues à peine pubères ou des scènes de viols réels filmées au téléphone portable. Quel salaud ! En examinant les dates de téléchargement, j'ai compris que ses déviances s'étaient transformées au cours des derniers mois. Excité par la violence et la domination sur des femmes, il s'était ensuite intéressé aux adolescentes. J'ai rejeté la souris avec l'impression que la libido perverse de Dutilleux dégoulinait sur la coque de l'outil et me collait aux doigts. Puis j'ai à nouveau travaillé sur l'ordi. Dans ses documents, à l'image du rangement de ses placards et du bureau, Dutilleux avait regroupé ses fichiers par thème. On y trouvait des témoignages de femmes décrivant leurs agressions sur des forums féminins ou des thèses d'étudiantes en droit ayant travaillé sur les crimes sexuels. J'ai découvert les preuves de ses crimes dans le fichier suivant. L'homme avait pris contact avec Kamila sur des réseaux sociaux et conservé une copie de leurs conversations. Une lecture de ces échanges m'a permis de reconstituer une partie de leur histoire. Il avait établi un contact grâce à un faux profil. J'ai supposé qu'il désirait juste fantasmer en dialoguant avec elle, mais les choses s'étaient précipitées quand il avait appris qu'un voyage scolaire la conduirait à quelques kilomètres de chez lui. Certaines de ses déclarations étaient écrites en tchèque. Dans ses derniers messages, il lui proposait un rendez-vous. Elle avait accepté en croyant rencontrer le beau gosse d'origine tchèque avec qui elle discutait chaque soir. J'ai débranché l'ordinateur et l'écran pour les emporter. La vieille m'a regardé traverser la chambre.

« Vous me faites un drôle de môssieur d'la police avec vos airs de p'tit gommeux.

– Madame, taisez-vous. Si j'apprends que vous étiez au courant des saletés commises par votre fils, je vous conduirai moi-même chez le juge.

– De quelles saletés, tu parles, bec à foin ?

– De tout ce que j'ai trouvé dans son ordinateur.

– Pouh, j'a plus rien à te dire. Te peux ben t'en aller tout d'suite, t'as un vilain nez et te fais pas un joli métier.

– C'est ça, vieille bique. »

Je suis descendu au garage où Dutilleux s'est crispé en voyant le matériel que je transportais. J'ai rebranché l'ordi, le moniteur et j'ai lancé la lecture d'un film. Son regard est resté froid tandis que Fanfan s'est détourné de l'écran qui montrait le viol d'une jeune fille captive en zone de guerre. Ses hurlements étaient plus éprouvants que les images. J'ai éteint mais la scène est restée devant mes yeux.

« Quel monstre peut regarder ça ? Toi, Dutilleux ?

– Non.

– C'était dans ton ordinateur.

– Je l'ai acheté d'occasion. Je n'ai pas fait attention à ce qu'il y avait dans le disque dur.

– Certains des films sont récents.

– Je télécharge beaucoup. Je ne vérifie pas le contenu de tous les films.

– Tu m'emmerdes. Si tu n'avoues pas, je balance tout au procureur : ton refus de parler, de nous suivre, ton ironie. Tu prendras la peine maxi. Ta maison sera vendue pour payer ce que tu dois et ta mère va se retrouver dans un hospice pendant que tu te feras claquer le cul par tes nouveaux potes de prison et que tes poneys serviront de viande à lasagnes chez Charal.

– Je n'ai rien fait... Et j'ai encore faim. Laissez-moi monter en cuisine pour me préparer quelque chose.

– Écrase, ou c'est mon poing que tu vas bouffer !

– Je vous promets que je ne me sens pas bien. Appelez un médecin, s'il vous plaît.

– Sois patient, tu seras examiné par de nombreux psychiatres pendant ton procès. »

Je possédais assez d'éléments pour l'emmener devant le procureur mais je voulais qu'il crache le morceau tout de suite, avant qu'un avocat ne lui dicte ses réponses, ou que sa mère ne lui fournisse un nouvel alibi en paille.

« Renvoie la vieille dans sa chambre » ai-je dit à François en entendant des pas dans l'escalier.

Le collègue l'a interceptée. J'ai entendu des cris. À côté de moi, Dutilleux a souri en voyant sa mère qui s'accrochait à la rampe comme un squatter refusant l'expulsion.

Au retour de Fanfan qui avait fait dégager la vieille, on s'est écartés du suspect.

« Ce gars est un salaud, Franck. J'ai une petite sœur qui a le même âge que la fille dans le film. Qu'est-ce qu'on fait de lui ? On le laisse filer et on flingue cet enc... dans la forêt ?

– Calme-toi. On va le garder encore un peu.

– Sérieux ? File-le aux collègues. Nous avons des preuves.

– On peut établir qu'il a pris contact avec Kamila, c'est tout. Nous n'avons même pas la preuve qu'il l'a rencontrée ou qu'il a abordé ces femmes agressées pendant les dernières semaines. Je veux qu'il avoue maintenant.

– Franck, on n'est pas à la B.A.C. Vairon ne va pas apprécier que tu la joues solo.

– Tu peux rentrer.

– Non, je reste. Je veux faire tomber cette ordure. »

Nous l'avons menotté et nous sommes retirés de la pièce. Avant de quitter le garage, j'ai allumé une radio qui était posée sur une étagère, en réglant le tuner sur une station diffusant du zouk, volume au maximum. J'espérais que ce vacarme saperait son assurance. À l'extérieur, je me suis éloigné de la Villa. J'ai réfléchi en marchant dans le parc. Le blog de Kamila et ses messages échangés avec le suspect n'évoquaient jamais sa sœur. Il ignorait sûrement son existence. Il me restait un espoir pour le faire craquer : amener Hana devant lui pour reprendre un coup d'avance. Impossible de soumettre cette idée au chef ou au procureur qui me répondraient que cette enfant traumatisée avait besoin de repos. J'ai appelé à nouveau Vairon pour lui expliquer.

« Le temps de la justice de l'aveu est terminé, Franck, a-t-il répondu. On peut se passer de ses confessions.

– Ça peut aider Hana de prendre part à l'enquête. Elle me l'avait demandé.

– Elle a quinze ans. Si ce suspect est finalement innocent, comment va-t-elle réagir ?

– Elle est intelligente. Et je propose seulement de lui montrer l'homme. Peut-être qu'elle se souviendra de l'avoir croisé... On peut espérer aussi qu'il perde son assurance. Il a réponse à tout pour l'instant et il aura bientôt son avocat.

– Vous faites une connerie mais je ne peux pas vous détourner de votre intuition alors que je demande toujours à mes hommes d'être des flics humains, et pas des robots qui appliquent les consignes scolaires enseignées à l'école de Police.

– Merci.

– Parlez-en aussi à votre chef. Voyez ce qu'il dit.

– Il refusera.

– Je le comprends. Alors, avant de prendre une décision, prenez contact avec son père ou avec l'avocat de leur famille.

– O.K. j'appelle la petite pour avoir leurs numéros.

– Et ne mêlez pas François à ça, s'il vous plaît. Je ne

veux pas que son nom apparaisse dans cette procédure. C'est déjà pas une flèche. C'est pas la peine de lui cramer sa carrière.

– O.K.

– Bonne chance. »

J'ai raccroché et appelé Kamila.

« Bonjour, c'est Franck. »

Des sanglots m'ont répondu.

« Je... Je lui ai parlé toute la nuit. Je deviens folle. J'ai besoin de voir ma sœur.

– Tu aurais dû te rapprocher de la dame qui est au gîte avec toi. Elle est là pour t'aider. Tu as fait quelque chose de très dangereux cette nuit.

– Je vous ai appelé, vous n'avez pas répondu. Quand est-ce que je vais la voir ?

– Je ne sais pas. Peut-être ce soir ou demain. Ils sont obligés d'étudier ses blessures.

– On me dit qu'elle est morte et je n'ai pas vu son corps. Ça me rend folle de pleurer sur ma sœur que je ne peux pas voir. Dites-moi ce qui s'est passé, s'il vous plaît.

– Je vais te dire ce que j'ai vu mais n'essaie pas d'interpréter ou d'imaginer la scène, nous savons encore peu de choses. Le corps de ta sœur a été abandonné dans la forêt. Rassure-toi, les animaux ne l'ont pas approché.

– Elle est morte comment ?

– Je suis la première personne qui l'ai trouvée et je ne peux pas te dire qui l'a tuée. Promis.

– Mais comment vous pouvez être sûr que c'est elle ?

– Je l'ai reconnue grâce à ses cheveux blonds et à son bracelet. J'avais remarqué que tu portais le même.

– Oui, c'est moi qui l'avais tissé et qui l'avais accroché à sa main. Elle avait fait la même chose pour moi. Le premier bracelet qui casserait devait exaucer le vœu de celle qui le portait. On s'en moquait, on avait le même vœu. Partir ensemble en Tchéquie.

– Je comprends. En voyant ses blessures, on devine que ta sœur s'est battue avec le criminel. Elle ne s'est pas laissé faire. »

Hana s'est remise à pleurer.

« Il serait bien que tu te rapproches de tes parents. Tu vas bientôt les revoir ?

– Je peux parler avec mon père au téléphone. Il devrait arriver ce soir.

– D'accord. Je t'ai appelée parce que nous avons arrêté un homme. Il y a de fortes chances pour que ce soit lui qui ait commis ce crime.

– Il l'a tuée alors ?

– Peut-être... C'est un pervers trop méchant et trop expérimenté pour avoir laissé une chance à ta sœur s'il l'a rencontrée.

– Pourquoi il a fait ça ?

– Il ne nous a donné aucun détail. Kamila t'a déjà parlé d'un garçon d'origine tchèque qu'elle aurait rencontré sur Internet ?

– Je vous l'ai dit. Elle ne me parlait pas de ce qu'elle faisait sur le Net. C'est ce garçon qui l'a attaquée ?

– Notre suspect est un adulte qui se faisait passer pour un jeune. Il avait pris contact avec ta sœur depuis plusieurs semaines. Il ne veut rien avouer. Est-ce que tu te sentirais assez courageuse pour le rencontrer ? Je pense qu'il pourrait craquer en voyant une jeune fille qui ressemble à sa victime. Il ne sait pas que tu es la sœur jumelle de Kamila.

– Oui, je veux le voir.

– Avant, je voudrais que tu me donnes le numéro de téléphone de ton père et le nom de l'avocat qui s'occupe de vous en France. Je vais les appeler.

– On n'a pas d'avocat. Pourquoi vous voulez parler à mon père ?

– Pour savoir ce qu'il pense de cette rencontre.

– Non !

– Je ne te ferai pas venir sans son autorisation.

– Alors, je ferai une bêtise. Je partirai et vous ne me retrouverez pas cette fois.

– Je n'ai pas le droit de faire ça sans l'accord de tes parents.

– Je m'en moque. Je veux voir celui qui a tué ma sœur. Je vous jure que si vous ne m'emmenez pas, je pars tout de suite et personne ne me rattrapera vivante.

– O.K. Calme-toi. On va essayer de mettre ça en place. Il reste un policier près de toi ?

– Il est derrière la porte de la chambre.

– Va le chercher, s'il te plaît. Je vais lui demander de te conduire jusqu'à nous. Mais si tu as envie de changer d'avis pendant le trajet, n'hésite pas. Ça peut-être un moment éprouvant.

– Ce n'est rien comparé à ce que je ressens depuis deux jours. »

18

Gyro allumé sur le toit et klaxon deux-temps claironnant, le collègue qui accompagnait Hana, au volant d'une voiture banalisée, a lâché la gomme sur les petites routes reliant Glux à Saint-Honoré. Il a mis moins de vingt minutes pour nous rejoindre à la Villa Beau-Rose. J'ai vu sortir du véhicule la jeune fille déguisée en Lolita aguicheuse, avec un débardeur trop court qui découvrait son nombril, et un jean taille basse sous lequel pointait le bord de sa culotte. De quoi réveiller les démons du Fou. Elle s'est efforcée de me sourire en approchant vers moi.

« Bonjour Hana.

– Je veux tout faire pour vous aider. Ensuite, est-ce que vous me laisserez voir ma sœur ?

– Promis, je t'emmènerai et je resterai avec toi si tu as besoin. Tu es certaine que tu pourras croiser le regard de cet homme ?

– Oui. Je suis fatiguée, je suis triste, mais je suis aussi en colère. J'ai besoin de voir celui qui a tué ma sœur.

– Même si les preuves sont nombreuses, nous avons encore un doute. On peut attendre l'arrivée de ton père.

– Non. Qu'est-ce que je devrai faire ?

– Rien. Présente-toi simplement devant lui, en essayant de te faire passer pour ta sœur, si c'est possible.

– J'ai mis les habits qu'elle aimait porter quand on jouait à faire les pétasses.

– On verra sa réaction. S'il commet une seule erreur, il tombera. Et ce sera grâce à toi.

– D'accord.

– Tu entreras derrière moi, Hana. Tu es prêt, François ? »

Fanfan qui avait tenu à rester malgré les consignes de Vairon, a mis une main sur l'arme qu'il portait accrochée à un holster sous l'épaule pour me faire comprendre qu'il nous appuierait en cas de problème. Nous nous sommes regardés encore une fois puis nous avons levé les yeux vers la Villa dont les grandes fenêtres occultées de rideaux sombres étaient inquiétantes. « Allez ! » a dit la môme en fixant sur nous des yeux d'une maturité rassurante. Nous avons franchi la porte du garage. Dutilleux était sur sa chaise. Il n'y avait plus de musique. Malgré les menottes, il avait réussi à éteindre la radio sur l'étagère ou à la débrancher. Je me suis écarté pour lui présenter la jeune fille. Pour la première fois, son visage s'est trahi. Ses yeux ont marqué l'étonnement. Hana a fait deux pas vers lui. Il a souri faussement. Elle s'est encore approchée. Il s'est tassé sur sa chaise, écrasé par l'adolescente.

« Alors, tu croyais que tu pouvais te débarrasser de moi, mais je suis là !

– Je me suis pas débarrassé...

– Sale crevard.

– Je comprends pas. Je croyais qu'elle était...

– Qu'est-ce que tu as fait ?

– Quoi ?

– Qu'est-ce que tu as fait à ma sœur, hein ?

– Je ne connais pas ta sœur.

– Dis-moi ce que tu lui as fait ? »

Hana a bondi pour saisir une pioche qu'elle avait trouvée posée contre un mur. Elle l'a levée pour frapper le suspect mais nous l'avons retenue avant que l'outil ne lui défonce la tête. Dutilleux est tombé de sa chaise puis s'est réfugié au fond de la pièce. J'ai sorti la pioche du garage. Fanfan a ceinturé Hana et l'a fait sortir aussi.

« Reviens t'asseoir, Dutilleux.

– Détachez-moi ! Je vais porter plainte contre cette fille. Je veux appeler mon avocat.

– Écrase, tu n'es pas blessé.

– Vous bousculez ma mère, vous m'attachez devant une folle qui veut me tuer. J'ai rien fait ! Vous comprenez ? Je n'ai rien fait. »

Il est revenu s'installer sur sa chaise.

« Parle-nous de ta prise de contact avec Kamila. Vous avez échangé des messages.

– Vous perdez votre temps. Je n'ai rien à dire.

– Prouve-nous que tu n'es pas un monstre. Avoue ton crime, bordel. Cette fille a besoin de savoir ce que tu as fait de sa sœur.

– Vous forcez les gens à avouer au lieu de chercher de preuves. J'ai vécu la même chose il y a 20 ans.

– Alors pourquoi étais-tu en contact sur Facebook avec Kamila ?

– Je discute avec des filles plus jeunes que moi, mais je ne les touche pas.

– Les messages prouvent que tu as voulu la rencontrer.

– Je ne l'ai pas fait. J'ai discuté avec elle, ça m'excitait. Je l'ai fait aussi avec d'autres filles mais je ne les touche jamais.

– Tous les pervers passent à l'acte quand l'occasion se présente.

– Vous me saoulez. Je veux mon avocat.

– On a contacté l'avocat de permanence à Autun. Il doit arriver.

– Je ne vous parlerai pas tant qu'il n'est pas là. »

Je lui ai laissé les menottes et je suis sorti du garage. J'ai demandé à Fanfan de faire venir un avocat pour Dutilleux, puis j'ai rejoint Hana qui pleurait assise au pied d'un hibiscus blanc copieusement fleuri. Elle était redevenue une petite fille dans une panoplie de bimbo. J'ai eu honte de l'avoir conduite jusqu'ici. Je me suis assis à côté d'elle.

« Bravo. Tu t'es montrée courageuse.

– C'est lui qui a fait ça. Ça me fait mal d'imaginer ce qu'a ressenti Kamila devant ce monstre.

– Elle s'est battue comme tu viens de le faire.

– Je m'en moque. Elle me manque. Elle est où ma sœur ? Je veux la voir.

– Tu iras la voir ce soir avec tes parents, je te le promets. Ils auront besoin que tu les aides.

– Ma mère a réussi à me joindre au téléphone pendant que j'étais en voiture. On a parlé quelques secondes avant que ça coupe. J'ai honte. J'ai peur de la voir. On a volé 50 euros dans sa caisse avant de partir. C'est de ma faute. C'était mon idée. Kamila est morte et ma mère va croire que c'est une voleuse.

– Ne pense pas à ça. Tu veux que je te ramène au gîte ?

– Oui, s'il vous plaît. Je ne veux pas rester là. J'avais vraiment envie de le tuer. J'y pense depuis que j'ai accepté de venir.

– Je sais. Beaucoup de gens auraient eu envie de faire comme toi.

– C'est vrai, vous avez déjà eu envie de tuer quelqu'un ?

– Pas moi, mais à Paris, j'ai vu des collègues craquer comme toi.

– Ils ont tiré sur des gens ?

– Non, ils attendaient la fin de la garde à vue de leur suspect pour les cogner sans témoins sur le trajet qui conduisait aux cellules.

– Vous ne l'avez jamais fait, vous ?

– Non, mais je n'ai pas empêché les collègues de le faire. »

En nous levant, nous nous sommes cognés contre les

branches de l'hibiscus. Des fleurs blanches sont tombées. Nous ressemblions à un couple enfermé sous verre dans ces boules neigeuses vendues aux touristes. Hana s'est rapprochée de moi. Je l'ai prise dans mes bras. J'ai eu l'impression de serrer contre ma poitrine une feuille de papier qu'une brise froisserait. J'avais déjà vécu cette scène avec Anaïs quelques années auparavant lors de la conclusion mortelle de l'enquête qui la concernait. On est restés ainsi quelques minutes, puis j'ai rouvert les bras pour libérer Hana mais elle est restée collée contre moi. Je l'ai embrassée sur la joue.

« Garde mon numéro. N'hésite pas à m'appeler si tu as besoin.

– Merci. Dès que je serai rentrée, je vais continuer le blog de Kamila. Je parlerai d'elle, de tout ce qu'elle aimait. Et j'irai dans notre pays, comme on avait prévu de le faire... C'est dur, vous savez, de penser à cette journée où elle a disparu. Je me demande pourquoi elle ne m'a rien dit.

– Il y a sûrement une explication. Tu la comprendras plus tard. Peut-être quand tu seras adulte. »

Comme je l'avais fait avec mon père ! Avant qu'il ne parte à l'hôpital pour une opération anodine, il était resté silencieux pendant trois jours. Je m'en foutais, j'avais 20 ans. On s'était croisés à la maison, mais on ne s'était rien dit. J'ai compris plus tard que, pendant ces trois jours, il avait pensé à sa mort. Il avait deviné qu'il ne reviendrait pas de cette opération.

J'ai senti quelques gouttes sur mon visage. Une averse orageuse sûrement. Non. J'ai passé la main sur ma joue. Je pleurais.

Nous sommes remontés dans la voiture pour prendre la direction de Glux. Le dossier Kamila était posé sur le siège passager, je l'ai lancé sur la banquette arrière avant que la jeune fille ne le voie. Elle est restée silencieuse pendant le trajet. Son maquillage s'était dilué. Mêlé à la sueur et aux larmes, le rimmel qui soulignait ses yeux s'était écoulé en laissant des taches noires sur ses tempes et sur ses pommettes. Elle ressemblait à la rescapée d'un incendie qui sort des flammes avec la figure couverte de suie. C'était une survivante. À notre arrivée à Bibracte, elle a hurlé en reconnaissant son père au volant d'une Dacia gris métallisé garée sur le parking du gîte. Elle s'est précipitée dehors avant que je ne coupe le moteur. Elle a chuté en courant mais s'est relevée. Un homme, grand, vêtu d'un pull léger à col en V et d'un jean, est descendu de la voiture. Son visage mal rasé et fatigué s'est illuminé un instant quand il a vu Hana courir vers lui. Il l'a prise contre lui, une étreinte au-delà de l'amour. Puis ils ont parlé avant de pleurer. Une jeune femme s'est approchée d'eux, sûrement l'infirmière psy chargée de veiller sur Hana. J'ai détourné la tête et redémarré. Je n'avais pas le courage d'appeler Vairon pour lui décrire ce fiasco. J'ai téléphoné à Déb qui était en cours. Elle m'a demandé de patienter, le temps de lancer ses stagiaires sur un exercice de macrophotographie, j'ai entendu l'énoncé de son problème : « ... vol par effraction sur un toit. Interdiction de se servir d'une échelle pour monter. Une personne maximum peut vous aider à grimper. Vous avez 30 minutes pour réaliser des photographies d'empreintes qu'on a laissées là-bas. », puis elle m'a répondu : « Qu'est-ce que tu veux encore, Franck ?

– Je suis certain que c'est Dutilleux, Déb... Mais nous n'avons pas d'aveux. Je ne sais pas quoi faire.

– Je me demande pourquoi ton chef t'a envoyé seul là-bas. Il devait se douter que tu allais te jeter dans l'affaire, tête baissée.

– Tu as raison. Je vais rentrer.

– Non, tu n'as pas le droit de renoncer maintenant. Tu es grillé, alors tente le coup en rencontrant les femmes du coin qui avaient porté plainte contre lui il y a une quinzaine d'années. Elles habitent encore dans la région. Prends ton temps pour les interroger. Ne les brusque pas. Elles lâcheront peut-être une info. Tes collègues n'ont pas de pistes plus sérieuses d'après ce que j'ai appris.

– Tu sais quelque chose sur elles ?

– Je ne connais ni leur âge, ni leur profession. J'ai seulement fait le rapprochement entre leur adresse de l'époque et actuelle. L'une d'elle n'a pas changé de domicile. Elle habite rue Courbe à Saint-Honoré. Elle s'appelle mademoiselle Dessaint. Vas-y. Tu vas réussir. J'en suis sûre. Et cette affaire va te permettre de réintégrer n'importe quel commissariat parisien.

– Ça ne m'intéresse pas. Je vais rester en province, Déborah.

– Quoi ? Tu te sens bien chez les pouilleux ?

– Ouais, y a les mêmes salopards qu'à Paris mais ici on prend l'air.

– Moi, je rentre. Je ne t'en ai pas parlé avant mais on m'a proposé de manager 50 personnes à la section dactylotechnie[1] du quai des Orfèvres.

– T'as accepté ?

– Oui.

– Tu prends ton poste à Paris à quelle date ?

– J'ai eu la confirmation officielle tout à l'heure. Je commence dans un mois. »

La jolie femme allait bientôt se faire la belle.

« Je pars là-bas dès ce soir. Je vais me chercher un appart'. Je rentrerai dans 2 ou 3 jours, mais je te laisserai un petit cadeau chez toi avant de partir. Tu le trouveras à ton retour. À plus tard, mon Plouc. Coince-moi cet enfoiré ! »

1. Division qui identifie les traces digitales et palmaires relevées sur les scènes d'infraction de toute la région parisienne.

19

J'ai emprunté un raccourci passant par des voies peu fréquentées pour retourner à Saint-Honoré. Je n'y ai croisé qu'une voiture conduite par un *cul-jaune* et quelques cyclos dont les vélos équipés de sacoches se traînaient sur les routes pentues et défoncées par les périodes de gel et de dégel de l'hiver dernier. Sur la chaussée, des habitués du secteur avaient inscrit des signes à la peinture blanche pour mettre en garde les conducteurs avant les plus gros trous mais je n'ai pas pu éviter l'un d'eux. Mon amortisseur droit a claqué comme un coup de fusil. Heureusement la caisse a tenu le coup. J'ai poursuivi ma route jusqu'à la vieille station thermale en roulant prudemment. Dès mon arrivée, je suis repassé devant la Villa Beau-Rose pour vérifier que Fanfan était encore là. Sa voiture banalisée était garée à la même place, devant le portail, puis j'ai roulé jusqu'à l'adresse de mademoiselle Dessaint qui correspondait à un petit castel à 500 mètres du domicile de Dutilleux. Une pergola recouverte de chèvrefeuille était construite au cœur du parc. Une femme vêtue d'un short de jean et d'un tee-shirt dont les manches étaient roulées au-dessus des épaules, poussait une tondeuse sur la pelouse sèche. Elle avait une chevelure brune nouée en chignon derrière sa nuque. Ses yeux étaient dissimulés derrière une paire de lunette de soleil. J'ai fait un signe de la main depuis l'extérieur de la propriété. Elle l'a vu mais a poursuivi le tour qu'elle avait commencé avant de s'approcher de moi et d'éteindre son moteur. Je suis entré par un petit portail en bois pour la rejoindre. D'un doigt, elle a fait glisser ses lunettes sur son front.

« Qu'est-ce que vous voulez ?

– Bonjour... Vous êtes mademoiselle Dessaint ?

– Oui.

– Excusez-moi de vous déranger. Je suis policier. Je peux vous poser quelques questions ?

– Il s'agit de cambriolages ? Ça ne me concerne pas, il n'y a plus rien à voler chez moi.

– Non, j'enquête sur la disparition d'une jeune fille. Des collègues m'ont appris que vous avez été victime d'une agression il y a quelques années. Est-ce vrai ?

– Il faut croire que non puisque celui qui m'a fait ça et dont j'ai donné le nom aux gendarmes n'a jamais été arrêté.

– Vous parlez de monsieur Dutilleux ?

– Oui.

– Je voudrais savoir ce qui s'est passé.

– Cela fait plus de 20 ans. Je ne m'en souviens plus et ça n'a pas d'importance.

– Cet homme est suspecté d'être l'auteur de plusieurs tentatives de viol. Racontez-moi tout, s'il vous plaît.

– Je n'ai pas envie de parler de ça » a-t-elle dit en posant une main sur le câble du démarreur. Je me suis placé devant la tondeuse. C'était moins romanesque qu'un gréviste faisant barrage à une charge de C.R.S., mais ça l'a empêchée de repartir.

« Laissez-moi tranquille. J'ai beaucoup de travail. Je suis toute seule pour m'occuper de cette maison.

– Je veux coincer ce type.

– Pourquoi vous vous bougez maintenant ?

– Il a attaqué une enfant de 15 ans.

– Moi, j'avais 17 ans quand il m'a agressée mais tout le monde s'en moquait.

– Je suis désolé que les gendarmes n'aient pas fait leur travail.

– Excusez-moi d'être de mauvaise humeur mais, comme je vous l'ai dit, je suis toute seule pour m'occuper de la maison. Je suis fatiguée. Il fait une chaleur épuisante. J'ai envie de terminer rapidement et de me reposer au frais.

– Mes questions seront rapides.

– Qu'est-ce que vous voulez savoir ? J'étais l'amie de ce pervers. On peut dire qu'on sortait ensemble. Lors d'une soirée, nous avions bu, il a voulu une relation sexuelle, mais j'ai refusé.

– C'est à ce moment qu'il vous a attaquée ?

– Non. Il a accepté que je le repousse. Il est rentré chez lui, mais après la fête, à deux heures du matin, un homme avec une cagoule est entré dans notre maison.

– C'était lui ?

– Oui.

– Comment pouvez-vous en être sûre ?

– Nous sortions ensemble. Sa cagoule ne m'a pas empêchée de reconnaître sa voix.

– Mais vous n'avez pas vu son visage.

– C'était lui, croyez-moi !

– Il vous a... ?

– Violée ? Oui ! Il m'a frappée, humiliée. Je n'ai pas pu me défendre.

– Pourquoi l'ont-ils relâché ?

– Parce qu'ils ne m'ont pas crue. J'étais la petite rebelle de Saint-Ho à l'époque, celle qui fumait de l'herbe, qui portait un piercing, et lui, c'était déjà un beau mec. Personne ne pouvait se douter qu'il avait besoin de forcer une fille à avoir une relation avec lui. Et puis, j'ai attendu deux jours avant d'aller porter plainte. Les gendarmes ne m'ont pas prise au sérieux.

– Et sa mère lui a fourni ensuite un alibi ?

– Oui, cette vieille folle ferait tout pour son fils. Elle n'a que lui. Toute la ville les déteste. On sait que cette famille a acheté leur villa avec de l'argent parachuté par les Anglais et qui était destiné à la Résistance.

– Moi, j'ai besoin d'être certain que cet homme est un criminel.

– C'était le seul qui savait que mes parents seraient absents cette nuit-là, parce que je le lui avais dit. Et il savait aussi où était la clé que nous cachions dans le jardin… J'ai dit tout ça aux gendarmes.

– C'est votre couleur de cheveux naturelle ? L'agresseur ne s'attaque qu'aux femmes blondes.

– À l'époque, j'avais les cheveux teints en blond. Je peux vous montrer des photos. Il vous faut une autre preuve ? Après ce viol, j'ai quitté la région pendant dix ans, et quand je suis revenue pour m'occuper de notre maison parce que mes parents étaient retournés vivre à Paris, je suis allée voir Dutilleux. Je suis entrée chez lui sans frapper et je me suis présentée face à lui comme il l'a fait quand il est venu chez moi en pleine nuit. Sa mère était là. Je l'ai averti que je le tuerais s'il approchait de ma maison. J'avais l'arme de mon père à la main. Il a compris que j'étais prête à tirer. Il s'est excusé pour ce qu'il avait fait. Sa mère n'a rien dit. Elle savait de quoi je parlais. Voilà la preuve de sa culpabilité.

– Je comprends.

– Et je connais d'autres filles qu'il a attaquées à Saint-Honoré. Maintenant, laissez-moi reprendre mon travail. »

Sans attendre, elle a relancé le moteur de la tondeuse qui a démarré au premier lancer. La barre de coupe baissée au maximum a soulevé un nuage de poussière. Je me suis écarté pour la laisser repartir. Le souffle de la lame a éjecté des cailloux dans les jambes de la femme qui a continué d'avancer sans ralentir. Je devais faire la même chose. Repartir et coincer cette enflure pour ses crimes passés, ou présents. J'ai repris ma voiture et foncé vers la villa Beau-Rose où Fanfan était à l'extérieur. Il avait dégainé son arme et courait autour de la maison.

« Qu'est-ce que tu fais ?

– Il vient de s'enfuir !

– Bordel ! Il a pris une voiture ?

– Non, il est à pied. Ça s'est passé il y a deux minutes. Il est monté pour s'occuper de sa mère qui hurlait à l'étage, je l'ai suivi, mais il a sauté par une fenêtre.

– Putain, Fanfan, je te confierais même pas mon chien à garder.

– Désolé. En plus, tu avais raison, Franck. C'est lui qui l'a enlevée.

– Pourquoi tu dis ça ? Il a avoué ?

– Non. Le chef vient d'appeler. Nos gars traçaient un chauffeur de camping-car suspect, mais il est en taule en Belgique actuellement. C'est son fils qui était au volant dans la région et il est clean. Il voyage en famille. Alors l'équipe a suivi ta piste. Les collègues ont fait une perquisition dans l'entreprise de Dutilleux. Ils y ont trouvé des vêtements de femmes dans un placard et un téléphone portable avec des textos adressés à Kamila. Elle a communiqué avec lui jusqu'à son départ du gîte en pleine nuit.

– Dutilleux a sauté où ?

– Derrière. »

On a fait le tour de la maison. Derrière la Villa Beau-Rose, le parc était vide. La vieille penchée à une fenêtre regardait en direction du nord, à travers le feuillage du grand hêtre. J'ai fait comme elle, et aperçu la silhouette de son fils qui courait.

« Appelle l'hélico, et suis-moi. »

Deux minutes d'avance, ça représentait 500 mètres d'écart. J'étais motivé pour revenir sur le fuyard même s'il me fallait courir deux heures. J'ai traversé au pas de course la pelouse puis dépassé le grand hêtre. Au bout du parc où paissaient les poneys, j'ai sauté la clôture, un muret de parpaings rehaussé d'un grillage distendu, et trouvé le sentier par lequel il était passé. C'était le « GR » qui conduisait à Bibracte. Derrière moi, Fanfan était distancé. Malgré mon envie de mettre la main sur Dutilleux avant qu'il ne disparaisse sur un terrain qu'il connaissait mieux que moi, j'ai ralenti pour en garder sous la semelle.

« T'as appris à courir en forêt, sale type, moi, on m'a appris à gagner. Je vais te rattraper. »

Quand le chemin est devenu pentu, j'ai raccourci ma foulée et accentué le mouvement de mes bras, ça soulagerait le travail des jambes. Les coureurs qui donnent tout leur jus dans une montée finissent exténués et se traînent sur le kilomètre suivant. J'espérerais que Dutilleux commettrait cette erreur. J'étais maintenant à deux cents mètres de lui. Mon genou craquait à chaque fois que je prenais un appui hors de ma ligne de course pour éviter une pierre ou un trou. Nous sommes arrivés dans une futaie où les pins étaient plantés à intervalle régulier. La distance qui me séparait de lui s'était encore réduite. Il s'est retourné, m'a vu, et s'est mis à accélérer dans la côte. Bingo. Le stress et la peur augmenteraient son rythme cardiaque. Il allait exploser comme une mécanique en surrégime. L'écart a fondu. Dutilleux s'est arrêté à bout de souffle. Il m'a regardé, avec un visage écarlate et de la bave aux commissures des lèvres.

« Laisse-moi ! J'ai rien fait. »

Il a sorti un cutter de sa poche qu'il avait dû prendre sur l'établi du garage. Je me suis trouvé sans arme devant lui. Le cliquetis de la lame sortant du manche a donné le signal de l'attaque. J'ai fait partir un coup de pied circulaire au niveau de son genou et entendu un craquement. Rotule ou ligaments, un truc avait cédé. Une technique de clé m'a permis ensuite de bloquer sa main armée et l'a obligé à lâcher son cutter. Il s'est effondré en tenant sa jambe. Mon co-équipier est enfin arrivé, comme un flic de série télé en retard d'un épisode. Les boutons de sa chemisette cintrée avaient lâché pendant la course. Torse à l'air, le jeune flic était débraillé comme un pétanqueur d'après-barbeuc.

« Occupe-toi de lui. Menotte-le ! »

François lui a passé les *bracelets* en les serrant au maximum. Le gars a gueulé. Je me suis laissé tomber au sol. Mes poings tétanisés sont restés crispés en position de frappe. Je me suis seulement décontracté en sentant la main de Fanfan sur mon épaule : « Bravo, Mec. T'as des cannes de gazelle.

– Merci, c'est plus de mon âge, ces conneries. T'as ton arme ?

– Oui.

– T'hésite pas à lui balancer une bastos s'il tente à nouveau de s'enfuir.

– T'inquiète, l'ancien, le prénom de cet enfoiré est gravé sur mes balles. »

Impossible de faire venir un véhicule jusqu'ici, on a décidé de ramener Dutilleux jusqu'à chez lui en marchant.

« J'peux pas marcher, a-t-il hurlé. J'ai trop mal à mon genou.

– Et les filles que tu as attaquées, elles n'avaient pas mal ? Lève-toi, on repart. »

Avec un tel pervers, il était impossible de savoir si sa blessure était vraiment handicapante. Je l'ai forcé à se mettre debout et nous l'avons encadré sans lui laisser un mètre d'avance sur le sentier. Fanfan a fermé la marche avec son arme à la main. J'entendais Dutilleux gémir à chaque pas. Une centaine de mètres plus loin, un groupe de randonneurs s'est présenté face à nous. Nous avons stoppé et nous sommes écartés pour les laisser passer. Notre prisonnier n'a pas pu s'empêcher de regarder une femme blonde parmi eux, J'ai pensé à Kamila qui avait subi ce regard. Le visage déchaîné de ce monstre était la dernière image qu'elle avait vue sur Terre. À la Villa Beau-Rose, un fourgon de Gendarmerie était garée à l'intérieur de la propriété. Les gendarmes de Château-Chinon, dont la doudou créole qui avait pris la déposition de Perle, étaient venus en renfort. Quelques curieux formaient un attroupement devant le portail. La nouvelle avait circulé : c'était la maison du tueur. Dutilleux a serré les dents face à ces gens du voisinage. J'ai entendu ses mâchoires grincer comme les chenilles d'un tank. « Ecartez-vous, Bon Dieu ! » ai-je crié. Ils nous ont laissé passer puis nous avons enfermé Dutilleux menotté à l'arrière du fourgon des gendarmes, sous la surveillance d'un képi au volant. Fanfan s'est alors tourné vers moi pour me serrer la main. Elle était moite. Le minot avait eu la pétoche pendant tout le retour. Il a voulu dire quelque chose mais la mère du suspect, habillée d'un vieux peignoir-éponge mauve, l'a interrompu. Elle errait autour de la villa en hurlant avec un regard de folle. Elle n'avait pas reconnu son fils qui était passé à un mètre d'elle. Les gendarmes l'ont assise sur une chaise à l'ombre d'un arbre. Elle s'est laissé faire. Ils lui ont proposé de boire un verre d'eau, puis ils sont venus vers moi pour me féliciter. La doudou taillée comme une première ligne, m'a serré la main en m'écrasant les doigts. Il me faudra dix séances de kiné pour être capable de me gratter le nez à nouveau. Les forces de l'ordre, flics et képis, qui n'avaient pas travaillé ensemble depuis deux ans, étaient soulagées. L'ambiance dans le parc ressemblait à une fin de chasse quand les hommes discutent dans une odeur de poudre autour de la dépouille du vieux solitaire abattu. Un bruit m'a ramené au réel. Dutilleux frappait du doigt sur la vitre du fourgon de Gendarmerie en me regardant. Je n'ai pas répondu. Il a insisté. J'ai grimpé dans le véhicule dont les banquettes étaient crevées. Des bandes de scotch bouchaient des grilles de ventilation sur le tableau de bord.

« Les fins de mois sont difficiles à la brigade, ai-je lancé au gendarme qui tenait le volant.

– Affirmatif. Le Trafic a 300 000 km. Cet hiver, on nous a donné ni pneus-neige, ni chaînes pour l'équiper, mais ils nous ont fourni des blousons Gortex au top. Alors, on se retrouve en rade sur les routes dès les premières chutes de neige, mais on a chaud. Et vous ?

– Pas mieux. Y a plus de budget ménage, on nettoie nos chiottes et nos vestiaires nous-mêmes comme des trouffions à la caserne. La semaine prochaine, c'est à mon tour d'amener le papier-toilette. »

Il a cru que je plaisantais. Non, à Autun, je récure la lunette des chiottes une fois par mois avec mes gants de police scientifique pour économiser une paire de Mapa.

« Je vais aller dire quelques mots au suspect.

– Vas-y. Je peux sortir ?

– Pas de problème. Je le surveillerai. »

Je suis allé m'asseoir à côté de Dutilleux qui s'était installé avec la jambe tendue et posée sur la banquette face à lui.

« Pourquoi tu m'as appelé ?

– Vous pouvez vous occuper de ma mère ?

– Faut dire ça aux gars du S.R.P.J. Moi, j'ai fini mon travail.

– Laissez-moi appeler l'infirmière qui s'occupe d'elle, s'il vous plaît.

– Mes collègues savent ce qu'ils ont à faire.

– Vous me prenez pour un monstre, mais j'ai pas tué la gamine. J'ai pris contact avec elle en lui mentant, mais je voulais tout lui expliquer au moment de notre rencontre.

– Tu demandes à une môme de te rejoindre en pleine nuit, alors qu'elle s'attendait à rencontrer un ami de son âge ? T'écouter raconter de telles conneries, c'est plus fatigant que de te courir après.

– Allez vous faire foutre. »

J'ai envoyé un coup de pied dans son genou. Il a hurlé.

« Me demande pas d'être sympa avec toi. J'ai parlé avec une fille que tu as attaquée à Glux. C'est moi aussi qui ai découvert la petite. J'ai vu les marques de coups et d'étranglement sur son corps.

– Je ne l'ai pas tuée. Je le jure. Qu'est-ce que vous avez à me proposer si je parle ? Je sais qui l'a tuée.

– Nous aussi, on le sait.

– Non. Vous allez trouver des preuves, de l'ADN ou je ne sais pas quoi, et vous comprendrez que c'est pas moi qui ai fait ça. Je l'attendais dans la forêt. Elle m'a rejoint. Je lui ai dit que j'étais le père du garçon avec lequel elle avait rendez-vous. Et que j'allais la conduire vers lui. Elle m'a cru. Maintenant, je peux vous dire qui l'a tuée si vous m'aidez.

– Les collègues trouveront.

– Peut-être pas. Ou ils trouveront plus tard. Un flic m'a dit que c'était la sœur de la fille que vous m'avez amenée dans le garage. Elle et ses parents n'ont sûrement pas envie d'attendre pour savoir ce qui s'est passé.

– T'es un enculé, Dutilleux. On aurait dû te descendre dans les bois.

– Si vous m'arrangez...

– C'est fini les arrangements ! Y a plus un procureur ou un juge d'instruction qui accepte ces magouilles parce qu'ils savent que les parties adverses s'en serviront pour les casser au procès.

– Alors débrouillez-vous pour trouver le tueur. Je parlerai après, en appel, et je dirai que vous n'avez pas voulu de mes infos avant.

– Même si j'avais envie de t'aider, pauvre type, je n'ai aucun pouvoir.

– C'est pas normal. Je ne suis pas en train de vous donner un gang de Roumains voleurs de jantes. Je vous livre le tueur de la fille avant qu'il n'essaie de s'enfuir.

– O.K. Je peux demander au proc' qu'il repousse ta mise en examen, le temps de vérifier tes salades. Ça veut dire que tu pourrais rester en liberté surveillée pendant quelques jours mais crois-pas que tu vas pouvoir te sauver.

Il faudra que tu te pointes en Gendarmerie trois fois par jour.

– J'ai pas envie de fuir. Je n'ai rien fait.

– Arrête les bobards ! On t'a identifié pour des viols ou tentatives de viols sur des femmes à Glux, Vézelay, Châlon.

– Ah ouais ? Je me suis pris la tête avec deux ou trois allumeuses qui m'ont chauffé, et alors ?

– Tu reconnais avoir agressé des femmes ?

– Non, je n'ai pas dit ça. On s'est pas compris avec ces filles, c'est tout. Mettez-moi en face d'elles, et on verra ce qu'elles diront.

– C'est prévu. Alors, c'est quoi ta version pour Kamila ?

– Je trafique des ordonnances vierges avec un vieux véto parisien en retraite, parce que tous les vétos du coin nous obligent à prendre les antibios et les anti-parasitaires chez eux alors qu'ils sont deux fois plus chers qu'en pharmacie. C'est une ruine quand on a beaucoup d'animaux. Je revends aussi des ordonnances vierges du vieux aux éleveurs que je connais.

– Je m'en fous de tes histoires de véto.

– C'est mon vétérinaire qui a tué la gamine.

– Pourquoi il est mêlé à ça ?

– Il est passé chez moi quand je ramenais la fille.

– Qu'est-ce qu'il faisait chez toi à minuit ?

– Faut qu'on soit discret. Quand un véto en activité apprend qu'on achète nos produits en pharmacie, il refuse ensuite de se déplacer pour les urgences.

– O.K.

– Quand j'ai vu le vieux devant la maison, j'ai compris que je faisais une connerie avec la gamine. Je lui ai expliqué qu'il était trop tard, que mon garçon s'était couché, et que le vieux monsieur allait la ramener au gîte.

– T'as filé la môme à ce mec ?

– Ouais, je ne pensais pas qu'il allait lui faire du mal. Quel salaud.

– J'espère qu'on n'apprendra pas que tu lui as vendu en échange d'un paquet d'ordonnances.

– Non, je vous le jure.

– Elle est quand même tordue, ton histoire. T'as une preuve qu'il l'a tuée ?

– Je l'ai fait revenir deux jours après parce que j'avais un problème avec un cheval. Il a garé sa voiture à l'extérieur en fermant toutes les portes. C'est pas son habitude. Il était inquiet. Il était griffé sur les bras. Je suis certain que la fille était dans son coffre et qu'il l'a jetée en forêt après.

– Pourquoi tu m'as rien dit quand je t'interrogeais ?

– Je ne sais pas... Je pensais que vous trouveriez sans mon aide. Et puis ça ne changeait rien au sort de la fille. Elle était morte. Ils l'avaient dit à la télé.

– Tu es un putain de salaud. C'est une môme avec laquelle tu as discuté pendant des semaines. Donne-moi le nom et l'adresse du vieux.

– Il habite à Cercy, près de la Loire, je ne connais pas

le nom de la rue, mais je vous donne son numéro de fixe et son portable, vous retrouvez son adresse.

– O.K. Tu ne seras sûrement pas laissé en liberté surveillée puisque tu as fait une tentative de fuite, mais si ce que tu viens de dire est vrai, j'oublierai de noter dans mon rapport que tu m'as attaqué avec une arme de catégorie D.

– Je me suis simplement défendu. Je ne vous avais pas reconnu et vous n'aviez pas fait de sommation.

– Tais-toi et inscris-moi tout de suite le nom du gars. »

Il a inscrit les infos sur une feuille que j'ai trouvée sur le tableau de bord. Je n'ai pas pu m'empêcher de lui dire merci en reprenant le papier. J'avais la conviction que ce qu'il m'avait dit était vrai.

« Hé, je peux savoir qui a bavé sur moi ? a-t-il ajouté. Qui vous a amené à Saint-Honoré ?

– Non, j'ai rien à te dire, mais si tu veux vider ton sac complètement, c'est le moment : une personne m'a confié que tu lui avais dit que tu avais tué et que tu aimais ça. C'est vrai ?

– Qui a dit ça ?

– C'est vrai ou pas ?

– Oui, j'ai pu dire un truc comme ça.

– Tu as tué des hommes ? Des animaux ?

– Je parlais d'un chien, enfin d'un homme qui ne vaut pas plus qu'un chien !

– Qui est-ce ?

– Ne perdez pas votre temps. C'était dans une autre vie et un autre pays. Vos lois n'y peuvent rien.

– OK. Je trouverai… »

J'ai prévenu le gendarme que je quittais le fourgon. Il est venu se remettre au volant pour surveiller Dutilleux. Il fallait interpeller maintenant le tueur présumé qu'il venait de me livrer, mais une partie de moi n'avait plus envie de poursuivre la traque. J'ai passé la main sur mon front. J'étais en sueur. Ce n'était pas la chaleur mais une vague d'angoisse. Etre flic est, paraît-il, une vocation acquise à vie, comme l'apprentissage du vélo, mais je perdais peu à peu les pédales devant l'horreur des crimes et de leurs auteurs. Je rêvais de rentrer à Autun pour retrouver ma chemisette bleue, mon ventilo et mes grolles de foot. La vieille était allongée au sol avec deux gendarmes auprès d'elle. J'ai marché jusqu'à Fanfan et je lui ai donné la feuille sur laquelle le nom et l'adresse du nouveau suspect étaient inscrits.

« Le mec m'a livré le tueur.

– Quoi ?

– Il prétend qu'il n'a pas touché Kamila mais que c'est un homme avec qui il avait rendez-vous ce soir-là, qui a fait le coup. C'est un véto retraité parisien qui habite Cercy, à une trentaine de kilomètres d'ici. À vérifier tout de suite.

– Tu crois que c'est vrai ?

– J'en sais rien, mais ça urge. Je vous laisse vous occuper de ça. Moi, je vais rentrer.

– Il faut que tu restes. Le capitaine Vairon va arriver.

– Désolé. Tu lui diras que je l'appellerai plus tard. Je rédigerai ce soir mon procès-verbal de renseignements sur ce que Dutilleux m'a dit.

– O.K. J'emmène des collègues et je me charge de ce véto.

– Faites les choses bien.

– Ne t'inquiète pas. On le coincera… Tu sais, il y a deux collègues qui dégagent de notre équipe l'an prochain. Tu devrais demander une mutation pour nous rejoindre. Tu vas te faire chier à Autun. Et ce commissariat doit fermer… T'as des enfants ?

– Non.

– T'as une femme ?

– Non.

– Alors t'as tout pour être pris. Le S.R.P.J. n'engage que des loosers. »

Ça l'a fait rire, ce con. Mais, c'était vrai qu'ils constituaient des équipes de célibataires pour éviter les états d'âme des flics pères de famille qui traînent les pieds pour les heures-sup et les missions à risques. Fanfan oubliait aussi de préciser que ceux qui demandaient à quitter le squad, pour fonder une famille ou changer de voie, étaient considérés comme des balances. Ciao Fanfan.

J'ai retrouvé ma voiture. Il y avait la vie à affronter maintenant. Ou ce qu'il en restait. Sans sa sœur jumelle, Hana grandirait de travers, comme un jeune arbre qui a pris la foudre trop tôt. Je n'y pouvais rien. Et Déb ne serait bientôt plus là pour mettre un éclairage positif sur les zones d'ombre de ce métier. Il me fallait prendre la direction de l'est pour rejoindre Autun. J'ai roulé avec les vitres baissées pour respirer l'air frais des sous-bois. Un peu après la sortie de Saint-Honoré, j'ai croisé une voiture du *Journal du Centre* suivie d'une grosse « allemande » transportant un chroniqueur judiciaire bien connu sur les chaînes d'infos. Attirées par l'arrestation des criminels les vedettes revenaient à Saint-Ho, ça ferait plaisir à l'adjointe au maire. Il était 18 heures, le soleil commençait à se cacher derrière le sommet de Bibracte. J'ai envoyé un bref texto à Perle, la danseuse, pour l'informer que son agresseur serait ce soir sous les verrous. Je lui donnerai des infos plus tard. Puis j'ai improvisé un nouveau raccourci en traversant des lieux-dits tels que Gratteloup, Crot au Loup, la Louvetière, qui témoignaient de la présence redoutée des loups il y a peu de temps. Avec cette enquête, j'avais la preuve qu'ils n'avaient jamais quitté la région.

20

De retour à Autun, j'ai évité le quartier du commissariat et je suis passé sans m'arrêter devant la boutique du Mouniou encore ouverte, pour rejoindre rapidement mon appartement. J'ai laissé ma caisse de service dans un garage que me prêtait la gérante de manière occasionnelle. J'ai pris soin de refermer la porte et d'embarquer la clé qu'elle laissait sur la serrure, parce que je n'avais pas le courage de monter à l'appartement le matériel professionnel rangé dans mon coffre. En entrant dans le hall, j'ai ouvert le « placard » de Frédo. Il était vide. Quelqu'un avait débarrassé ses affaires. Je me suis promis de prendre des nouvelles dès demain matin, et je me suis dirigé vers l'escalier. Mon genou m'a fait souffrir quand j'ai levé le pied au-dessus des premières marches. Le réveil à froid serait plus douloureux demain. À l'appartement, j'ai trouvé sur la table du salon un petit paquet emballé grossièrement dans du papier kraft. Sûrement le cadeau de Déborah. Je ne l'ai pas touché. Je suis allé ouvrir toutes les fenêtres puis j'ai laissé couler le robinet pour me tirer un pichet d'eau fraîche. Après m'être posé dix minutes dans un fauteuil, je me suis traîné jusqu'au frigo pour y chercher un sac de glaçons que j'ai posé sur mon genou et j'ai envoyé un texto à Livia : « Ça va ? » Elle m'a répondu en me demandant quand j'allais récupérer Oppi ? Il était devenu pote avec les chats de la maison, écrivait-elle. Après avoir partagé ma vie, mon ex s'intéressait aux femmes, et mon chien se maquait avec des matous. Je lui ai renvoyé un message pour lui apprendre la prochaine arrestation du tueur, puis j'ai téléphoné à mon chef d'Autun.

« J'ai pas le temps de vous parler, Bostik, le Préfet m'attend. Ne vous inquiétez pas, on m'a déjà fait le récit de vos exploits.

– Chef, je voulais juste vous avertir que je ramènerai la voiture au commissariat demain matin seulement.

– Laissez tomber. Je vous laisse une demi-journée de repos. Venez demain à 14 h 00.

– Merci chef… Au guichet ?

– Non. On a trouvé les photos nues d'une fillette de 8 ans chez un pédophile en région parisienne. Elles ont été prises dans un bois. Un agrandissement permet d'apercevoir une pancarte au deuxième plan, on reconnaît la forêt d'Uchon, pas loin d'Autun. Dès demain, vous ferez le tour des écoles primaires d'Autun et de l'agglomération avec la photo. Vous questionnerez les instits pour savoir s'ils reconnaissent la petite.

– Ils sont encore en vacances.

– Vous trouverez leurs adresses et vous irez les interroger chez eux.

– Les photos, c'est quel genre ?

– Du genre qui vous met les larmes aux yeux après vingt ans de métier.

– O.K. Chef.

– Je parlerai de vous au Préfet tout à l'heure. Vous recevrez une lettre de *féloche*.

– J'en ai déjà deux dans mon dossier. Ça ne sert à rien.

– Je sais, Bostik. Si vous vouliez des primes, fallait bosser à E.D.F.

– Profitez-en pour parler au Préfet de mon collègue de l'équipe de Vairon, François, s'il vous plaît. Il était sur le coup avec moi. C'est lui qui doit mettre la main sur le tueur en ce moment.

– D'accord. Reposez-vous. Bonne soirée.

– Merci, Chef. »

Les glaçons avaient fondu, j'ai jeté le sac dégoulinant à la poubelle puis je me suis réinstallé au salon. J'ai retrouvé une vieille console X-Box et un jeu, « Rhona », dont je ne m'étais pas servi depuis le départ de Cécile. Elle avait tourné grâce à ses qualités de gymnaste dans ce jeu réalisé en motion capture. Elle était le personnage principal, Rhona, une princesse guerrière virevoltante que les joueurs devaient éliminer. J'ai essayé de brancher la console sur ma télé. Un message, « format non-compatible », s'est affiché sur l'écran. Le jeu ne pouvait plus être chargé sur les nouveaux téléviseurs. C'était le moment de m'en débarrasser. J'ai ouvert la poubelle mais je n'ai pas eu le courage d'y balancer manettes, console, Rhona et Cécile. J'ai tout rapporté et bricolé de nouveaux branchements. Ça a marché. Le jeu a démarré. Comme d'hab, Rohna-Cécile m'a explosé, mais ça m'a fait du bien de revoir les poses de combats de la princesse que nous avions répétées dans notre salon avant le tournage. Après deux nouvelles parties, j'ai posé les manettes, et je suis allé chercher mes chaussures de foot que j'avais laissées dans mon sac depuis le match contre Gueugnon. Je les ai nettoyées avec une brosse comme mon père m'obligeait à le faire après chaque entraînement. Un crampon à l'arrière branlait un peu, je l'ai resserré. Ça ressemblait à l'image du flic qui fourbit son arme chaque soir, parce qu'il ne sait pas quoi faire de sa tête en vrac et de ses mains tremblantes en manque d'alcool. Pas d'épouse à caresser, ni de môme à éduquer, et la tentation du suicide à chaque fois que le canon du flingue passe devant ses yeux. Aucun risque que je me fracasse le crâne à coups de chaussures de foot. Vive le sport. J'ai rangé ensuite mes chaussures propres pour m'intéresser au paquet de Déborah. Il contenait un CD et un petit mot « Francky, t'es prêt à écouter ça maintenant. C'est tout bon. Ça te fera du bien. » C'était un album d'Horace Silver. Je ne connaissais pas. Du jazz, sûrement. Je l'ai mis dans le lecteur CD. Après une intro au piano, scandée sur deux notes, une trompette et un saxo ont donné un tempo bossa nova plein de gaîté. Ça m'a tout de suite redonné la gouache ! J'ai regardé la pochette de l'album. Le titre m'a fait aussi sourire « Song for my father ». Toujours des histoires de famille. J'ai pensé au Belge. Le chef m'avait filé une demi-journée. J'ai appelé Jeff pour qu'on descende ensemble visiter ces puits demain matin, sans avertir Livia et ses collègues. Un site fouillé était un site détruit. Notre intrusion allait modifier les indices archéologiques dans les puits mais je m'en foutais.

ÉPILOGUE

Le lendemain, j'ai quitté mon lit à 5 heures du mat', ankylosé de la tête aux pieds. Je me suis tartiné les cuisses et les mollets avec une pommade décontractante qui puait le camphre et j'ai réussi à marcher jusqu'au balcon en ressentant une nouvelle douleur. À l'aine, cette fois. Je m'étais pété l'adducteur en balançant ce coup de pied dans le genou de Dutilleux. Heureusement que ce geste l'avait séché parce que je n'aurais pas pu lever la jambe aussi haut une deuxième fois. Pour attendre l'aube, je me suis assis sur la terrasse dont le sol de ciment était encore tiède. J'ai observé la nuit peu étoilée. Anaïs m'avait appris à reconnaître certaines figures, comme la Grande Ourse, une connaissance du ciel que lui avait transmise son père. C'était le seul souvenir positif qu'elle gardait de lui. Plus bas, j'ai vu le théâtre gallo-romain mis en valeur par l'éclairage urbain mais la magie du décor n'a pas fonctionné cette fois. Je pensais à Hana. Que devenait-elle ? Je l'ai imaginée les yeux ouverts, allongée entre les bras de son père et n'ayant plus de larmes à pleurer. Malgré l'heure matinale, je suis rentré pour essayer de joindre le capitaine Vairon et connaître l'avancée de l'enquête. Le véto ou Dutilleux, l'un des d'eux avait-il parlé ? Vairon n'a pas décroché. Je réessaierai plus tard. J'ai rangé un peu de bordel dans le salon et je suis retourné sur le balcon. Le jour n'était pas encore levé mais certains appartements s'étaient déjà éclairés en face de chez moi. Des draps pendaient aux fenêtres comme des langues multicolores chargées de l'haleine du sommeil. Garées le long du trottoir, les automobiles des habitants du quartier étaient serrées les unes contre les autres comme les perles d'un collier. Je devais retrouver Jeff dans une heure. Je suis parti me doucher. En traversant l'appartement, j'ai remarqué que la chambre d'Anaïs était occupée. Elle était là. Je ne l'avais pas entendue rentrer pendant la nuit. Je l'ai observée depuis la porte. Elle dormait sur les draps, en culotte et tee-shirt, baskets Converse aux pieds. Elle avait ouvert la fenêtre. Je suis allé la refermer. Le bruit des premières automobiles de la journée risquait de la réveiller. En passant près du lit, j'ai remarqué un tatouage sur sa cuisse. Ça m'a déçu qu'elle cède à cette pratique. Sa peau avait assez morflé avec les scarifications et les piquouses de dope. J'ai essayé de lui retirer ses baskets. Elle a ouvert un œil. Sa bouille s'est éclairée d'un sourire.

« Hello, Francky.

– Excuse-moi, je ne voulais pas te réveiller.

– T'inquiète, je ne dormais pas. J'espère que je n'ai pas fait trop de bruit quand je suis arrivée ?

– Non, je ne savais même pas que tu étais là.

– Il est où, Oppi ?

– Chez une amie. Je vais lui laisser.

– Pourquoi ?

– Il sera heureux avec elle. Elle a des enfants. Dis-moi, c'est quoi ce tatoo ?

– Bah, tu l'as dit, c'est un tatoo. C'est un faux. Je l'enlèverai après le tournage d'un court-métrage. Tu as ton appareil photo du travail ?

– Oui.

– Tu pourras me prendre en photo ? Une amie peut me faire une coiffure et un maquillage un peu rock. Je voudrais faire une série trash avec ce tatouage pour mon book-photos.

– O.K. On se fera ça. Rendors-toi. Je dois y aller, on se verra ce soir.

– D'accord, Francky, je t'aime. »

J'ai fermé la porte de la chambre. Après ma douche, j'ai allumé la radio dans la cuisine pour écouter les actus. Le journaliste, sûrement titulaire d'une carte de presse qui ne lui servait qu'à entrer gratos au Parc des Princes, a lancé son flash-infos sur la star américaine Kim Kardashian dévalisée dans un hôtel parisien. « L'image de la Capitale française ne s'en remettra pas » concluait-il. Paris qui avait survécu à l'occupation allemande et à la famille Tibéri, allait s'effondrer après le tweet mécontent d'une bimbo invitée pour la semaine de la mode alors qu'elle avait fait toute sa carrière à poil ? Quel baltringue. J'ai éteint la radio. Je rallumerai plus tard pour savoir si des bombes sont tombées sur Alep. J'ai voulu ensuite faire un café, mais mon dernier filtre avait déjà servi deux fois. J'ai renoncé à m'en fabriquer un avec des feuilles de papier-toilettes, ça marche, mais je n'avais que du PQ parfumé. J'ai déjeuné d'un jus d'orange puis j'ai essayé d'appeler Vairon à nouveau. Il a répondu cette fois : il était à la boutique pour travailler. Les équipes étaient réduites à cause des vacances.

« Vous pouvez me donner quelques infos sur la suite de « notre » enquête ?

– Pas facile de lâcher cette affaire, hein ?

– Oui…

– Dès votre départ, le procureur a décidé de déférer Dutilleux devant le parquet. Il vous reproche de ne pas avoir filmé l'interrogatoire comme il est recommandé de le faire pour les affaires criminelles, mais ça n'a pas d'importance, le reste de la procédure est bétonné. Une autre équipe a été envoyée à Cercy selon vos conseils, ils ont facilement trouvé le suspect. Il s'est mis à table. Un vieux bonhomme qui semblait sans histoires.

– Il a tué Kamila.

– Oui.

– Elle a été violée ?

– Il dit que non.

– Vous le croyez ?

– Oui. Le rapport du médecin légiste n'est pas terminé et nous n'avions pas de personnel disponible pour assister à l'autopsie en direct, mais, en off, le légiste m'a dit qu'il n'avait pas trouvé de traces d'agression sexuelle. Le véto nous a raconté qu'il avait étranglé la môme mais il n'explique pas pourquoi il a fait ça.

– Vous pensez qu'il est complice de Dutilleux ?

– Non, il n'a pas chargé votre gars. Ce sont deux belles ordures mais rien ne démontre qu'ils ont fait leurs coups tordus ensemble. La petite n'a vraiment pas eu de chance.

– Dutilleux coopère avec vous ?

– Il se tait depuis que son avocat l'a rejoint, mais auparavant, il a reconnu avoir abordé les trois femmes qui ont porté plainte. Il nie les avoir agressées. Il prétend que deux des rapports étaient consentis, et ça sera difficile de faire le point là-dessus. Les deux touristes ne veulent pas revenir en France. J'ai proposé à l'avocat de l'une d'entre-elles qu'elle réponde à nos questions par visio-conférence, mais je pense qu'elle va abandonner sa plainte.

– Fait chier.

– Ne vous inquiétez pas, on a de quoi le serrer. Les vêtements retrouvés dans le casier de son entreprise vont nous permettre de remonter à d'autres victimes. Et j'ai téléphoné personnellement hier soir à la jeune instit attaquée à Glux. Elle maintient sa plainte et accepte une confrontation. Prenez le temps pour envoyer votre déposition.

– Dutilleux est en taule ?

– Oui. Il n'a pas de casier mais le juge des libertés n'a pas pris de risques. Il l'a envoyé à la maison d'arrêt de Varennes-le-Grand, à Châlon.

– Et la famille de Kamila ?

– La mère est arrivée. Ils verront le corps ce soir. La petite tient le coup. Elle ressemble à la victime, c'est effrayant. Voir Kamila à la morgue et se retrouver face à sa sœur, ça m'a secoué. Elle a parlé de vous à sa mère qui voudrait vous rencontrer. »

J'ai entendu un brouhaha derrière la voix de Vairon.

« Désolé, Franck, on a une perquis'. Je dois y aller. On se verra bientôt. Vous serez convoqué en audition comme témoin pour confirmer tout ce qu'il vous a dit. »

Il a raccroché. J'étais impatient de lire les dépositions des deux hommes. Si un élément laissait croire que Dutilleux était mêlé au meurtre de Kamila, je le trouverai. J'ai posé sur la table, un bol, une bouteille de lait et un paquet de céréales pour la gazoute et j'ai quitté l'appartement. Au volant de ma voiture de service, j'ai mis 40 minutes pour rejoindre Anost et Jeff qui m'attendait devant chez lui.

« Salut Franck. Tu veux qu'on prenne une de mes voitures ?

– Non, on n'a pas le temps. On dispose de deux heures pour examiner les puits avant l'arrivée des archéos qui travaillent sur la zone. Je dois être de retour à Autun en début d'après-midi.

– Pas de soucis. »

Nous avons redémarré. Les malinois derrière le portail ont aboyé. Les sites météo prévoyaient un temps ensoleillé mais des lambeaux de brume persistaient dans la vallée, et l'oppidum de Bibracte devant nous était caché par le brouillard. D'après Livia, les puits étaient à moins de 500 mètres du lieu du crash. Ils étaient maçonnés et mesuraient à peine un mètre de diamètre. Après avoir dépassé les dernières longères de Glux et le container de dépôt de verre à recycler, la route s'est enfoncée dans les bois où la fraîcheur et l'humidité m'ont obligé à refermer les vitres de la voiture et à mettre en marche le chauffage. L'air brassé par le moteur nous a réchauffés, mais j'ai continué de frissonner. J'avais peur. Je craignais de descendre dans ces puits sans respirateur et sans la surveillance d'une équipe de collègues expérimentés. Nous avons roulé en échangeant quelques mots sur l'affaire Kamila. J'ai appris à Jeff l'arrestation du véritable tueur habitant Cercy. Il m'a répété le proverbe de son ancien formateur à la légion « Pas de corps, pas de crime » : « Tu aurais dû m'amener tes gars, je me serais chargé de leur faire avouer tous leurs crimes, puis je vous aurais débarrassé d'eux.

– Les parents de la petite ont besoin d'un procès.

– Les parents ont besoin de leur fille, c'est tout. »

J'ai soupiré. Il a compris que j'étais d'accord.

« T'es peut-être pas fait pour ce boulot, a-t-il ajouté. Si tu en as marre, je te trouverai du home-sitting bien payé et sans danger. Il faut garder la maison d'un bourgeois pendant qu'il part en vacances. Tu dois t'installer chez lui pendant son absence. Mes clients pleins aux as habitent dans des maisons de rêve.

– On verra. »

Nous sommes arrivés à Bibracte cinq minutes plus tard sans croiser une voiture. Le musée était fermé, le parking désert, seul un employé était en train de changer les sacs des poubelles. La barrière était levée au pied du site. Nous nous sommes engagés sur la route qui conduisait au sommet. La brume semblait fuir devant la voiture. Nous avons trouvé un ciel dégagé en arrivant sur la Terrasse qui domine la vallée. Je me suis approché d'une roulotte de chantier appartenant aux archéos. J'ai fait sauter le cadenas de la porte. Nous sommes entrés pour emprunter un trépied, un treuil électrique, des mousquetons, des cordes et des seaux que nous avons posés dans le coffre.

« Mes petites m'ont préparé un thermos de café. On se fait une pause ici avant de se lancer ?

– Oui, rapidement. »

Il nous a servi dans deux gobelets en plastique. J'ai apprécié le café de Jeff adouci par un goût de chicorée. Ma mère le préparait également comme ça. Il a sorti de son sac un paquet de Casse-Croûte BN, des gâteaux carrés grossiers comme des biscuits de ration. J'en ai pris un que j'ai essayé de laisser fondre dans le café. Il est resté sec comme une éponge qui n'a jamais connu l'évier. Ensuite,

Jeff a jeté au sol le fond de son gobelet, une scène que j'avais vue dans la Dernière Séance des mardis soirs de mon enfance, quand le cow-boy vide sa tasse sur le feu du bivouac avant de remonter en selle pour reprendre la chasse à l'homme. C'était le moment d'y aller. Nous nous sommes installés en voiture pour redescendre sur le versant ouest. Livia m'avait décrit un moyen simple pour retrouver les puits. Il fallait chercher les traces d'un fossé signalant la présence de l'ancien rempart qui protégeait le site. Je l'ai trouvé. J'ai garé la voiture et ouvert le coffre.

« Il faut que tu m'aides à transporter ça, Jeff. »

Nous avons porté le matériel à travers les bois. Le trépied d'acier en équilibre sur mon épaule, me déséquilibrait à chaque pas. Derrière moi, Jeff qui portait le reste souffrait également. J'ai aperçu les puits à deux cents mètres devant nous. Ils étaient recouverts d'une tôle sur laquelle était posée une grosse pierre. Nous avons fait un dernier effort pour les rejoindre et laissé tomber notre charge. Le vieux bonhomme essoufflé s'est approché du premier trou.

« Je suis déjà venu ici, mais je n'ai jamais remarqué ces puits.

– Livia m'a dit qu'ils étaient référencés depuis les fouilles de Bulliot en 1880 mais que les plans avaient été égarés. La végétation a tout enseveli. Ils les ont retrouvés par hasard.

– Tu vois ce pin, là-bas, qui dépasse les autres ?

– Oui.

– C'est exactement à cet endroit que l'avion de mon

père s'est écrasé. Si ma mère s'en est sortie vivante, ça me semble naturel qu'elle ait voulu remonter par ici en suivant le fossé de l'ancien rempart. »

Nous avons retiré la pierre et la tôle qui protégeaient l'accès du premier puits, puis installé le trépied au-dessus du trou en le calant avec précaution. Pendant que je sanglais le harnais autour de ma taille, le Belge a accroché le treuil électrique fonctionnant avec de puissantes batteries chargées au maxi. Je les avais vérifiées avant de les emporter. J'ai positionné une lampe frontale autour de ma tête, enfilé un casque, accroché le mousqueton de mon harnais au crochet du treuil et fais signe au belge : « Descends. »

Il a mis en route le moteur. La corde s'est déroulée. Je me suis enfoncé dans l'obscurité en me sentant aussi stressé qu'un vif plongé à l'eau le jour de l'ouverture du brochet. Après six ou sept mètres de descente, j'ai levé la tête et aperçu un petit cercle bleu. Le ciel. Ce premier puits semblait profond. J'ai continué de descendre. L'oscillation de la corde m'a envoyé cogner contre les parois. Avec l'aide de ma lampe frontale, j'ai réussi à apercevoir le fond. Il y avait une dizaine de centimètres d'eau. J'ai hurlé « Stop ! ». Le Belge a stoppé le treuil et fait descendre un seau attaché à une corde. J'ai posé mes pieds dans l'eau. Mes bottes se sont enfoncées dans le sédiment. Il était difficile de bouger dans cet espace étroit. J'ai piétiné. L'eau claire s'est transformée en boue nauséabonde. J'ai rempli le seau de quelques pelletées recueillies au fond. On pouvait trouver n'importe quoi dans ces trous que leurs utilisateurs avaient comblé avec ce qui leur tombait sous la main, pierres, tessons d'amphores, ossements d'animaux, cadavres de guerriers ennemis. Le Belge a hissé le seau hors du trou. Nous avons recommencé cette opération une dizaine de fois puis, sans à-coup, le treuil m'a ramené à l'air libre. Je me suis décroché du harnais tandis que le Belge a étalé sur une bâche le contenu des seaux. La récolte ne contenait aucun vestige appartenant à sa mère, mais des pièces de monnaie, des éclats de poterie, d'assiettes, une tuile intacte portant des inscriptions, et des objets en bois gorgés d'eau, tels que des manches d'outil et des morceaux de seaux.

Nous avons déplacé le matériel jusqu'au deuxième puits et nous l'avons positionné au-dessus du trou.

« Je peux descendre cette fois, si tu es fatigué.

– Non, j'y retourne. »

J'ai revissé le mousqueton autour du crochet. Le Belge a mis en route le treuil. La descente a été plus rapide cette fois, 5 mètres à peine. Le trou avait été remblayé par des morceaux de tuiles, d'amphores et des pierres. En balayant avec le faisceau de ma lampe le fond constitué aussi de terre et de mousse, j'ai constaté qu'il ne restait rien à sortir. Exposés à l'air libre, les vestiges putrescibles avaient disparu. Aucun ossement n'était visible.

« Remonte-moi. »

Il était dix heures, les chercheurs allaient se présenter sur leurs fouilles, certains risquaient de nous apercevoir ou de s'inquiéter en découvrant la roulotte dévalisée, mais mon équipier avait déjà transporté le trépied sur le dernier puits et retiré la tôle. Le soleil commençait à cuire nos visages, Jeff a sorti une bouteille d'eau de son sac et me l'a tendue. J'ai bu et me suis arrosé la tête. Il m'a aidé à accrocher mon harnais.

« Qu'est-ce que tu vas faire si tu ne retrouves pas le corps de ta mère ?

– Je vais continuer de chercher.

– J'ai parlé à ta fille il y a deux jours.

– Je sais.

– Tu devrais passer du temps avec elle et avec son petit garçon. Tu pourrais les inviter.

– On verra. Accroche-toi. Je te descends. »

Il a actionné le moteur du treuil. « Stop » ai-je crié après quelques secondes. Un enchevêtrement de branches obstruait la voie. Plusieurs décennies de branchages s'étaient entassées en formant un bouchon végétal.

« On ne peut pas descendre, Jeff. Remonte-moi.

– Il n'y a pas un espace où tu pourrais te glisser ?

– Non, c'est impossible.

– Laisse-moi descendre à ta place. Je vais essayer. »

Le Belge était penché au-dessus du trou. Malgré le contre-jour, j'ai vu sur son visage la détermination du soldat qui tient sa cible en ligne de mire. Il descendrait à ma place si je ne le faisais pas.

« O.K. On va essayer de déblayer tout ça. »

Pendant une heure, sous un soleil de plomb, nous avons retiré les branchages en nous servant du treuil pour sortir les éléments les plus lourds. Je craignais qu'on nous surprenne mais personne n'est venu jusqu'au puits. La chaleur décourageait les randonneurs et les archéos semblaient occupés ailleurs. Le Belge à mes côtés a brassé le bois en silence. Après une vérification des systèmes d'accrochage, Jeff a mis en route le treuil. Je suis descendu très longtemps. C'était angoissant. J'ai visé le sol avec ma lampe frontale et mis plusieurs secondes à croire ce que je voyais sous mes pieds. Le Belge a dû entendre les battements de mon cœur.

« Qu'est-ce qu'il y a ? »

Elle était là. Elle reposait dans l'espace libre formé entre le fond du puits et le toit de branches que nous avions évacué. Intacte, comme endormie, la peau de son visage avait légèrement foncé, les couleurs de ses vêtements s'étaient ternies, mais c'était la mère de Jeff, momifiée. Dans cette atmosphère dépourvue d'air, les chairs s'étaient peu détériorées, le corps était presque intact à l'image des momies conservées dans les catacombes de Palerme. La position d'une de ses jambes n'était pas naturelle. Elle avait dû se déplacer avec un membre brisé.

« Elle est là. »

Le Belge m'a remonté en poussant le moteur du treuil à sa vitesse maximum. À ma sortie, il m'attendait à côté du trépied.

« Je le savais. Je le savais. Qu'est-ce que tu as trouvé ? Des os ? Des vêtements ?

– Non, le froid l'a conservée au moment de l'accident, puis toute cette végétation qui s'est entassée au-dessus d'elle l'a protégée. En l'absence d'air et d'eau, le corps s'est conservé. Tu vas la reconnaître. »

Il s'est penché au bord du trou, puis il m'a pris dans ses bras et m'a embrassé. Mon père ne l'avait jamais fait.

« Tu veux que je descende et que j'essaie de la ramener à la surface, mais ce sera très compliqué ?

– Non. Je descends tout de suite. J'ai fait le malheur autour de moi à cause d'elle. Je veux la voir.

– O.K. Mais sois prudent. »

Nous avons échangé le harnais mais il n'a pas voulu mettre le casque. Il s'est accroché au câble. J'ai mis en marche le treuil. Le trajet de la descente a dû lui paraître interminable. Quand il est arrivé près d'elle, il a posé ses pieds au sol et s'est détaché.

« Raccroche-toi, le fond n'est pas stable. »

Il est resté trente minutes au fond du puits en compagnie de sa mère. Il lui a parlé mais je n'ai pas compris ce qu'il disait. Puis il m'a appelé pour que je le remonte. Quand il s'est présenté à la surface, il avait le sourire d'un enfant et tenait une pièce dans la main.

« C'est sa médaille de la Résistance. Ma mère l'a reçue à la fin de la guerre. Personne ne savait où elle était. Je viens de la retrouver dans la poche de son manteau. »

Il s'est détaché du harnais.

« Qu'est-ce que tu vas faire, Jeff ? Maintenant que le corps est à l'air libre, il peut se dégrader rapidement.

– Je vais appeler des amis. Dans moins d'une heure, on l'aura sortie.

– Mais où vas-tu l'emmener ? Même si c'est probable que la mort est accidentelle, le procureur va demander une autopsie ou, au moins, un examen externe.

– Ils ne toucheront pas ma mère. Ils n'avaient qu'à la chercher eux-mêmes. Je l'emmène.

– O.K.

– Aide-moi à remettre la tôle... Et j'irai voir ma fille. Je te le promets. »

J'étais certain que leur rencontre serait chaleureuse, et que Jeff deviendrait un grand-père extraordinaire pour Lucas. Il m'a serré la main. Une énergie brûlante est passée. J'ai eu l'impression de tenir dans ma pogne un fil de clôture électrique anti-bétail. Que m'avait-il transmis, l'apaisement retrouvé ou son art de la guerre ?

« Jeff, tu rapporteras discrètement le matériel près de la roulotte ? Moi, je dois rentrer pour être au commissariat dans une heure.

– Dès que ma mère sera sortie de là, je rapporte tout à Livia. »

Il m'a embrassé à nouveau. Je suis reparti, persuadé que j'allais le revoir. En passant à côté du premier puits, j'ai récupéré une partie des objets que l'on avait extraits du fond. J'ai ramassé les pièces que j'ai glissées dans un sac, avec les fragments de poteries les mieux préservés et la tuile dont j'étais incapable de traduire les inscriptions. J'ai posé tout ça dans le coffre de la voiture, et j'ai pris la direction de la sortie de l'oppidum. La voie sinueuse serpentait pendant quatre kilomètres. Face au panneau indiquant le secteur de La Chaume, j'ai décidé de faire un arrêt. Je me suis garé devant le sanctuaire. Le barnum protégeant le trésor avait été démonté. La fosse était vide. Tous les objets avaient été retirés. Le chargé des collections du Centre de Recherche devait s'occuper de leur nettoyage avant une présentation au public. Quelques archéos erraient encore sur les lieux comme des enfants en manque de sensations fortes après le départ du cirque et de sa ménagerie. Livia n'était pas là. J'ai gardé avec moi le sac contenant nos découvertes que je voulais lui laisser. Au moment de repartir, j'ai aperçu le directeur à l'écart. Il prenait des photos de la zone. Je suis descendu du véhicule pour aller le saluer.

« Bonjour monsieur Bostik. Félicitations pour votre enquête. Vous êtes sûr d'avoir le coupable ?

– Ce sont les jurés qui en décideront.

– Comment va la sœur ?

– Elle est avec ses parents. Et vous, vous avez fini avec votre trésor ?

– Rien n'est jamais terminé ici. Maintenant il nous faut dater tous les éléments pour replacer ce dépôt cultuel dans l'histoire de l'oppidum. »

Le stylet mis au jour était nettoyé. Ils avaient identifié son inscription. Il n'appartenait pas à César mais à Hirtius, un ami et lieutenant de l'empereur romain auquel on attribue l'écriture du dernier chapitre de la Guerre des Gaules.

« C'est une découverte importante qui sera exposée dans de nombreux musées internationaux, mais pas de quoi affoler les médias. »

J'ai ouvert mon coffre pour lui montrer le sac contenant les pièces et les fragments de poterie sans lui avouer que nous avions trouvé le corps de la mère du Belge sur une parcelle appartenant au Musée. Il a examiné l'avers et le revers de chaque pièce, comparé leur épaisseur, leur matière.

« Ce sont des statères et des deniers frappés dans toutes les régions limitrophes au territoire Eduen, c'est un beau lot qui vous confirme que l'oppidum était une capitale marchande et que les échanges avec les peuples voisins étaient nombreux. Regardez, elles ont reçu un coup de burin sur la face pour les transformer en offrandes divines. Elles ont sûrement été jetées au fond du puits pour la déesse de la source. Ces pièces démonétisées intéresseront moins les collectionneurs. »

Il a pris une dernière pièce recouverte de terre et l'a mise dans sa bouche pour la nettoyer. C'était le réflexe d'un homme de terrain. Il a recraché la pièce propre et dorée au creux de sa main.

« Vous nous faites concurrence. Cette pièce intacte est un statère d'or très rare sur Bibracte. Il n'y a que quatre pièces d'or qui ont été trouvées sur ce site depuis 1869. »

Ses yeux se sont encore arrondis quand j'ai sorti la tuile.

« Magnifique. Vous avez vraiment trouvé ça dans un puits ?

– Oui, sur une parcelle appartenant au Belge.

– Il existe peu de tuiles complètes comme celle-là. On peut admirer la technique du scribe qui a travaillé dans l'argile molle. Cela peut être un document comptable d'une tuilerie gallo-romaine ou une décision de justice rendue par un chef Eduens.

– Qu'est-ce qui est écrit ?

– Je ne parle pas le gaulois couramment. Il est difficile de proposer une traduction. »

Mais il n'a pas résisté à l'envie de le faire. Il s'est éloigné avec la tuile pour l'étudier, et m'a livré sa version.

« Le scribe qui a écrit cela devait être un apprenti. Son stylet a laissé des pattes de mouches parasites dans l'argile qui détournent le sens des mots. On remarque aussi plusieurs lettres écrasées parce qu'il a dû y poser ses doigts avant la cuisson de la tuile. J'ai seulement réussi à interpréter quelques mots, je leur donne un sens qui n'est peut-être pas exact :

Je célèbre la mémoire d'Ovidya qui m'était promise, je la confie à la déesse... pour qu'elle prenne soin d'elle, et je laisse sa dot, deux chevaux, à celui qui me ramènera l'homme qui me l'a enlevée...

C'est un texte qui a dû être déposé dans le puits avec les pièces, en offrande à la déesse. On peut deviner qu'une jeune femme a été capturée ou mise à mort par une tribu ennemie et que son promis a émis le vœu de la protéger dans l'au-delà et de se venger du coupable… Vous me confiez cette tuile ?

– Oui.

– Il faudrait m'indiquer l'endroit où vous l'avez trouvée.

– Je vous ferai un croquis sur une carte plus tard.

– Et le statère ? Une pièce comme ça vaut plus de 600 euros, mais ne la vendez pas à un collectionneur, s'il vous plaît. On peut peut-être trouver un arrangement.

– Je ne la vendrai pas.

– Est-ce que je peux le prendre en photo ?

– Oui. »

Il a pris plusieurs photos de la pièce qui était au creux de ma main et m'a remercié.

« Bon retour, Franck. Appelez-moi quand vous repasserez. Je vous inviterai sur un chantier.

– Merci. »

Je suis retourné à ma voiture dont j'ai desserré le frein à main pour laisser l'engin filer pendant quelques mètres dans la descente. J'avais besoin de réfléchir en silence. J'ai mis en route le moteur un peu avant le premier virage pour récupérer l'usage du volant et des freins. Une centaine de mètres plus loin, j'ai pris la décision de ne pas offrir mon butin à Livia. Une enfant avait besoin de la protection des

Dieux. Les archéos pouvaient se contenter de la protection de l'Etat et de ses subventions. J'ai roulé en direction du versant Ouest puis j'ai arrêté la voiture où nous nous étions garés avec Livia quand nous recherchions le corps de Kamila. J'ai ouvert le coffre, pris le sac, et j'ai marché jusqu'à la clairière. La nature s'est tue. Trilles et sifflements ont cessé comme lors de notre venue. J'ai creusé la terre avec mes mains en regrettant de ne pas avoir emporté une pioche. Le sol était sec et rocailleux. Quand le trou a été assez profond, j'y ai enfoui le sac pour que la déesse de Bibracte veille sur la mémoire de Kamila. J'ai eu aussi une pensée pour notre petite fille que Cécile avait portée pendant quelques mois. J'ai embrassé la pièce et je l'ai déposée. Le statère d'or est pour toi, Héloïse.

REMERCIEMENTS

Je remercie avant tout Sophie Oudin, Annie Segonds, Mathilde Nouvel et Francis Gadesaude pour leur lecture patiente et leurs encouragements.

Merci au brigadier Sophie D. et au commandant Etienne P. pour leur disponibilité. Merci également à Vincent Guichard, directeur du centre archéologique européen de Bibracte, et Pierre Nouvel, enseignant-chercheur, qui m'ont fait partager leur connaissance du terrain.

Merci aux « petites mains » qui m'ont aidé pour l'impression d'un manuscrit, une correction de patois, un conseil littéraire ou archéo, ..., Stéphanie Roy, Corinne Boitou-Bonnet, Bérangère Fort, Jeanne Delahaye, Aurélie Jargeaix, Véronique Abel, Philippe Grabt, Jean-David Desforges, Christophe Duret, Jean-Michel Marchand, Benoît Minville, Claude Mèsplède, sans oublier le photographe, Rui Lourenço, qui m'a proposé la photo de couverture.

Et je remercie aussi Damien Sérieyx qui me fait confiance pour défendre les couleurs du Toucan.

ACHEVÉ D'IMPRIMER EN AVRIL 2020
SUR LES PRESSES DE L'IMPRIMERIE CPI
DÉPÔT LÉGAL : AVRIL 2020. N° D'IMPRESSION 157336
Imprimé en France